KB271523

촌부 新무협 판타지 소설
FANTASTIC ORIENTAL HEROES

화공도담 4

촌부 新무협 판타지 소설

초판 1쇄 찍은 날 § 2009년 3월 25일
초판 1쇄 펴낸 날 § 2009년 4월 1일

지은이 § 촌부
펴낸이 § 서경석

편집장 § 문혜영
편집책임 § 이재권
편집 § 문정흠

펴낸곳 § 도서출판 청어람
등록번호 § 제1081-1-89호
등록일자 § 1999. 5. 31
어람번호 § 제2-1706호

주소 § 경기도 부천시 원미구 심곡2동 163-2 서경B/D 3F (우) 420-822
전화 § 032-656-4452 팩스 § 032-656-4453
http://www.chungeoram.com
E-mail § eoram99@chollian.net

ⓒ 촌부, 2008

ISBN 978-89-251-1746-1 04810
ISBN 978-89-251-1528-3 (세트)

화공도담

畵工道談

산수화(山水畫) **4**

FANTASTIC ORIENTAL HEROES

촌부 新무협 판타지 소설

청어람

目次

第一章

당노독파(唐老毒婆)의 분노

畵工
道談

화공도담 畵工道談

1

　유난히 달이 아름다운 밤이었다. 은은하게 피어오른 달무리 주위로 수많은 별들이 반짝이는 모습은 까닭 모를 향수를 불러일으키기에 충분한 것이었다.

　달무리가 지는 것은 곧 비가 올 징조라던가? 여름의 열기를 식혀주는 시원한 바람 속에는 묘한 습기가 머물러 있는 듯했다.

　하지만 그것에 신경 쓰는 사람은 아무도 없었다. 내기(內氣)를 진동케 하는 웃음소리가 천지사방에 흩뿌려졌으니 한낱 달무리에 신경 쓸 때가 아닌 것이다.

　"다, 당노독파라면……"

누군가가 조그맣게 속삭이는 소리가 들려왔다. 무림인이라면 모를 리 없는 이름인데도 도무지 확신할 수가 없었던 것이다. 곧이어 또 다른 이가 확신에 가득 찬 목소리로 외쳤다.

"독괴!"

천하에 누가 있어 오절을 무시할 수 있으랴! 그중에서도 독괴의 이름값은 특히 무겁게 치부되곤 한다. 독괴와 마주한 무림인은 반드시라고 해도 좋을 만큼 핍박을 당하기 때문이었다.

"하, 한데 당노독파가 비호하는 이가 이, 있던가?"

"조금 전에 파, 파파(婆婆)라고 부르던 것 같은데……."

당노독파에게 핏줄이 없다는 것은 익히 알려진 사실이다. 그렇다면 도대체 누가 감히 당노독파를 파파라고 부를 수 있단 말인가!

명천회에 참석한 사람들의 시선이 연회장 중앙에 서 있는 소년 화공에게로 가 닿았다. 소년 화공은 반가운 얼굴로 창룡검전의 이곳저곳을 둘러보고 있었다.

"파파!"

자명이 놀라움과 반가움이 한데 뒤섞인 목소리로 외쳤다. 원한을 갚을 단초를 찾았다며 떠나간 파파가 왜 무림맹에 와 있을까? 자명은 자신의 위기도 잊은 채 파파를 찾는 데 여념이 없었다.

하지만 파파의 답변은 들리지 않았다.

“파파?”

“캬하하하!”

자명이 의아한 목소리로 중얼거릴 무렵이었다. 다시 한 번 하늘 가득히 웃음소리가 들리더니, 일그러질 대로 일그러진 얼굴을 한 장님 노파가 나타나 쿵, 소리와 함께 자명의 앞에 내려앉았다.

허름하지만 단정한 마의를 입고 천 조각으로 눈을 가린 노파의 모습에 무인들이 하나같이 숨을 죽였다.

마침내 당노독파가 무림맹에 모습을 드러낸 것이다.

자명이 얼른 당노독파에게 다가갔다.

“파파! 무림맹에는 어떻게……?”

“흥, 그건 내가 묻고 싶은 말이다. 이 천하의 개잡종 놈아, 너는 이 당노독파의 경고가 그렇게 우습게 들렸더냐?”

눈이 보이지 않음에도 당노독파는 정확히 자명 쪽으로 고개를 돌렸다. 그리고는 차가운 음성으로 쏘아붙였다.

“어, 그게…….”

“내가 무림을 무어라더냐? 명성을 쌓으면 그것을 무너뜨리려 들고, 한 명을 제압하면 만 명의 적이 생기는 곳이라고 하지 않았더냐! 내 무림에는 반드시 들지 말라고 경고했거늘, 너 같은 개잡종에게는 사람의 말이 통하지 않나 보구나!”

당노독파가 뾰족하게 외치자 자명이 우물쭈물 대답했다.

“하지만 사정이 있었어요, 파파.”

"사정이 있었다? 흥, 이제 보니 이 개잡종이 내 말을 알아 듣고도 일부러 무시한 모양이군! 네가 그토록 잘났다면 나는 굳이 너를 도울 필요가 없겠구나!"

당노독파가 그렇게 말하고는 고개를 홱 돌려 버렸다. 자명이 시무룩한 표정으로 고개를 숙여 보였다.

"죄송합니다, 파파."

자명이 어쩔 줄 몰라 하며 자신의 눈치를 살피자 당노독파가 혀를 끌끌 찼다. 소리를 듣는 것만으로도 자명이 우물쭈물 하는 것을 알아차린 것이다.

소리만으로 알아차린 것은 그것뿐만이 아니었다.

'그동안 이 개잡종 놈이 몸만은 멀쩡히 건사한 모양이다.'

"클클."

내기를 흘려 자명의 몸을 훑어본 당노독파가 내심 안심하고는 헛웃음을 지었다. 무림맹까지 올 정도면 세상을 떠돌며 온갖 고생을 다 했을 텐데, 천만다행히 어디 다친 곳은 없는 것이다.

"어……."

자명이 당노독파의 웃음소리를 듣고 고개를 들었다. 화가 난 건지, 아니면 화가 풀린 건지 도통 종잡을 수가 없다. 자명은 파파의 눈치를 다시 한 번 살펴보았다.

그사이 노파는 무림맹의 상석으로 고개를 돌렸다. 눈이 멀었는데도 그녀의 얼굴은 정확히 한쪽 방향을 바라보고 있었다.

"너, 화산의 말코!"

당노독파의 부름에 따라 모두의 시선이 돌아갔다. 시선이 향한 곳에는 화산파의 장로 무연 진인이 자리해 있었다. 무연 진인은 잘못한 것이 없으니 하나도 거리낄 것이 없다는 태도로 읍하였다.

"무량수불, 무연자가 당노태태를 뵙소이다!"

"흥! 무연이라는 꼬맹이를 언젠가 본 적이 있지. 네가 바로 황석(黃石)의 제자렷다?"

황석은 무연 진인의 스승 되는 이의 도명(道名)이었다. 무연 진인의 얼굴이 구겨졌다.

"본도는 그분의 미욱한 제자가 맞소이다! 비록 당노태태께서 무림의 선배라 하나, 그분은 후학의 선사가 되시는 분이니 부름에 있어……."

"흥, 내가 왜 황석 따위를 신경 써야 한단 말이냐? 긴말할 것 없다. 더 들어봐야 귀를 씻기만 번거로울 듯하니, 너는 어서 오른팔이나 잘라 내놓아라!"

천하에 누가 있어 화산파의 장로에게 팔을 잘라 내놓으라 말할 수 있단 말인가! 하지만 당노독파의 태도에는 거리낌이 없었다.

안 그래도 성격 급한 무연 진인의 얼굴이 붉으락푸르락해졌다.

“이익! 팔을 잘라 내놓으라니?”

“크헐헐! 들었으면 서둘러 자르지 않고 무엇 하느냐? 내 직접 잘라주랴?”

웃음을 터뜨리고 있는데도 당노독파의 얼굴은 차갑기 짝이 없었다.

“아무리 당노태태라 해도 어찌 이런……!”

분노한 무연 진인이 무어라고 중얼거릴 찰나였다. 화산파의 장문인, 무경 상인이 차분하게 자리에서 일어났다.

“화산의 무경자가 당노태태를 뵙습니다. 이 일은…….”

“흥! 무경 말코로군. 네가 화산파의 장문인이 되었다는 것은 내 들어 알고 있지. 화산의 선대 장문인에게는 빚을 진 바가 있으니, 너는 팔 대신 손가락 두 개로 용서해 주마.”

무경 상인의 표정이 차가워졌다. 화산파의 장문인이 된 이후로 이와 같은 모욕적인 일을 당하게 될 줄은 상상도 하지 못했다.

“당노태태의 명성은 익히 알고 있으나, 그 명에는 따를 수 없습니다. 부디 화산을 생각해서 후학의 고충을 이해해 주길 바랍니다.”

당노독파가 앙천광소를 터뜨렸다.

“크헐헐! 크힐힐힐! 화산을 생각하라? 그거 재미있구나. 화산의 명성이 드높음은 익히 알려진 사실이나, 그렇다고 이 당노독파가 겁이라도 먹을 것 같더냐?”

한 손이 열 손을 당해낼 수는 없는 노릇. 천하오절의 일인이라 해도 구파일방 모두와 대적할 수는 없다. 만약 무림공적이 되어 정도무림과 일전을 벌인다면 천하오절의 일인이라해도 목숨을 잃을 가능성이 농후했다.

하지만 일전을 벌이지 않는다면 이야기가 다르다. 천하오절의 무위는 가공할 만한 것, 만약에 그들이 숨어버린다면 구파일방으로서도 찾을 방도가 없다.

그렇게 모습을 드러내지 않고 숨어버린 채 구파일방의 무인들을 각개격파한다면 어떨까? 그렇게 되면 승패는 가늠할수가 없게 된다. 물론 아주 긴 시간이 흐르게 되겠지만 말이다.

하물며 구파일방 전부도 아닌 화산뿐이라면 말 다한 셈이다. 비록 그 뿌리마저 꺾을 수는 없겠지만, 천하오절이라면당해내지 못할 것도 없었다.

"당노태태께서는 비록 기행(奇行)을 벌일지언정, 정도에서벗어난 적은 없다고 알고 있습니다. 한데 이렇듯 동도를 핍박하다니, 본도는 도무지 알 수가 없군요."

무경 상인의 목소리는 덤덤하기까지 했다. 열화검(熱火劍)이라 불릴 정도로 폭급한 무연 진인과 다르게, 무경 상인은얼음장처럼 냉정하기 짝이 없는 사람인 것이다.

"이 당노독파가 세운 원칙을 모르느냐? 모른다면 이 자리에서 직접 일러주지! 첫째는 원단에는 황산에 들지 말 것이

며, 둘째는 나와 함부로 교분을 쌓으려 들지 말 것이며, 셋째
는 무림인이 아닌 자를 핍박하지 말라는 것이다! 그런데 너희
들은 이렇듯 세 번째 원칙을 어기고 말았으니, 나와 적이 될
수밖에 없지 않겠느냐?”

숱한 무림인들의 팔과 다리를 가져갔음에도 당노독파가
무림공적이 되지 않은 것은, 그녀의 무위가 고강하기 때문이
기도 했지만 동시에 그녀의 원칙이 그릇되지 않았기 때문이
었다. 무경 상인은 한낱 화공을 핍박한 셈이니, 언뜻 보기에
는 당노태태의 말에 틀린 점이 없는 것이다. 하지만 화공이
무림인이라면 이야기가 달라진다.

“당노태태께서는 저 화공이 무림인이 아니라고 생각하는
모양이군요. 그러나 그것은 그릇 알고 계신 것입니다. 저 화
공은 이 자리에서 매화검보를 그려내어 화산의 비전을 유출
하였습니다. 이는 저 화공이 신투 왕안석과 큰 관계가 있다는
뜻이 아니고 무엇이겠습니까?”

“크헐헐! 크헐헐헐!”

당노독파가 속절없이 웃음을 터뜨리자 무경 상인이 당황
한 표정을 지었다. 이내 당노독파가 웃음을 거두고 싸늘하게
중얼거렸다.

“여기나 서기나 병신들뿐이로다. 서화의 법(法)으로 얻은
것을 무학이라 착각하고 핍박하다니.”

문득 당노독파의 가슴에 분노가 가득 차올랐다. 무림에 의

해 낭군과 아들딸을 잃었던 그녀다. 그 이후로 외로이 삼십 년을 떠돌다 겨우 마음에 드는 녀석 하나를 만났거늘, 그 아이마저도 무림에 의해 핍박을 당하고 있다.

"훙, 더 이상 말을 섞기 싫구나! 화산의 말코는 어서 팔을 잘라라!"

"매화검보와 신투 왕안석의 이야기를 알면서도 이처럼 화산을 핍박하시니, 어찌할 도리가 없군요. 비록 당노태태를 상대할 수 없다 해도 화산의 의기(義氣)는 꺾이지 않습니다."

"그렇다면 더 말할 필요가 없겠군. 감히 내가 비호하는 아이를 건드렸으니 너희는 그 대가를 치러야겠다."

당노태태가 허리를 굽히더니, 딛고 있던 단단한 무대로 손을 가져갔다. 그리고 무대를 손가락으로 움켜쥐니, 청석으로 마름질한 무대가 도자기처럼 퍼석 깨어지고 만다.

손을 굴려 청석을 돌멩이로 만든 당노태태가 무심한 표정으로 손가락을 튕겼다.

픽, 하는 소리와 함께 손에 들린 돌멩이가 사라졌다.

"큭!"

그와 동시에 무연 진인이 비명을 토해냈다. 보이지도 않을 만큼 빠르게 날아간 돌멩이가 무연 진인의 마혈을 후려친 것이다.

"화산의 제자들은 당노태태를 막으라!"

여태 얼음장 같던 무경 상인이 크게 고함을 지르며 발을

퉁, 튕겼다. 가볍게 발을 디딘 것만으로 몸이 공중으로 몇 장은 족히 치솟더니, 상석의 앞으로 부드럽게 떨어진다.

무경 상인과 동석하고 있던 화산파의 장로들 역시 마찬가지였다.

하지만 그보다 빨랐던 것은, 애초에 자명을 잡기 위해 나타났던 세 명의 도사였다. 장로의 명을 받아 자명을 잡으러 왔다가 당노독파의 음공에 내상을 입었던 도사들은 이를 악물고 당노독파에게 뛰어들었다.

"당노태태! 먼저 우리를 밟고 가셔야 할 것이오!"

"어려울 것 없지."

당노태태가 손을 부드럽게 휘젓자 강맹한 내기의 폭풍이 일어났다. 그녀의 청허심결이 무거운 중압감을 일으킨 것이다.

세 명의 도사는 속절없이 무릎을 꿇어야 했다.

"크윽……!"

"사형!"

일대제자들이 앉아 있던 곳에서 몇 명의 매화검수가 더 뛰어들었다. 하지만 그들이라고 다를쏘냐? 당노독파를 반경으로 삼 장 부근에 접어들자마자 동문 사형제들처럼 털썩 무릎을 꿇고 만다.

그것은 그것 나름대로 장관이라 할 수 있었다. 단 한 명의 무인이 열 명이 넘는 무인을 무릎 꿇리고 유유히 걸어오는 것이다.

화산파 장문인인 무경 상인이 검을 뽑아 들 때였다.

"잠시! 잠시 멈추시오, 당노태태!"

그동안 침묵하고 앉아 있던 무림맹주, 무극신검 엄세진이 벌떡 자리에서 일어났다.

"크헐헐! 엄가야, 너까지 대적하려느냐?"

당노독파가 걸음을 멈추고 고개를 돌려 엄세진을 바라보았다. 엄세진은 고개를 저었다.

"그럴 생각은 없소이다, 당노태태. 본인은 그저 중재를 하기 위해 일어난 것뿐이오."

엄세진의 표정은 질린 듯했다. 암천의 혈사 이후 천하오절이 무림맹을 방문한 것은 처음 있는 일이었는데, 그 일이 이렇게 엉망으로 풀릴 줄은 몰랐던 것이다. 화산의 명성에 콧방귀도 뀌지 않는 오만함, 그리고 언뜻 느낀 것만으로도 가공할 만한 무위.

'천하오절이란 이런 자들인가.'

구파일방의 장문인들이라 해도 감히 상대할 수 없는 무위였다. 물론 합공한다면 능히 승리를 거둘 수 있겠으나, 그 피해가 만만치 않게 클 것이다. 족히 서너 명은 목숨을 잃지 않을까.

암천의 혈사를 앞두고 그 피해를 감당할 수는 없는 노릇, 결국 독괴를 말리는 수밖에 없었다.

“흥, 팔을 자르기 전까지 중재란 없다!”

“만약 화공이 무림인이 아니라면, 당노태태께서 뜻하신 바를 이루실 수 있으실 겁니다. 화산도 명문으로서 스스로의 오해를 책임질 터이니, 행하시는 데 문제될 것이 없겠지요! 하나, 그것이 확인되기 전까지는 부디 참아주시길 바라외다.”

“크헐헐! 시끄럽다, 엄가! 네놈의 팔도 거둬가기 전에 입을 다물지 못할까!”

당노독파가 앙천광소를 터뜨리자 엄세진은 할 말을 잃고 말았다. 그때, 개방의 방주가 벌떡 자리에서 일어났다.

“허어, 개방의 방주 구룡개(九龍丐) 동규(東奎)가 당노태태를 뵙소! 외람됩니다만, 본 방주도 맹주의 말에 동의하오. 당노태태의 뜻은 잘 알고 있소이다만, 지금은 너무 막무가⋯⋯.”

“구룡개 네 녀석도 할 말이 없을 터! 행걸패를 그토록 가벼이 여긴 자가 어디서 함부로 찧고 까부느냐! 내 이 일은 신개에게 반드시 따지고 말 것이다.”

행걸패를 들이밀었음에도 화공이 무림과 연관되고 말았으니, 그 분노를 풀 길이 없다. 당노독파가 싸늘하게 방주를 노려보자, 개방의 방주도 할 말을 잃고 말았다.

“당노태태, 낭 고조모(姑祖母)님! 부디 당가의 체면을 보아주십시오!”

마침내 자리에서 일어난 것은 사천당가의 가주, 암왕(暗王)

당장한(唐暲漢)이었다. 사사로이는 당노독파의 손자뻘이 되는 그가 말할 때쯤, 당노독파의 분노가 폭발하고 말았다.

"더 이상 말하지 말라! 이는 화산과 나와의 일, 무림인이라면 이 일에 참견하지 못할 것이다! 더 이상 참견하는 무림인이 있다면 단전을 폐하여 무림인이 아니게 해주지!"

새된 귀곡성이 명천회를 울리자 단숨에 장내가 고요해졌다. 천하오절 중 일인, 단 한 명의 무인이 무림맹 전체를 틀어쥔 것이다.

화산파의 장문인, 무경 상인이 검을 움켜쥐었다. 일이 이렇게 되었다면 화산으로서는 물러날 수 없다. 이미 매화검보가 공개되어 큰 창피를 당한 참이다. 제아무리 천하오절이라지만 단 한 명의 무인에게 힘으로 굴복당하기까지 한다면 화산이 무슨 낯으로 강호를 활보할 수 있단 말인가!

"크헐헐!"

주위가 고요해진 것이 마음에 드는지, 당노독파가 크게 한 번 웃어 보이고는 걸음을 옮겼다.

그녀의 청허심결이 조금 전보다 더 넓은 자리로 기세를 내뻗어갔다.

2

노기 띤 당노독파의 음성은 섬뜩하기 짝이 없었다. 그녀의 분노가 다른 곳을 향해 있는데도 자명은 감히 눈을 돌리지 못하였다. 동시에 의아한 기분도 들었다. 도대체 파파께서는 왜 무림맹에 와 계신단 말인가! 오자마자 팔을 자른다는 소리는 또 무엇이고 말이다.

'그러고 보니 처음 뵈었을 때에도 팔을 자른다고 하셨었지.'

자명이 침을 꿀꺽 삼켰다. 장난같이 들리지만 파파의 말은 농담이 아닌 것이다. 파파라면 팔이 아니라 그보다 더한 것이라도 단숨에 잘라 버리고 말 것이었다.

문득 자명은 뻣뻣하게 굳은 채 눈동자만 굴리고 있는 화산파의 장로, 무연 진인을 바라보았다. 억울하고 미운 감정이 아직 사라지지 않았는지, 또다시 가슴이 두근두근 뛴다.

'나는 그저 매화서옥도를 그렸을 뿐, 매화검보인지 하는 것은 본 적도 없는데.'

하지만 저들은 아직도 오해를 풀지 못하고 있었다. 실수를 돌이킬 생각은커녕, 스스로가 틀렸을 가능성을 조금도 염두에 두지 않는 것이다. 저들의 아집이 가슴을 답답하게 했다.

'다른 이의 말은 듣지도 않고 스스로의 옳음만 주장하는구나.'

파파의 말에도 저들은 끝까지 굽히지 않았다. 만약 자존심을 조금만 굽히고 스스로를 되돌아보았다면, 일은 순리에 따라 풀렸을 텐데.

'하지만……'

무연 진인을 바라보던 자명이 눈을 지그시 감았다. 아름다움으로 사람을 대하면 다툼이 없다고 했다. 그렇게 배워놓고 미움으로 사람을 대할 수는 없었다. 아직까지 미움이 남아 있었지만 그것은 아름답지 못한 것, 마음을 현혹케 하는 것이었다.

'하지만 팔을 자르게 두고 볼 수는 없어.'

자명이 호흡을 길게 내쉬었다. 이제는 자연스럽게 무명도원도의 호흡이 따라 일어났다. 일어난 호흡은 자명의 마음을 부드럽게 다독였다. 마치 산들바람처럼, 더운 여름날의 시원한 계곡물처럼.

마음이 맑은 호수 물처럼 고요해진 것을 느낀 자명이 호흡을 거두었다.

"후우—"

사지근맥을 자르겠다는 저들의 아집이 아직도 눈엣가시처럼 박혀 있었다. 다툼은 응당 막아야 하는 것이었지만, 그렇다고 굴복하여 저들에게 휘둘릴 생각은 없었다. 자명은 마침내 자신이 무림의 일에 끼어들 때가 되었다는 것을 깨달았다.

그렇게 마음을 정리하고 보니 비로소 연회장을 가득 메운 무림인들이 보였다. 무심코 주위를 둘러본 자명이 군침을 꿀꺽 삼켰다.

'마, 많다.'

얼마 전까지만 해도 무림이라면 질색팔색을 했던 자신이 무림인들 앞에서 큰 소리를 내게 될 줄은 상상도 하지 못했다. 연회에서 그림을 그리는 것도 긴장되어 오금이 저렸는데, 이번에는 단순히 그림이 아니라 아예 무림의 일에 참견해야 하는 것이다.

잠시 머뭇거리던 자명이 이내 눈을 질끈 감고는 입을 열었다.

"파파."

자명의 목소리를 들었음일까? 앞으로 느긋하게 걸어가던 당노독파의 걸음이 문득 멈추었다.

당노독파는 천천히 뒤를 돌아보았다. 눈이 보이지 않는 장님인데도 그녀의 얼굴은 정확히 자명을 바라보고 있었다.

'이놈 봐라?'

주위로 삼 장 안에 서 있는 사람이 없는데, 자명만큼은 멀쩡히 서 있다. 아무렇지도 않게 청허심결의 중압감을 해소한 것이다.

한동안 이채롭게 자명을 살펴보던 당노독파가 헛웃음을 터뜨렸다.

"클클, 내 말하지 않았더냐? 나서는 이가 있다면 단전을 폐하겠다고 말이디."

자명은 대답하지 않은 채 그저 파파를 바라볼 뿐이었다.

아무리 기다려도 자명이 입을 열지 않자 당노독파가 다시금 입을 열었다.

"좋다. 너는 무림인이 아니니 내 이번만큼은 넘어가마. 하지만 나를 부른 이유가 합당치 않거든 너는 큰 벌을 면치 못할 것이다."

"아름다움으로 사람을 대하면 다툼이 없대요, 파파."

자명의 목소리는 미미하게 떨리고 있었다. 주위의 모든 사람들이 자신을 바라보고 있었던 것이다. 긴장을 아니 하려 해도 아니 될 수가 없는 상황이었다.

"아름다움?"

"예, 그렇습니다."

내기를 펼쳐 자명을 관찰하던 당노독파가 얼굴을 구기고는 뾰족하게 외쳤다.

"홍, 또 개소리를 지껄이는구나! 저치의 팔을 자르려는 것은 너 때문이 아니라 나의 원칙 때문이니라!"

"하지만 그 때문에 제가 불편해진다면, 파파의 원칙은 오히려 제게 해를 입힌 것이 됩니다. 팔을 자르지 마세요, 파파."

당노독파가 미간을 좁히며 입가를 씰룩거렸다. 이전과 다르게 자명의 태도가 태연하기 짝이 없는 것이다. 예전에는 팔을 자른다는 말에 놀라 허둥대기만 했다면, 지금은 차분하게 자신을 말리고 있다. 내심 떨고 있는 것이 느껴졌지만 말이다.

‘신개의 영향인가? 이전보다 훌쩍 커버리고 말았군.’

당노독파가 내심 미소를 지어 보였다. 의아한 것만큼이나 흡족하기도 했다. 이전에 비해 성장한 모습이 제법 의젓하기까지 한 것이다.

하지만 그렇다고 이 일을 쉬이 넘길 수는 없었다. 자명의 말에 넘어갔다가는 오히려 훗날에 더 큰 낭패를 볼 것이 분명한 까닭이었다.

당노독파는 고개를 홱 돌렸다.

“시끄럽다, 개잡종아! 저들이 네 말을 귓등으로나 들을 것 같더냐? 아마 이 상황을 모면하거든 기회를 보아 또다시 너를 핍박하려 들 테지!”

“그래도 하지 마십시오, 파파.”

자명이 다시 한 번 당노독파를 말리고는 시선을 돌려 화산파의 장문인을 바라보았다. 한 자루 검을 벗 삼아 고고하게 서 있던 장문인이 무심한 얼굴로 자명의 시선을 맞이했다.

자명은 당노독파가 무어라고 말하기 전에 먼저 입을 열었다.

“화공 진자명이 고합니다. 저는 저 때문에 분쟁이 일어나는 것을 원치 않습니다. 그저 오해를 풀고 싶은 마음뿐입니다. 거듭 말씀드리는데 저는 매화검보를 모르거니와, 신투 왕안석과도 관계가 없습니다.”

지명은 흘끔 주위를 둘러보았다. 역시 모두가 자신을 바라보고 있는 것이 확실했다. 자명은 붉어진 얼굴로 시선을 피해 고개를 숙였다.

"미안하네만 지금으로서는 소협의 말을 믿을 수 없네. 의심을 해소하는 길은 화산의 뜻에 따르는 길뿐이지. 화산은 공명정대하여 법과 원칙을 최고로 치니, 그대가 당당하다면 거리낄 것이 없지 않겠는가?"

무경 상인의 말투가 슬며시 바뀌었다. 당노독파와 상대하지 못할 것은 없었지만, 일부러 분란을 일으킬 필요 역시 없는 것이다.

그렇다면 당노독파가 아닌 화공을 상대함이 순리, 무경 상인은 화공을 구슬려 볼 참이었다.

"본도는 부디 화산의 뜻에 따라 소협의 무죄를 증명하길 바라네."

'화산의 뜻에 따르라'는 무경 상인의 말에 아래로 내려가던 자명의 고개가 흠칫 멈춰졌다. 오해를 풀어야 하는 것은 당연한 일이었지만, 협박에 굴할 생각은 없었다.

자명은 자신이 무림인들 앞에 나선 상태라는 것도 잊고서 고집스러운 얼굴로 고개를 들었다.

"제가 말하지 않은 것이 있나 봅니다. 저는 오해를 풀고 싶을 뿐, 화산의 뜻에는 따를 생각이 없습니다."

자명이 선언하듯 말하자 무경 상인이 고개를 절레절레 저었다.

"화산의 뜻에는 따를 생각이 없다? 허어, 소협이 훔쳐 간 것이 화산의 것이니 화산이 조사하겠다는 소리일세. 만천하의 앞에서 매화검보를 그려놓고서도 화산의 뜻에 따를 수 없단 말인가."

끝까지 훔쳐 갔다고 주장하는 무경 상인의 말에 자명의 고집스러움이 한층 더 커지고 말았다.

"제가 화산에게 득죄(得罪)하였다면 모르겠으나, 저는 그러한 일을 한 적이 없습니다. 한데도 범인으로 치부하고 협박을 하시니 어찌 그 뜻에 따를 수 있겠습니까."

무경 상인이 무심한 표정으로 눈을 지그시 감았다. 애초부터 말이 통하지가 않는 것이다.

그사이, 노기에 찬 자명이 몇 마디를 더 뱉어냈다.

"저 때문에 분쟁이 생기는 것을 원치 않으니, 오해를 풀기 위한 일이라면 협조하겠습니다. 그러나 그것은 결코 화산의 뜻에 따르는 것이 아닙니다. 오히려 오해가 풀리거든, 화산은 제게 사과를 하셔야 할 것입니다."

"오만하군."

무경 상인이 차가운 얼굴로 자명을 노려보았다.

명천회에 가득 찬 무인들 사이에도 침묵이 내려앉았다. 한낱 화공이 무림의 거목인 화산파와 맞설 줄은 아무도 예상치 못했던 것이다.

혹시 저 화공은 목숨을 여벌로 챙겨놓기라도 한 걸까? 제

아무리 당노독파와 친분이 있다고 해도 범인(凡人)이었다면 머리부터 숙이고 보았을 텐데 말이다.

싸늘한 침묵이 내려앉은 가운데 당노독파가 크게 웃음을 터뜨렸다.

"크헐헐! 너 개잡종이 한 말치고는 제법 호기가 있구나! 좋다, 좋아!"

그녀가 그렇게 말하자 장내에 가득 찼던 긴장이 조금이나마 누그러들었다. 조금 전까지는 일전을 불사할 것 같더니, 이제는 대화로 풀릴 가능성이 높아진 것이다.

분쟁을 없애자는 자명의 의도는 나름 해결된 것이나 마찬가지였다.

한참을 더 재미있다는 듯 웃던 당노독파가 이내 웃음을 거두었다.

"저 아이는 내게 속한 내 아이이니, 소원이라면 들어주지 못할 것도 없지! 화산은 들어라! 화공의 무죄가 증명된다면 너희 콧대 높은 말코들은 화산의 이름으로 사죄하여야 할 것이다! 비록 팔을 가져갈 수는 없겠지만, 대신 화산의 사과를 받는다면 그것도 나름대로 통쾌한 일일 테지! 크헐헐!"

자명은 당노독파의 말을 명확히 이해하지 못한 채로 고개를 끄덕였다. 그저 저잣거리 싸움이 끝난 뒤에 한쪽이 사과하는 것쯤으로 생각한 것이다.

하지만 화산은 한낱 저잣거리 촌부들의 모임이 아니었다.

만약 화산이 사과를 한다면, 그것은 자신들의 잘못을 공식적
으로 인정한 것이 된다. 공명정대함으로 이름 높은 화산의 명
예에 손상이 가고 마는 것이다.

만약 자신들이 잘못을 했다 해도 '그것은 모두 오해일 뿐'
이라고 변명할지언정, 고개를 숙일 수는 없는 것이 바로 화산
의 입장이었다.

그러나 일이 이렇게 되었으니, 어찌할 도리가 없게 되고 말
았다.

무경 상인이 다시금 입을 열었다.

"당노태태께서 그리 말씀하시니 어쩔 도리가 없군요. 그에
따르겠습니다. 하나, 매화검보가 유출된 것이 사실로 밝혀진
다면 화공이 벌을 받아야 하는 것은 물론, 당노태태께서도 책
임을 지셔야 할 것입니다."

당노독파가 웃음을 터뜨렸다.

"크헐헐! 매화검보는 무림의 보물이지만, 청허심결도 결코
그만 못하지 않을 게다. 원한다면 그것이라도 던져 주마."

청허심결!

두 눈과 무공을 잃은 여인을 천하오절의 이름에 올린 상승
의 절학! 그것이라면 당노독파의 말대로 더하면 더했지, 결코
못하지는 않은 것이었다.

"으흠."

당노독파의 말이 끝나자 무경 상인이 자그마한 한숨을 내

쉬며 수염을 쓰다듬었다. 매화검보와 관련된 일이니 조금도 양보할 수는 없다. 이는 화산의 대사(大事)인 것이다. 만약 화공이 매화검보를 훔쳐 간 것이라면, 화산은 화공의 사지근맥을 끊고야 말 것이다.

'청허심결이라……'

거기에 덤으로 청허심결까지 얻게 된다. 비록 화산의 명예를 걸어야겠지만, 이만하면 손해를 보는 것은 아닐 것이다.

'그렇다면, 어찌 화공의 유죄를 증명하는가에 관한 문제만 남은 셈이로군.'

매화검보는 지고한 검학의 이치를 담은 것이라 눈으로 보았더라도 깨닫지 못했다면 감히 드러낼 수가 없다. 만약 화공이 무공을 모른다면 절대 매화검보를 그려낼 수 없는 것이다. 화공은 틀림없이 무공을 알고 있을 것이 분명했다.

무경 상인이 입을 다물자 명천회에도 침묵이 내려앉았다. 당사자인 화산파의 장문인이 입을 열지 않으니, 아무도 나설 수가 없었던 것이다. 무인들은 조용히 무경 상인의 말을 기다렸다.

잠시 뒤, 한동안 고민하던 무경 상인이 마침내 입을 열었다.

"좋습니다. 그렇다면 이 자리에서 화산이 화공의 유죄를 증명해 보이지요."

"크헐헐! 그래, 어디 마음껏 해보거라!"

무경 상인의 말이 끝나자 당노독파가 비웃듯 웃으며 말했다.

무경 상인은 먼저 사방을 향해 포권해 보였다.

"무량수불, 화산의 무경자가 무림 동도에게 고하오! 무림의 화합을 위한 자리에 이처럼 소란을 일으키게 되어 강호 동도들을 뵐 낯이 없소이다! 하지만 일이 이렇게 되었으니, 본 도는 강호 동도들을 판관 삼아 한 가지 문제를 내어 화공을 시험코자 하오!"

무림인들에게 예를 취한 화산파 장문인이 잠시 뜸을 들이더니, 선언하듯 우렁차게 외쳤다.

"한 가지 문제란, 바로 파진(破陣)이라오!"

무경 상인의 말이 끝나자 좌중이 술렁거렸다. 도대체 진법과 매화검보가 무슨 연관이란 말인가! 설마하니, 진법에 관한 이야기가 나올 줄은 몰랐다.

당노독파는 주변의 소란에는 아랑곳하지 않은 채 무경 상인을 노려보았다.

"파진이라… 틀림없이 검진(劍陣)을 펼칠 생각일 테지?"

"그렇습니다, 당노태태."

화산파 장문인, 무경 상인이 포권의 예를 취해 보였다. 하지만 정중한 예법과 달리, 그의 얼굴에는 싸늘한 웃음이 감돌고 있었다.

第二章
파진(破陣)

畵工　화공
道談　도담

1

무경 상인의 지모(智謀)는 결코 얕은 것이 아니었다. 그는 이미 냉철히 상황을 파악하고 있었던 것이다. 무경 상인은 당 노독파와 자명을 번갈아 바라보며 생각했다.

'저자는 우연찮게 본 연무를 그렸을 뿐이라고 했지.'

화공은 우연히 본 연무에 약간의 변화를 준 것이 곧 매화검보라고 했다. 만약 그만큼 보는 눈이 좋다면, 능히 진법의 흐름도 알아보지 않겠는가?

'그것이야말로 화공을 부른 목적이니, 무림의 명숙들도 납득하고 말 것이다.'

무경 상인은 천천히 주위의 명숙들을 훑어보았다. 과연 구파일방의 장문인과 무림맹주를 비롯한 무림의 명숙들은 '화산파의 장문인이 자문파의 일이 다급함에도 무림의 안위를 저버리지 않았구나' 라며 감탄을 하고 있었다.

본래 화공을 부른 목적은 청성산에 펼쳐진 진을 그려오게 하기 위함이 아니었던가! 진의 흐름으로 무학의 있고 없음을 시험하는 것은, 곧 청성산으로 갈 재주가 되는지를 확인하는 시험이라 할 수 있었다.

'하지만 단순히 그것뿐만은 아니지.'

무경 상인이 싸늘하게 웃음을 지어 보였다. 거기에는 또 다른 수가 숨어 있었다. 파진해야 할 진이 검진이라면, 그것을 깨는 방법은 무학을 펼치는 수밖에 없는 것이다.

만약 화공이 검진을 해체하지 못한다면, 우연히 본 연무에서 매화검보를 발견한 신안(神眼)은 없는 셈이니 거짓을 말한 것이 된다. 해체하기 위해 무학을 펼친다면, 이번엔 무공을 모른다는 말이 거짓이 된다. 이는 화공의 손과 발을 묶어둔 것이나 다름없는 것이다.

'더 이상 거짓을 말할 수는 없을 걸세, 화공.'

무경 상인이 차갑게 웃고는 목청을 돋워 크게 외쳤다.

"당노태태께서 동의하신다면, 이 자리에서 바로 시험코자 하오만."

"허락한다."

당노독파가 싸늘하게 중얼거리며 자면 쪽으로 얼굴을 돌

렸다. 눈이 보이지 않음에도, 그녀는 자명의 얼굴이 굳어 있음을 알아차릴 수 있었다.

당노독파의 얼굴이 자신을 향해 있음을 알아차린 자명이 조그맣게 중얼거렸다.

"파파, 저는 진법을 본 적이 한 번도 없어요."

"이 개잡종 놈아, 다른 누구도 아닌 네가 아름다움으로 대하면 다툼이 없다면서 덤벼들지 않았더냐? 설마 이제 와서 발뺌하겠다는 헛소리를 지껄이려느냐?"

"분명히 그렇게 말했지만……."

"그렇다면 발뺌할 생각 말아라, 이 개잡종 놈아! 무림의 일에는 장난이 없다! 네가 다툼을 막겠다고 나섰으면 그에 걸맞은 책임을 져야 할 터!"

자명이 무림의 일에 나서는 것이 달갑지 않았던 당노독파가 크게 호통을 쳤다. 그녀는 이 일을 계기로 자명이 무림에 관하여 알기를 바랐던 것이다.

"그렇군요."

당노독파의 말에 자명이 눈을 지그시 감았다. 파파의 말에는 틀린 점이 하나도 없었다. 자신은 가르침대로 행한 것뿐이었지만, 그에는 무거운 책임이 뒤따르는 것이다.

'일이 어렵게 되었구나.'

자신이 진법의 시험에서 벗어날 수 없게 되었다는 것을 알게 된 자명이 한숨을 내쉬었다.

하지만 정말로 무공을 모르니, 거리낄 것은 없다. 진법의 시험을 통과하진 못하더라도 무죄는 밝혀지고 말 것이었다.

'괜찮아. 어떻게든 될 거야.'

마음을 다독인 자명이 다시금 눈을 뜨고 화산파의 장문인을 바라보았다. 걱정 대신 아직 사라지지 않은 분함이 그 자리를 차지했다. 저들의 아집에 꺾이지 않겠다고 마음먹었다면, 공연히 겁을 집어먹을 필요가 없는 것이다.

그런 자명의 마음을 아는지 모르는지 당노독파가 조그맣게 속삭였다.

"걱정하지 마라, 너 개잡종의 목숨이 날아갈 일은 없을 테니."

당노독파가 고개를 슬며시 돌렸다. 그리고 '제왕검형을 불러낼 정도이니 파진하는 데는 무리가 없을 게다' 하고 중얼거렸다. 하지만 그 중얼거림은 너무나 작아서, 자명은 미처 그것을 듣지 못하였다.

그사이, 무경 상인이 우렁차게 외쳤다.

"당노태태께서 허락하셨으니, 한 가지를 더 부탁하고자 하오! 무연자의 금제를 풀어주시오! 이는 그에게 화공의 거짓을 알아차릴 눈이 있기 때문이며, 또한 그만큼 진법의 흐름을 잘 아는 이가 없기 때문이요!"

"…덕성(德性)보다 지모(智謀)로써 장문인을 선출했다더니, 과언 머에 기름을 칠했구나."

당노독파가 노기 어린 눈으로 무경 상인을 바라보았다. 무연 진인의 점혈을 풀어달라는 것은 만에 하나 당노독파가 불복할 경우, 화산의 힘을 더하겠다는 의도라 할 수 있었다.

"좋다! 못해줄 것 없지!"

잠시 못마땅한 듯 서 있던 당노독파가 발을 가볍게 굴렀다. 그와 동시에 당노독파의 신형이 공중으로 높이 치솟더니 이내 무연 진인의 앞에 떨어졌다.

당노독파는 무연 진인의 혈도를 툭툭 쳐 해혈하며 차가운 미소를 지어 보였다.

"클클, 어디 사죄할 때에도 머리를 굴리는지 보자꾸나."

무경 상인은 당노독파의 시선을 모른 체하며 차가운 얼굴로 서 있을 뿐이었다.

잠시 뒤, 무연 진인의 해혈이 끝났다.

무연 진인은 감사의 뜻으로 당노독파에게 포권의 예를 취해 보인 다음, 경신의 공부를 펼쳐 무대의 중앙으로 달려갔다. 당노독파는 자명을 흘끗 바라보고는 화산파의 도사들에게로 향했다.

열화검 무연 진인이 무대 중앙에 도착하자, 무경 상인이 우렁차게 외쳤다.

"무연자를 수좌로 하여 매화검진을 펼친다! 매화이십사수는 앞으로 나서라!"

매화검진이라 하면 이백 년 전, 사황(蛇皇) 철중악(徹重岳)

을 패퇴시켰던 빼어난 검진이다. 당시 천하를 일통하려던 사황은 화산파의 매화검진에 휘말려 뜻을 이루지 못했었다.

화산파의 매화검수 스물네 명이 빠르게 무대 위로 쏘아져 올라왔다.

"후우—"

무대 중앙에 서 있던 자명은 그들을 바라보며 호흡을 골랐다. 어느새 눈앞에는 스물네 명의 검객이 도착하여 정중하게 포권하고 있었다.

"매화이십사수는 화공에게 검을 주어라! 그래야 그가 검진을 상대하지 않겠느냐!"

무경 상인의 말에 매화검수 한 명이 미리 가져온 검을 한 자루 꺼내어 자명의 앞에 툭 던졌다.

"저기, 저는 무공을 할 줄 모르는데요."

자명이 자신의 앞에 떨어진 검과 검을 던진 사람을 번갈아 바라보며 조그맣게 중얼거렸다. 하지만 매화검수는 대꾸하지 않았다. 그저 천천히 발검(拔劍)을 할 뿐이었다.

자명은 허리를 굽혀 검을 쥐어 들고는, 식은땀을 흘리며 그들을 바라보았다. 어떻게 열을 맞춘 것인지는 모르겠지만, 스물네 명의 무인이 하나같이 흉흉한 기세로 자신을 바라보고 있다.

'이, 이제 어쩌지?

당황한 자명의 귓가에 화산파 장문인의 싸늘한 목소리가

들려왔다.

"무림의 동도들이 보고 있으니 소협은 화산의 일이 공정치 못하다 따질 수 없을 걸세! 정말로 무죄라면 한번 파진해 보시게! 매화검진을 개진(開陣)하라!"

무경 상인의 말이 끝남과 동시에 갑자기 매화검수 한 명이 사라졌다. 언제 사라졌는지 모르게 사라져 버린 매화검수의 모습에 자명이 눈을 둥그렇게 떴다.

좌중의 모든 사람들은 스물네 명의 매화검수 모두를 볼 수 있었지만, 자명에게만큼은 마치 사라진 것처럼 느껴지는 것이다.

'어떻게 한 거람? 앗!'

한 명이 사라진 것도 놀라운데, 이번에는 매화검수의 모습이 셋이나 사라지는 것이 아닌가! 마치 요술을 보는 듯해 자명은 멍하니 눈을 끔뻑거릴 수밖에 없었다.

하지만 더 이상 눈만 끔뻑거릴 수는 없었다.

"헉!"

갑자기 목으로 날카로운 바람이 불어왔다.

마침내 매화검진이 펼쳐진 것이다.

2

명천회에 가득한 무인들은 저마다 당혹스러운 신음을 토

해내고 있었다. 천하오절이 무림맹에 나타날 줄을, 또 그 일의 여파가 이렇게 커질 줄을 누가 알았으랴!

아니, 생각해 보면 애초에 화공이 그림을 그려낸 것 자체가 놀라운 일이었다. 화공이 매화검보를 그려낸 것 역시 아무도 예상치 못한 것이었으니 말이다.

남궁화란 역시 그것을 예상하지 못하긴 마찬가지였다.

'미리 알았더라면……'

화산의 검무를 보고 매화검보를 그려낸 것과 비슷한 사건이 이전에 남궁세가에서도 있었다. 남궁세가에 제왕검형을 찾아주었던 일말이다. 그와 같은 그림을 또다시 그려낼 줄 알았더라면, 무슨 일이 있어도 화공을 말렸을 것이었다.

'미리 알았더라면 좋았을걸.'

남궁화란의 표정이 차가워졌다. 그녀는 저도 모르게 원망스러운 눈으로 화산파의 장문인을 돌아보았다.

'만약 당노태태께서 나타나지 않았더라면 내가 나섰을 터.'

소가주의 힘으로 화산파를 말리지 못했으니, 가문에 누를 끼치는 한이 있더라도 자신이 직접 나설 생각이었다. 그것은 가문을 위한 일이기도 했고, 자신을 위한 일이기도 했다.

하지만 천만다행히 당노태태께서 나타나셨다. 이제 일이 무사히 해결되기만을 바라야 하는 것이다.

'진 화공.'

진법의 한가운데 서 있는 진자명, 진 화공을 바라보니 가슴 한구석이 쿵쾅거린다. 그녀는 눈을 질끈 감고는 일이 무사히 해결되기만을 빌었다.

한편, 자명은 무엇인가가 자신의 목을 베려 한다는 것을 알고는 깜짝 놀라고 말았다.

어떻게 쥐는지도 잘 모르는 검을 들고서 황급히 두어 걸음 뒤로 물러나 보았지만, 그곳도 그리 안전한 곳은 아니었던 모양이다.

"큭!"

어깻죽지에 자그마한 검상이 생겼다. 비록 가죽만 살짝 베인 것이었지만, 따끔한 고통이 느껴지자 정신이 번쩍 든다.

'사, 사람이 보이지 않아. 검만 보이는 기분이다.'

자명이 식은땀을 흘리며 침을 꿀꺽 삼켰다.

본래 매화검진은 구궁(九宮)에 기초하여 팔괘(八卦)를 더한 것으로, 그 변화가 무궁무진하여 감히 짐작할 수 없다. 그 안에 머무른 사람은 마치 끝도 없이 흩날리는 매화를 마주한 양 제대로 앞을 볼 수 없고, 꽃향기에 취한 듯 정신을 차릴 수가 없는 것이다.

매화만개(梅花滿開)가 펼쳐질 즈음에 이르러서는 자명은 아예 엉덩방아를 쿵, 찧고 말았다.

"헉!"

넘어진 자명의 이마 위로 날카로운 검풍이 불어닥쳤다. 자명은 넘어진 채로 뒤로 기듯이 피해갔다. 조금 전까지 자명이 있던 곳에 검 한 자루가 내리꽂혔다.

모골이 송연해지는 기분에 자명이 군침을 꿀꺽 삼켰다.

'주, 죽이려는 걸까?

오해를 풀기 위한 것뿐이니 설마 죽이기야 하겠냐만, 살기만큼은 진짜였다. 자명은 본능적으로 두려움을 느끼고는 후다닥 자리에서 일어났다.

'안 돼, 두려움을 느껴서는 안 돼.'

자리에서 일어난 자명은 손에 들린 익숙하지 않은 검을 매만졌다. 이것으로 어떻게든 막아야 하는데, 검날도 눈에 보이지 않을 정도로 휙휙 지나가고 사람도 나타났다 사라졌다 하니 막을 도리가 없다.

결국 자명이 할 수 있는 것은 허둥대며 이리 피하고 저리 피하는 게 고작이었다.

남궁화란은 그런 자명을 바라보며 주먹을 꼬옥 쥐었다.

'지, 진 화공!'

남궁화란의 얼굴이 창백해졌다. 당노태태의 말씀에 따르면, 화공은 서화의 법으로 이능을 얻었을 뿐, 무학은 일초반식도 모른다 했다. 그렇다면 진 화공은 매화검진을 이겨낼 수는 없을 것이 분명했다.

아니나 다를까, 진 화공이 또다시 수세에 몰려 갈피를 잡지 못하고 있었다. 진 화공의 빈틈을 노리고 매화검수의 칼날이 날아들었다.

'안 돼!'

남궁화란이 저도 모르게 패검한 검을 움켜쥘 때였다.

챙―!

무엇이 날아왔음일까! 공중을 꿰뚫는 날카로운 파공성과 함께 자명에게로 쏘아져 오던 검날이 튕겨 나가고 말았다. 그와 동시에 매화검수 하나가 재빨리 뒤로 물러났다.

화산파 장문인의 침중한 목소리가 들려왔다.

"끼어드실 생각입니까, 당노태태?"

당노독파의 손에는 돌멩이가 몇 조각 쥐어져 있었다. 그녀는 위급한 순간 탄지공을 펼쳐 자명에게로 쏟아지던 검날을 튕겨낸 것이다.

"닥쳐라! 무죄를 증명하자는 것이지, 저 아이를 병신 만들자는 게 아니지 않느냐? 저 아이는 내게 속한 내 아이! 지금부터 저 아이의 터럭 하나가 베어지는 순간 화산의 목숨 하나를 취하겠다! 이 당노독파가 허언을 하지 않는다는 것을 안다면, 이제부터는 감히 살검을 펼치지 못하리라!"

무경 상인의 옆에 서 있던 당노독파가 크게 외치며 발을 탕, 굴렀다. 그와 동시에 그녀 주위에 있던 화산파의 무인들의 안색이 하나같이 창백해졌다.

그녀의 청허심결이 중압감을 일으켜 화산파 무인들을 짓누른 것이다. 화산파 무인들이 내기를 일으켜 상대해 보았지만, 서 있는 것이 고작이었다.

당노독파가 화산파의 무인들을 인질로 삼는 것을 본 남궁화란이 심호흡을 했다.

'다행이야.'

남궁화란은 당노독파와 자명을 번갈아 바라보고는, 천천히 쥐어 들었던 검을 놓았다. 힘을 너무 쏟은 탓인지 손이 부들부들 떨리기까지 한다.

그사이, 겨우 위기에서 탈출한 자명은 또다시 검날을 피해 뒤로 물러서고 있었다. 이제 무대 끝에 달해 더 이상 피할 곳이 없을 지경이었다. 자명은 두려움을 애써 거두며 호흡을 골랐다.

'또 몇 사람이 사라졌어.'

넓은 무대에 사람이 서 있으니 그 사이로 지나가기만 하면 될 일인데, 도저히 그럴 수가 없다. 아니, 아예 사람이 사라졌다 나타났다 하니 그 사이란 곳이 어딘지도 모르겠다.

'어, 어쩌지?'

또다시 날카롭게 쏘아져 오는 검날을 느낀 자명이 옆으로 몸을 놀리며 생각했다. 하지만 검림(劍林)이 되어버린 무대 한가운데서 답을 낼 수 있을 리가 없다.

'일단 침착해야 해.'

자명은 두려움을 떨쳐 버리기 위해 애썼다. 중용이란 마음에 치우침이 없어 희로애락의 감정을 절제하는 것을 말한다.

과거 무림을 두려워하여 치우친 마음을 가지고 있던 때와 달리, 지금은 어느 한쪽에도 치우치지 않은 곧은 마음을 가지고 있는 자명이었다.

'두려움조차 절제해야 해. 감정의 발함이 절제되지 못하면 평상을 이룰 수 없고 평상을 이루지 못하면 조화를 잃게 돼.'

아니, 무엇보다 두려움이 있다면 아름다움을 볼 수 없게 된다. 천지간에 아름답지 않은 것이 없으니, 화공인 자신은 그것을 바라보아야 했다.

"후우—"

그동안 피하기만 했던 자명이 움직임을 멈추었다. 그리고 호흡을 몰아쉬며 천천히 마음을 다독였다. 저절로 무명도원도의 호흡이 일어나 자명의 가슴을 포근하게 감쌌다. 이제는 그림을 그리지 않아도 자연스럽게 일어나는 무명도원도였다.

그렇게 마음을 다독이고 보니 평상심이 돌아왔다.

자명은 비로소 차분하게 매화검수들의 움직임을 바라볼 수 있었다.

'그때의 검로(劍路)처럼 이것 역시 매화로구나.'

매화검수들은 마치 한 그루의 매화나무 같았다. 고고하게 서서 바람의 손길을 즐기는 매화나무 말이다. 그렇다면 그들의 손에 들린 검은 곧 매화다. 만개하여 꽃을 피우는 매화도 있고, 바람을 이기지 못하고 낙화하는 매화도 있다.

'그, 그림……?'

자명의 눈이 크게 뜨여졌다. 문득 눈앞의 상황이 그림처럼 느껴진 것이다. 화공이 세상을 바라보는 법은 오직 화폭을 통해서라던가? 이 상황을 그림으로 여기고 보니, 비로소 길이 보인다.

자명은 저도 모르게 눈을 꼬옥 감았다. 그러자 저절로 한 폭의 그림이 마음에 떠올랐다. 과거 신개 양비자 어르신의 기세를 그림으로 보았듯, 자명은 매화검진의 기세를 그림으로 바꾸어 버린 것이다.

그것은 한 폭의 매화서옥도(梅花書屋圖)였다.

'운무에 휩싸인 고산준봉, 만개한 매화나무.'

매화나무들이 각자 조화를 이루어 서 있다. 나무에 핀 매화는 한 송이, 한 송이마다 살기를 띠고 있었지만, 그것 역시도 서로 조화를 이루어 손짓하고 있었다. 자신이 그림 한가운데 있지만 않았더라면 그야말로 감탄을 터뜨리고 말았을 것이었다.

하지만 자신은 그림 한가운데 서 있었고, 고산준봉에 가득한 매화는 그 어떤 사물의 침입도 허용치 않고 있었다.

'여기가 매화로 가득한 매화서옥도라면……'

자명의 마음이 비로소 평화로워졌다. 세 개의 검이 자신에게 쏘아져 오고 있지만, 자명의 몸은 움직일 생각을 하지 않았다.

'그렇다면 점경하겠다.'

자명은 검을 역수(逆手)로 쥐어 마치 장봉(長鋒)을 쥐듯 파지(把指)하여 바닥에 쿡 내리찍었다. 그리고는 바닥에 꽂힌 검을 움직여 자그마한 실선을 만들며 획을 그어나갔다.

무대를 화폭 삼아, 매화검수들을 풍경 삼아 그림을 그려 나가는 것이다.

자명의 검극이 기나긴 획을 긋자 장내에 자리한 무림인들이 신음을 토해냈다.

"이, 이런!"

"사문(死門)으로 향하다니? 정말 무공을 모르는가!"

누군가가 다급히 외쳤지만, 자명은 그것을 듣지도 못했다. 마치 자결하려는 사람처럼 눈을 꾹 감아버린 채 공격이 이루어지는 곳으로 선을 그으며 나아갈 뿐이었다.

하지만 모두의 예상과 달리 자명은 위험에 처해지지 않았다.

오히려 앞으로 나서는 자명 때문에 매화검수 한 명이 호흡을 거둬들여야 했다.

"흡!"

매화검수의 얼굴이 구겨졌다. 하필이면 다가오는 방향이 자신 쪽이란 말인가! 지금의 변화에 따르자면 자신이 우측 중심이 되어야 할 터인데, 화공이 자신 쪽으로 다가오니 그를 제압하려면 변화가 아니라 첨단(尖端)에 서게 생겼다.

매화검수가 첨단으로 나서자 매류통천(梅流通天)의 수순이
깨지고 말았다. 처음으로 진의 움직임이 마비된 것이다.

하지만 자명은 자신이 무엇을 하고 있는지도 모르고 있었
다. 눈을 감고 있으니 상황을 알 수 있을 리가 없다. 자명은
그저 거꾸로 쥔 검을 붓으로 삼아 그림을 그리고 있었던 것이
다.

매화나무가 눈앞에 떠오르면 그 옆을 비끼는 자그마한 시
냇물을 그려낸다. 그러면 매화나무에 가득한 곧고 날카로운
기운이 순화되어 부드러워지리라.

'폭이 좁으나 부드럽게 흐르는 시냇물이다. 흐르는 소리가
청량하구나.'

자명은 굽이굽이 흐르는 시냇물처럼 우측으로 방향을 틀
었다.

"헛!"

본의 아니게 첨단에 서게 되었던 매화검수가 또다시 헛숨
을 들이켰다. 매류통천 대신에 매영만천(梅影滿天)의 수순으
로 바꾸었는데, 화공이 또다시 변화의 중심축으로 움직인 것
이다.

차라리 목숨을 가져가면 일이 쉽겠으나, 당노독파의 방해
가 있으니 이러지도 저러지도 못하게 된 매화검수였다. 살검
을 펼칠 수 없으니 그저 가둬놓고 농락만 하는 셈이었는데,
이제는 가둬지시도 않게 생겼다.

"이놈이!"

매화검수 한 명이 노기를 터뜨리며 자명에게 검을 날렸다. 하지만 자명은 부드럽게 몸을 움직여 검날을 피해내었다. 매화나무가 줄기를 뻗으면 시냇물은 그 옆을 흐르면 그만인 것이다.

진법의 균형이 흐트러진 것을 가장 먼저 알아차린 것은 매화검진을 다스리던 열화검 무연 진인이었다.

"네 이놈, 청연! 지금 무엇을 하는 게냐!"

노기가 잔뜩 뻗친 열화검 무연 진인이 외쳤다.

하긴, 그로서는 화가 날 수밖에 없는 상황이었다. 그가 목숨처럼 아끼는 화산의 명예가 걸레처럼 너덜너덜해졌고, 매화검보를 훔쳐 간 것이 분명한 화공 놈은 당당하게 서서 화산을 조롱하기까지 했다.

심지어 당노독파에 의해 전신이 마비되었다가 풀려나는 수모까지 겪었으니, 화가 아니 날래야 아니 날 수가 없는 상황인 것이다.

"청연은 뒤로 물러나라! 내 직접 나서리라!"

성정이 성급하고 화통한 그는 씹어 먹을 듯이 외치고는, 검진을 다스리던 축에서 벗어나 직접 첨단으로 경공을 펼쳤다.

절정의 암향표(暗香飄)!

강호를 걷는 자는 실력의 삼 푼을 감추라 했거늘, 무연 진인은 노기에 휩싸여 이미 전신의 기력을 모두 쏟아내고 있었던 것이다.

"이놈! 매화검보를 훔쳐 갔으니, 응당 벌을 받아야 할 터!"

우렁차게 외친 무연 진인이 건(乾)의 방향에 서서 검날을 우로 비틀었다. 검진의 순리에 따라 자명에게로 다섯 개의 칼날이 쏟아져 왔다. 다른 네 개의 검날을 피하더라도 매화검진에 달통했다는 무연 진인의 검날만은 피하지 못할 것이었다.

과연, 자명의 얼굴이 시커멓게 죽어갔다.

'이, 이런!'

마음속에 펼쳐진 그림이 마침내 변화하고 말았다. 매화가 만개한 것으로 모자라, 이제는 아예 여백이 보이지도 않는 것이다. 어디를 가도 살기 어린 매화를 만날 수밖에 없게 되자 자명의 붓끝, 아니, 검극이 처음으로 주춤거렸다.

'여기서 멈추어야 하나?'

자명의 미간이 좁혀졌다. 그림에는 아직도 살기가 가득한데, 그것을 다독이지도 못한 채 점경을 멈추게 된 것이다.

'아니야. 매화가 가득하다면, 그것을 싣고 흐르면 될 거야.'

본래 물이란 것이 그렇지 않은가. 가로막는 것이 있으면 비켜 흐르고, 항상 낮은 곳으로 흐른다. 꽃잎이 떨어지면 그것을 거부하지 않고 받아들여 함께 흐른다. 나중에는 꽃잎이 비옥한 토양에 닿으리라.

자명은 검극을 부드럽게 틀었다.

“헉?”

무연 진인의 눈이 휘둥그레졌다. 바닥에 내리꽂힌 화공의 검이 그의 허벅지를 노리던 자신의 검을 가로막았다. 아니, 가로막은 것뿐만이 아니라 아예 비끄러매듯 흘려 내고 있다. 자신의 검이 오히려 화공의 검로, 아니, 획을 도와준 꼴이 된 것이다.

“이화접목(移花接木)?”

대경한 무연 진인이 재빨리 검을 떼어내려 했다. 하지만 이번엔 화공의 검이 자신의 검을 따라왔다. 마치 그곳이야말로 자신의 획이 이어질 곳이라는 듯, 화공의 검은 흐르는 물처럼 담담하였다.

“이놈! 역시 무학을 배웠구나!”

자명의 검로를 상승의 검학이라고 판단한 무연 진인이 드디어 모든 것을 밝혀내었다는 얼굴로 외쳤다. 자명은 그 말을 듣지 못했는지, 무연 진인의 검을 비끄러맨 채로 계속하여 획을 긋고 있을 뿐이었다.

“이제 모든 것이 들통났으니 화산의 뜻에 따라……!”

무연 진인이 그렇게 외칠 때였다. 무연 진인의 손끝에 기이한 감각이 잡혔다. 화공이 역수로 쥔 검이 부드럽게 떨리고 있었던 것이다.

무연 진인의 입에서 신음이 터져 나왔다.

“으음?”

‘나의 검을 고작 근력으로 막다니? 아무리 이화접목이라 해도…….’

화공에게서 내기가 느껴지지 않는다. 근골이 훌륭하다는 것은 알고 있었지만, 설마하니 근력만으로 자신의 검을 상대할 줄은 몰랐다.

‘그렇다면 이놈이 정말 무공을 모른단 말인가?’

조금 더 생각해 보니 전신에 소름이 돋는다. 자명에게서 느껴지는 기이한 기세 때문이었다. 마치 물처럼 담담하고 부드러운, 내기와도 흡사하지만 분명히 다른 기이한 기세였다.

그것은 분명히 무학이 아니었다.

‘이것이 무학이 아니라면, 그렇다면 이것은 도대체 무엇이란 말인가!’

바닥에 꽂힌 자명의 검과 마주할수록 그의 검로가 느릿해졌다. 단순한 만큼 순수한 무인이었던 무연 진인은 어느새 매화검진마저도 잊고 자명의 검로에 집중하고 있는 것이다.

‘설마…….’

무연 진인의 검이 부드러운 곡선을 그렸다. 매화검진에 따라 무연 진인의 검로가 변화했다면, 이번에는 무연 진인의 검로에 따라 매화검진이 변화했다.

사실, 매화검진으로 사명을 제입하기는 몹시 쉬운 일이었다. 살검을 펼칠 수만 있었다면 진작에 모든 것이 끝났을 것이었다. 하지만 당노독파로 인해 살검을 펼칠 수 없었고, 또한 화공의 보보가 느렸으므로 진법의 변화도 느려졌다.

화공이 따라오지도 못할 만큼 빨리 변화할 수도 있었으나 매화검진은 굳이 불필요한 동작을 일삼을 만큼 낮은 수준의 검진이 아니었던 것이다.

검진이 변화를 일으켜 접근하면, 그때에는 화공이 미꾸라지처럼 진의 영향력을 피해 기이한 획을 그었다. 다시 변화하여 접근해도 또다시 영향력을 피해 도망가니, 이러지도 저러지도 못하게 된 것은 화공이 아니라 매화검진이라 할 수 있었다.

그러한 이치를 알아차린 화산파의 장문인, 무경 상인의 안색이 변해갔다.

"으음."

도대체 화공은 무엇을 하는가! 검을 상대에게 들이미는 것이 아니라 바닥을 긁어 마치 그림을 그리듯 한다. 하지만 그 움직임이 마치 처음부터 그랬다는 듯 자연스러우니 도무지 알 수가 없다.

"마치 유수(流水) 같구나."

무경 상인이 침음성을 내뱉었다. 흐르는 물처럼 흘러만 가는데, 어째서인지 가는 곳마다 요지(要地)인 것이다. 이대로라면 매화검진이 파훼당하게 생겼다.

자명이 일곱 번째 중심축으로 검을 움직일 무렵이었다. 그곳이야말로 검진의 비결이라 할 수 있는 곳, 침음성을 흘리며 보고 있던 무경 상인의 안색이 썩은 돼지 간처럼 변했다.

"그만! 매화검수들은 검을 거두어라!"

이미 주위의 무림인들은 자명이 그린 획을 유심히 바라보고 있었다. 경지가 낮은 이들은 보고도 모를 테지만, 구파일방의 장로쯤 되면 저 획만으로도 매화검진의 파훼법을 연구할 수 있으리라.

그러한 위험을 감수하며 화공을 시험할 수는 없었다.

"장문령을 받자옵니다!"

매화검수들이 우렁차게 외치고는 뒤로 몇 걸음이나 물러났다. 그들의 표정은 얼떨떨하다 할 수 있었다. 그들로서도 자명의 기이한 움직임은 처음 보는 것이었다.

하지만 화산파의 장로, 무연 진인은 계속하여 검을 놀리고 있었다.

"무연 진인! 화산파의 장로가 감히 내 명을 거역하려는 것이오?"

무경 상인이 노기 어린 목소리로 외쳤지만, 무연 진인은 그 말을 듣고 있지 않았다. 바닥을 그어나가는 자명의 획에 집중하여 아무런 소리도 듣지 못한 것이다. 어쩌면 그것은 삼매경에 든 것일지도 몰랐다.

그것을 뒤늦게 알아차린 무경 상인이 의이한 듯 중얼거렸다.

"무연 진인?"

"크헐헐! 병신 같은 놈. 저 말코가 청정에 들었음도 모르느냐?"

뒤에서 당노독파가 비웃는 소리가 들렸지만 무경 상인은 그녀 쪽은 쳐다보지도 않았다. 도대체 저 화공의 무엇이 화산파 최고수 중 한 명인 무연 진인을 매혹시켰단 말인가!

그것은 무경 상인은 물론, 다른 수많은 무인들도 궁금해하는 바였다. 사람들의 시선이 자명과 무연 진인에게로 향했다.

자명은 내심 식은땀을 흘리고 있었다. 부드럽게 흘러가던 시냇물은 심상이 사라짐과 동시에 흩어지고 말았다. 더 이상 시냇물을 그릴 필요가 없었던 것이다. 그리던 그림을 완성하지 못해 아쉬운 마음이 들었지만, 자명은 아쉬움을 오래 느낄 수가 없었다.

검날이 날아오고 있었으니 말이다.

'왜 계속……!'

여태껏 하체만을 노리던 무연 진인의 검이 변화했다. 이번엔 허리를 노리고 섬뜩한 칼날이 쏘아져 왔던 것이다.

자명은 어찌할 바를 모른 채 바닥에 꽂혀 있던 검을 들어 휘둘렀다. 검결지도 맺지 않은 채 아무렇게나 파지한 검을 힘껏 휘둘러 보았지만, 아예 상대의 검과 부딪칠 수도 없었다. 무공을 모르는 자명이 화산파의 고수인 무연 진인의 검을 상대하지 못한 것은 어쩌면 당연한 일이라 할 수 있었다.

자명의 학사의가 부욱 찢어졌다.

‘엇!’

잘못했으면 팔이 잘릴 뻔했다. 그보다 칼이 조금만 깊게 들어왔으면 팔이 아니라 아예 목숨까지도 날아갈 뻔했다. 하지만 상대는 그렇게 할 수 있음에도 그러지 않았다.

무연 진인은 더욱 딱딱해진 얼굴로 검을 수습하고는 다시 매화난검을 펼쳐 자명을 압박해 들어왔다.

그렇게 두세 번의 검격(劍擊)이 지나가자 아무리 무학에 관하여 일자무식인 자명이라도 상대가 자신을 죽이려는 것이 아님을 알 수 있었다.

‘왜지?’

그렇다면 왜 자꾸 자신에게 검을 쏟아내는 것일까. 자명은 의아한 얼굴로 상대의 검로가 무학에 관하여 모르는 자신도 볼 수 있을 만큼 느려지는 것을 주시했다.

자명은 몰랐지만 무연 진인의 검에는 내기도 실려 있지 않았다.

‘이상하다.’

무인은 검으로 말한다는 이야기가 있다. 말로써 대화를 나누는 것보다, 검으로써 질문하고 검으로써 대답을 구하는 것이 바로 무인인 것이다. 비록 도인이라고는 하나 무연 진인 역시 강호의 무인, 그는 자명에게서 느낀 기이한 기세에 관하여 질문을 던지고 있었다.

자명은 목숨을 구하고자 아무렇게나 휘두르던 검을 멈추

었다. 그리고는 손에 검을 든 채로 담담히 서서 무연 진인의 검로를 바라보았다. 자명이 꼼짝도 않고 있는데도 무연 진인은 계속해서 검을 날리고 있었다.

'비록 나를 공격하고 있지만……'

자명에게로 검이 날아오는 것은 분명하지만, 이것은 비무(比武)라기보다 연무(研武)라고 봐야 옳을 것이었다. 자명은 무연 진인의 검무를 유심히 주시했다.

'혹시 이것 때문일지도 몰라.'

한참이 지나서야 자명이 검을 들어 올렸다. 튕겨 나가지 않게 검을 양손으로 단단히 움켜쥔 자명은 조심스럽게 무연 진인의 검을 막아갔다.

챙, 소리와 함께 자명의 팔이 뒤로 꺾였다. 단순히 근력만으로 상대하기에는 무연 진인의 검이 지나치게 무거웠던 것이다. 팔이 터지는 듯한 고통에 자명이 이를 악물었다.

하지만 자명은 멈추지 않고 또다시 검을 뻗어나갔다.

이번에는 자명의 몸에도 변화가 일었다.

'앗, 또 나타났구나.'

언젠가 겪었던 것처럼 아랫배가 꼬물꼬물하더니, 따스한 기운이 일어나 자명의 팔로 건너갔다. 근육이 터질 것만 같던 고통이 서서히 사라지며 이내 새로운 활력이 차올랐다. 자명과 무연 진인의 검이 다시 한 번 부딪쳤을 때에는, 자명의 팔은 뒤로 꺾이지 않았다.

대신, 자명의 검은 무연 진인의 검로를 이전보다 반 치 위
에서 멈추도록 만들고 말았다.

"으음……."

무연 진인이 침음성을 토하며 또다시 검을 뻗어내었다. 자
명은 검을 들어 힘겹게 무연 진인의 검에 마주해 갔다.

장내의 사람들은 의아한 듯 자명과 무연 진인을 번갈아 바
라보았다. 처음에는 죽일 듯이 검을 날리던 무연 진인의 검로
가 느려지더니, 아무렇게나 휘두르던 화공의 검이 서서히 균
형을 잡아갔다. 도대체 이게 어떻게 되어먹은 기사(奇事)란
말인가!

그 모습을 지켜보던 소림사의 각원 대사(覺圓大師)가 수염
을 쓰다듬었다.

"아미타불, 저 화공에게 무학을 가르치는가?"

"그것은 아닐 것 같소이다, 각원 대사."

각원 대사의 옆자리에 앉아 있던 무당파의 장문인, 운풍 진
인(雲風眞人)이 고개를 저었다.

"오히려 무연 진인이 청정에 든 듯하오."

"헐! 어떻게 화산의 장로를… 그렇다면 저 화공이 무공을
알고 있음이 사실이란 말이오?"

"모르지요. 당노대대께서는 저 화공이 서화의 법으로 이능
을 얻었다 하지 않았소이까? 무량수불, 매화검진에서 벗어난
재주는 확실히 이능이라 할 만한 것, 어쩌면 그것으로 상대하

고 있는 것일지도 모릅니다."

운풍 진인의 말에 각원 대사가 수염을 쓰다듬었다. 확실히 화공의 검로는 어설프게 휘두르던 조금 전과 달라지지는 않은 모습이었다. 비록 검은 제대로 뻗어가고 있다지만 체계적으로 수련을 한 무인과는 큰 차이가 나는 것이다.

'운풍 진인의 말에 따르자면, 저 화공에게 무연 진인을 청정에 들게 할 만한 무언가가 있다는 뜻인데……'

각원 대사가 침중한 눈으로 화공을 바라보았다. 만약 운풍 진인의 말이 옳다면, 저 화공은 스스로도 알지 못한 채 운풍 진인을 가르치고 있는 것이나 다름없는 것이다. 각원 대사는 믿을 수 없다는 듯 한숨을 길게 내쉬었다.

그사이, 무연 진인의 검과 자명의 검이 마침내 조화를 이루었다. 마치 잘 짜인 검무처럼 서로 노닐고 있는 것이다. 비록 무학을 모르는 자명을 배려하여 내공없이 느리게 검을 날리는 무연 진인 덕택이었지만, 자명의 검에 담긴 경지도 결코 낮지 않았다.

무학의 경지에 오른 무인들은 하나같이 침중한 얼굴로 자명과 무연 진인을 주시했다.

'역시 그것을 묻는 것이었구나.'

자명이 식은땀을 흘리며 생각했다. 무연 진인의 검로는 다름 아닌 며칠 전 보았던 도고의 검로와 같았던 것이다.

무연 진인은 그 검로에서 살기를 지우고 더 아름다운 것을 만들고자 하는데, 그 방법을 모르는 사람 같았다. 자신이 보았던 아름다움에 따라 검을 멈추게 하면 그의 검이 한결 더 부드러워졌으니 말이다.

문제는 문득문득 새하얀 세계가 펼쳐지려 한다는 것이었다.

'이크, 또 떠오른다.'

과거, 새하얀 세계에서 수염 지긋한 노인의 검을 따라 한 적이 있었다. 그 후 정신을 잃었다 깨어나 보니, 바닥이 온통 파헤쳐지고 오직 핏자국만이 남아 있었다. 만약 여기서 그 검로를 또 따라 한다면 어떤 사단이 벌어질지 모른다.

자명은 억지로 상념을 지우기 위해 애썼다.

그 대신 자명은 그득히 피어오른 매화의 아름다움에 마음을 가져갔다. 며칠 전 보았던, 아니, 그보다 더 아름다운 매화의 검로에 자명은 취한 듯 비틀거렸다.

'역시 아름다운 매화로구나.'

무연 진인의 검이 한층 더 아름다워지자 자명은 천천히 검을 떼어내었다. 가슴이 시원해지더니 청량한 향기가 코끝에 감돌았다. 무연 진인의 검끝에서 피어나온 매화향이었다.

자명이 신비롭다는 눈으로 무연 진인을 바라볼 때였다.

무연 진인은 눈을 감은 채 검극을 하늘로, 왼손으로 땅을 가리키며 검무를 마치고는 호흡을 골랐다. 그의 얼굴에는 미소가 가득 맺혀 있었다.

잠시 뒤, 무연 진인이 눈을 떴다.

"하하하! 믿을 수가 없군, 믿을 수가 없어!"

눈을 뜨자마자 홍소가 터져 나온다. 그는 폐부 깊숙이 맺혀져 있던 웃음을 토해내고는 자명을 바라보았다.

"소협은 우연히 본 연무에서 매화검보를 얻었다고 했지. 이제는 묻지 않을 수가 없구먼. 자네가 본 연무가 누구의 것이었던가?"

자명이 쓸쓸한 표정을 지었다. 도적으로 의심하고 협박하기 전에 그것부터 물었어야 될 일이 아닌가! 하지만 자명은 굳이 그것을 탓하지 않고 주위를 두리번거려 운곡 도고를 찾아 손가락으로 가리켰다.

무연 진인은 자명의 손가락을 따라 시선을 돌렸다.

"하하하! 그래, 그렇게 된 것이었군! 운곡의 절기가 바로 매화난검이었지. 설마하니 매화검보를 보지 않고서 그것을 그려낸 것이 사실일 줄이야! 소협은 도대체 어떻게 그러한 이치를 알았던가?"

장내의 누구도 이해하지 못할 질문이었지만, 자명만큼은 그 질문을 알아들을 수 있었다. 자명은 자그마한 미소를 지어 보였다.

"그저 아름다워 보였기 때문입니다."

"아름다웠기 때문이라……."

무연 진인이 무언가를 곰곰이 생각하더니 발을 두어 번 탕

탕 구르며 또다시 감탄을 터뜨렸다.

"정말 대단하군, 정말 대단해! 소협은 무학을 모르는데도 이러한 이치를 알고 있으니, 정말로 대단해!"

"과찬이십니다."

무연 진인의 웃음은 떠나갈 생각을 하지 않았다. 화통한 성정만큼이나 순수한 무인이었던 무연 진인은 명예에 누가 될 수 있음을 알면서도 자신이, 화산이 오해했음을 인정했다. 그에게 옳은 것은 옳은 것, 옳지 않은 것은 옳지 않은 것이었던 것이다.

"소협께 큰 죄를 짓고 말았군! 내 눈이 멀어 있던 것이었어. 스승께서 세 번 생각하기 전에는 입을 열지 말라고 했는데, 내 생각지 않고 움직인 끝에 이러한 폐를 끼치고 말았네. 당노태태의 말대로 팔을 내어드릴 테니 그것으로 용서하시게."

그렇게 말한 무연 진인이 다시 한 번 크게 웃어넘기고는 들고 있던 검을 들어 자신의 왼팔을 내려쳤다.

"그러지 마십시오!"

자명이 다급히 외치며 무연 진인의 팔을 잡아끌었다. 검을 든 팔은 미처 쳐내지 못했지만, 앞으로 뻗은 왼팔은 잡아끌 수 있었던 것이다.

무연 진인의 눈이 휘둥그레 커졌다.

'어, 어떻게⋯⋯.'

금나수(擒拿手)였던가? 아니었던 것 같다. 하지만 피할 생각도 하지 못한 채 팔을 잡혀 버리고 말았다. 조금 전과는 다른 충격이 무연 진인을 덮쳤다.

한편, 자명의 얼굴은 딱딱하게 굳어 있었다. 무림의 일에는 장난이 없다던가? 조금 전 파파의 말처럼 무연 진인은 대번에 자신의 팔을 잘라 내놓으려 하고 있었다.

그것은 결코 자신이 원하는 일이 아니었다.

"팔을 자르지 마십시오. 저는 분쟁을 막고 싶었을 뿐, 팔을 원한 것이 아닙니다."

무연 진인은 자신의 팔을 잡은 자명을 물끄러미 바라보며 알 수 없다는 얼굴로 더듬더듬 중얼거렸다.

"아, 알았네. 내가 아니라 바로 소협이 도인(道人)이로군. 이 무연자가 빚을 졌네."

"크헐헐, 말코가 말 하나는 마음에 들게 하는구나!"

당노독파의 웃음소리가 하늘 높이 울려 퍼졌다. 그녀는 웃음기 어린 얼굴로 무경 상인을 돌아보았다.

"저 말코의 사과는 받았다! 그렇다면 무경자 네가 화산의 이름을 걸고 사과할 차례로구나! 설마하니 여기서도 또 할 말이 있단 말이냐?"

"하지만 당노태태."

무경 상인이 무어라고 말할 때였다. 당노독파가 얼음장처럼 차가운 얼굴로 외쳤다.

"시끄럽다! 또 무슨 말을 지껄여 만인을 현혹하려느냐? 화공이 검진의 흐름을 보았으니, 화공에게는 신안이라 할 만한 안목이 있다! 인정하느냐?"

무경 상인은 침중한 얼굴로 아랫입술을 질끈 깨물었다. 그는 잠시 머뭇거리다가 하는 수 없다는 듯 고개를 끄덕였다.

"인정하오."

"또한 무공이 아닌 획을 그음으로써 검진에서 벗어났으니, 화공에게는 신품을 그릴 만한 능력이 있다! 인정하느냐?"

"그 역시 인정하오."

당노독파가 카랑카랑한 목소리로 크게 외쳤다.

"직접 검을 겨룬 저 무연 말코가 화공은 무학에 관하여 모른다고 선언하였으니, 화공은 죄가 없다! 인정하느냐?"

"그것은 인정할 수……."

무경 상인이 무어라고 반박하려 입을 열었다. 무학에 관하여 모른다고도 볼 수 있지만, 화공의 움직임을 보노라면 안다고도 볼 수 있는 것이다.

무경 상인뿐만이 아니라 화산의 도사들은 하나같이 불복한다는 얼굴로 당노독파를 쏘아보고 있었다. 오직 한 명, 무연 진인을 제외하면 말이다.

무대 중앙에 서 있던 무연 진인이 우렁차게 외쳤다.

"장문인!"

무경 상인의 고개가 무연 진인으로 돌아갔다. 무연 진인은 무어라 말하려다 말고, 소리를 내지 않고 입술을 달싹였다. 전음을 펼친 것이다.

잠시 귀를 기울이던 무경 상인의 표정에 이채가 떠올랐다. 그는 천천히 자명 쪽으로 시선을 돌렸다. 도대체 무엇을 생각하는 것일까? 무경 상인의 표정이 알 듯 모를 듯한 얼굴로 변해갔다.

당노독파가 날카로운 목소리로 무경 상인을 채근했다.

"다시 묻겠다! 화공이 죄가 없음을 인정하느냐?"

무경 상인은 당노독파 쪽은 바라보지도 않고 자명만을 주시한 채 아랫입술을 질끈 깨물었다. 그러더니 낮게 억눌린 목소리로 중얼거렸다.

"…인정하겠소."

"장문인! 어찌 이렇게 쉽게……!"

화산파의 제자들은 물론, 장로들까지 다급히 무경 상인을 말리려 들었다. 하지만 무경 상인의 입에서는 불복의 선언이 나오지 않았다.

당노독파가 날카로운 쇳소리를 내어 준엄하게 외쳤다.

"그렇다면 무엇을 하는가? 화산의 이름으로 사죄하라!"

무경 상인은 그제야 비로소 자명에게서 시선을 떼어 당노독파를 바라보았다.

잠시 노기 어린 눈으로 당노독파를 바라보던 무경 상인이 눈을 질끈 감았다. 화산파의 명예가 마침내 꺾이게 된 것이다. 노기가 차올랐으나 무경 상인은 자신이 이미 명분을 잃었음을 인정했다.

"화산이……"

무경 상인이 억눌린 목소리로 입을 열었다. 말을 꺼내기가 어려운지 무경 상인은 잠시 머뭇거리다가 잠시 뒤에야 말을 이어나갔다.

"화산이 오해했음을 인정하오. 매화검보의 일에 눈이 어두워지고 말았구려. 화공에게 사죄를 청하오."

"캬하하!"

당노독파가 홍소를 터뜨렸다. 그녀의 웃음은 어두운 밤하늘을 뚫고 널리 울려 퍼졌다.

무경 상인은 한참이 지나서야 눈을 떴다. 그는 당노독파의 웃음소리를 들으며 무연 진인을 바라보다가 소년 화공에게로 시선을 옮겼다. 소년 화공은 담담한 얼굴로 그를 바라보고만 있었다.

무경 상인은 입을 굳게 다물고는 몸을 홱 돌려 명천회를 빠져나갔다. 침중한 얼굴을 한 화산파의 제자들이 무경 상인의 뒤를 따랐다. 그들의 마음속은 하나같이 부글부글 끓고 있었다.

당노독파가 흡족한 얼굴로 그들을 바라볼 때였다.

그녀의 귓가에 누군가의 전음성이 들려왔다.

[뜻을 이루신 것을 감축드리오, 당노태태.]

　당노독파가 일그러진 얼굴을 돌려 무림맹주를 바라보았
다. 무림맹주 엄세진이 입술을 달싹이고 있었다.

　[폐가 되지 않는다면 이 자리가 정리된 후에 잠시 뵙고자
합니다만. 저 화공도 함께 말이오.]

　"클클, 잠시 보자는데 뭐 어려울 것이 있겠느냐? 그렇게 하
마."

　당노독파가 육성으로 중얼거렸다.

　하지만 웃음소리와는 달리 그녀의 얼굴은 차갑기만 했다.

第三章
신산자(神算子) 제갈경(諸葛㯹)

畵工
道談

화공
도담

1

명천회는 엉망으로 끝을 맺고 말았다. 바야흐로 화산파가 의지를 꺾고 사죄하는 일이 벌어지고 만 것이다. 사람들은 저마다 화산파가 겪은 수모를 논하며 수군거렸다.

말할 거리는 그것만이 아니었다. 매화검진의 파훼! 화공은 바닥에 획을 그어 그림을 그림으로써 매화검진을 파훼했다. 그것이 무학이 아니라는 사실에 사람들은 경악을 금치 못했다.

어디 그뿐이랴? 화공은 무학을 모름에도 불구하고 열화검 무연 진인의 승복을 이끌어내었다. 그만하면 보통의 화공이 아니라 화선(畵仙)의 경지에 이르렀다 봐도 무방한 것이었다.

사람들은 묵월랑이라는 이름을 논하며 경탄을 금치 못했다. 어떤 이들은 묵월랑이 아니라 묵월화선(墨月畵仙)이라고 불러야 하는 것 아니냐며 호들갑을 떨어댔다.

하지만 강호의 일에 익숙한 노강호(老江湖)들은 하나같이 침중한 얼굴이었다. 비록 무학을 모른다지만 소년 화공은 천하오절 중 독괴의 비호를 받는 이였다. 심지어 독괴는 화공을 일컬어 '내게 속한 내 아이'라고까지 했으니, 무림의 누구도 쉽사리 소년 화공을 건드릴 수가 없는 것이다. 아니, 오히려 억지로라도 그와 친분을 맺어야 할 처지였다.

터무니없게도, 그러한 사실을 가장 먼저 깨달은 것은 화산파였다.

"이해할 수가 없구려, 장문인."

화산파의 장로, 무무 진인(武戊眞人)이 고개를 절레절레 저었다. 그는 명천회에서 화산이 당한 수모를 떠올리고는 아랫입술을 깨물었다.

"제아무리 천하오절이라 해도 화산의 의기를 꺾을 수 없소이다. 한데 그렇듯 쉽게 화산의 이름으로 사죄를 하시다니요."

"흥! 옳은 것은 옳은 것, 옳지 않은 것은 옳지 않은 것이요. 내 직접 화공이 무학에 관하여 모름을 확인하지 않았소이까."

무선 진인이 퉁명스럽게 중얼거렸다 순수한 무인이었던

그는 화산이 처한 정치적인 손해를 알면서도 오히려 화공을 두둔하고 있었다. 성격이 급한 것이 늘 문제를 일으키지만, 그의 마음만은 정도에서 떠난 적이 없었던 것이다.

무무 진인이 고개를 절레절레 저었다.

"물론 무연 진인께서 화공이 무학을 모른다는 것을 확인하셨지요. 하지만 그것만으로는 화공이 매화검보와 연관되지 않았다는 것을 증명할 수는 없소. 정말로 그러한 놀라운 재주가 있다면 무학을 몰라도 매화검보를 그려낼 수 있을 것이 아니오."

"나도 그 생각을 안 해본 것은 아니외다만, 알고 보면 그것은 터무니없는 말이라오. 매화검보보다 더한 재주가 있는데 무엇 하리 매화검보를 배우겠소?"

"말을 삼가시오, 무연 진인!"

조용히 듣고 있던 무무 진인이 노기 어린 얼굴로 외쳤다. 무연 진인은 자신이 화산을 폄하하였음을 깨닫고 난감한 얼굴로 뒷머리를 긁적였다.

"실언이오, 실언. 내 생각없음을 잘 알지 않소. 너무 화를 내지 마시구려."

"흥! 그렇더라도 말을 조심해 주었으면 좋겠구려. 도대체 그 매화검보보다 더한 재주라는 것이 도대체 무엇이오?"

그 질문에 대답한 것은 무연 진인이 아닌, 화산파의 장문인 무경 상인이었다.

“심안(心眼).”

모두의 시선이 무경 상인에게로 돌아갔다.

무경 상인은 화산파가 묵고 있는 천룡각 밖을 물끄러미 내려다보았다.

“무연 진인께서는 분명히 그렇게 말씀하셨지요.”

무연 진인이 보낸 전음의 내용은 ‘화공은 심안을 얻은 것뿐, 신투 왕안석과는 관계가 없소이다. 이 열화검이 보증할 터이니 장문인은, 화산은 정도를 벗어나서는 아니 될 겁니다’ 라는 것이었다.

무경 상인이 창밖에서 시선을 떼지 않은 채로 중얼거렸다.

“심안이라면 불가(佛家)의 육신통(六神通)과도 같은 경지. 화공의 경지가 아무리 높다 한들, 그만한 경지에 이르지는 않았을 것이오. 그러나 안목이 뛰어나다는 것은 분명한 사실인 것 같구려.”

“경지가 낮은데 안목만은 뛰어나다니, 그게 무슨 어불성설이오? 무엇보다 화공의 나이가 그토록 어린데 육신통이라니…….”

무무 진인이 투덜거리듯 말하였다. 심안을 가졌다는 말은 무학의 경지로 치면 천하오절만은 못해도 그 언저리에는 도달했다는 말과 진배없다.

무경 상인이 차분하게 대꾸하였다.

"아마 기연을 얻었으리라 짐작되오."

사실, 무경 상인의 말은 짐작은 정확하다 할 수 있었다. 그림보다 자명의 안목이 먼저 발달했음은 분명한 사실이었다. 오채문 대화백은 그리는 법보다 천지만물을 바로 보는 법부터 가르쳤던 것이다. 그것을 받아들인 것은 오채문 대화백이 가르쳤던 수많은 화공 중에서도 자명이 처음이었지만 말이다.

"무엇보다 확신이 필요하오. 무연 진인은 확신할 수 있소이까?"

"매화검진을 펼쳤더니, 그 흐름을 보고 아예 흘려내 버리더구려. 종국에는 내가 펼친 매화난검으로 매화검보 비슷한 것까지도 보더이다. 그것이 심안이 아니고 무엇이겠소? 나, 무연 진인은 확신하오. 그런 확신이라면 열 번도 더 하겠소."

"무연 진인을 믿겠소이다."

화산파 최고수 중 하나인 무연 진인이 그렇게 말했는데 믿지 않을 이유가 없다. 무경 상인이 고개를 주억거리고는 수염을 지그시 쓰다듬었다.

"당금 오대검파(五大檢派)의 수좌를 차지한 것은 무당파요. 백여 년 전, 매화검선께서 계실 적에 얻었던 영명은 이미 모두 소진해 버렸소이다. 화산은 다시금 매화검보를 얻어야 하오."

매화검보는 아직도 신비 속에 감추어져 있었다. 백여 년 전으로부터 지금까지, 매화검보를 완전히 얻은 무인은 아무도 없었던 것이다. 자명의 그림을 본 무경 상인이 충격에 휩싸인 것도, 비록 그림이지만 화산이 아니라 화산 밖에서 매화검보가 이루어진 것을 보았기 때문이다.

"화공은 운곡의 매화난검에서 매화검보를 보았다고 했소. 물론 그가 매화검선의 경지에 달했을 리는 없지만 안목이 뛰어난 것만은 사실이니, 그는 필시 화산에 큰 도움을 될 것이오. 때문에 나는 오늘의 치욕을 감수하기로 하였소. 오대검파의 수좌를 되찾아오기 위해서라면 그 정도 치욕쯤은 아무렇지도 않게 넘길 수 있소이다."

처음에는 화공의 사지근맥을 잘라 버리려 했었다. 하지만 그것이 자신들의 오해임을 알게 되는 것과 함께 화공이 다른 누구보다 화산에 필요한 사람이라는 사실이 드러났다. 그가 심안, 아니, 그에 준하는 것을 가지고 있다면 틀림없이 매화검보의 전수에 도움이 될 것이었다.

백여 년 만에 처음으로 오대검파의 수좌 자리가 눈에 보인 것이다.

"말씀은 알겠소이다만, 화산은 이미 소년 화공을 핍박할 대로 핍박하지 않았소이까. 그러니 쉽게 도움을 얻을 수는 없을 것이오. 하물며 독괴를 능에 업고 있음에야."

무무 진인이 씁쓸하게 중얼거렸다. 그는 핍박할 대로 핍박해 놓고 도움을 청하는 게 실 지체가 후안무치한 일이라는 걸을, 화공이 도움이 된다고 판단하자마자 태도를 바꾸는 것이 창피한 일임을 언급하지 않았다.

백여 년 만에 처음으로 드러난 단초다. 이것을 놓쳤다가는 언제 매화검보를 얻을 수 있을지 기약할 수가 없는 것이다.

무경 상인이 차갑게 대꾸하였다.

"이미 화산의 것을 그려내었으니 화공은 우리와 남이 아니요. 오늘 화산이 치욕을 감수하고 정중하게 사죄하였으니, 화공도 화산의 체면을 모른 체하지는 않을 게요."

무경 상인이 그렇게 말하며 혀를 두어 번 찼다. 말은 그렇게 했지만, 화산의 명예가 더 이상 손상되지 않으려면 여러 가지 정치적인 움직임이 있어야 할 것이었다. 무경 상인은 생각에 잠겨들었다.

무연 진인은 그런 무경 상인에게 고개를 숙여 보였다.

"모든 것이 내 실수로 비롯되었음을 아오. 잘못된 것은 잘못된 것, 팔을 잘라 주는 한이 있더라도 사죄하려 했지요."

문득 무연 진인의 얼굴이 벌겋게 달아올랐다. 자신의 성질이 급한 것이 이처럼 후회한 때가 없었다. 알고 보면 모두 오해였던 것을 자신이 나서서 크게 만들고 말았다.

"하지만 화공은 팔을 자르지 않아도 나를 용서하더구려. 그렇게 마음이 넓으니, 화산이 솔직해지기만 한다면 틀림없이 도와줄 게요. 정치적으로 머리 굴릴 필요없소이다."

무연 진인은 솔직하게 사과했으며, 화공이 그 사과를 받아

들였을 것이라고 믿었다. 그렇다면 화산은 더 이상 그를 농락해서는 안 된다. 솔직하게 다가서야 하는 것이다.

무경 상인은 대답 대신 창문 너머로 은은하게 피어 오른 달무리를 바라보았다.

화산파의 도사들 사이로 한동안 침묵이 감돌았다.

"오늘의 자리는 이만 작파하겠소. 전하고자 하는 뜻은 모두 전하였으니, 각자들 생각해 보시구려."

침묵을 깬 것은 화산파의 장문인, 무경 상인이었다. 그는 그렇게 말하고는 손을 휘저어 축객령을 내렸다.

"알았소이다."

무무 진인과 무연 진인이 자리에서 일어나 포권해 보였다.

달이 깊어가던 밤의 일이었다.

2

달무리가 잔뜩 져 있던 하늘에서 비가 한두 방울씩 떨어져 내렸다. 아직까지는 비라기보다 이슬에 가까운 것이었지만, 내일이면 큰 비가 내리리라.

자명과 당노독파는 떨어져 내리는 물방울을 맞으며 창룡검전의 후원에 들어섰다. 무림맹주가 자명과 당노독파를 초청한 것이다. 고요함을 뚫고 크게 울려 퍼지는 빗방울 소리를 듣고 있던 자명이 흘끔 당노독파를 바라보았다.

“파파.”

“시끄럽다.”

당노독파의 얼굴은 딱딱하게 굳어 있었다. 그토록 무림에 들지 말라 했거늘, 자명은 그 경고를 무시하고 아예 무림맹에까지 와 있었던 것이다.

자명은 당노독파의 안색이 어두운 것도 모르고 계속해서 말을 걸었다.

“하지만 파파, 무림맹에는 도대체 어떻게 오신 건가요? 그동안은 어찌 지내셨고요.”

“시끄럽다고 하지 않았더냐!”

당노독파가 버럭 고함을 지르자 자명이 입을 꾸욱 다물었다. 그간 어찌 지내셨는지 여쭤보려 했는데, 파파는 화만 내신다.

잠시 뒤, 자명을 돌아보지도 않던 당노독파가 은근슬쩍 입을 열었다.

“…흥! 너 개잡종이 그려준 그림 덕택에 원수가 한 명 더 있다는 것을 알았느니라. 하여 그 녀석을 찾으려 했는데, 쥐새끼처럼 숨어버린 탓에 찾을 수가 없더구나.”

그렇게 반미치광이처럼 원수를 찾아 헤매던 어느 날이었다. 당노독파는 청성산에 펼쳐진 기괴한 진의 이야기를 들었다. 과거, 암천과 상대해 본 적이 있던 당노독파는 그 진이 암천과 연관있음을 직감했다. 그 직감은 원수에 관한 것으로 이어졌다.

　낭군과 아들딸을 인질로 삼고 협박을 했던 자들은 다름 아닌 암천의 졸자들이 아니었던가! 그렇다면 그녀의 원수도 틀림없이 암천과 함께하고 있을 것이었다. 그녀는 청성산에 가기로 마음을 먹고 먼저 무림맹을 찾았다. 암천의 상황을 파악하기 위함이었다.

　그러한 사정을 짧게 설명한 당노독파가 고함을 버럭 질렀다.

　"이제 시끄럽게 종알거리지 말고 잠자코 따라오기나 해라! 계속 나불거린다면 혀를 뽑아버리고 말 테다!"

　"예? 예……."

　당노독파가 다시금 걸음을 옮기자 자명은 주눅 든 얼굴로 그 뒤를 쫓았다.

　후원에 도착하니 몇 명의 위사가 자명과 당노독파를 맞이했다. 그들은 커다란 나무들로 가려진 길로 자명과 당노독파를 안내했다. 길을 따라 나무들을 뚫고 지나가니, 달빛이 교교하게 내려앉은 낡은 고택이 모습을 드러냈다.

　"여기가 어디람?"

　자명이 조그맣게 중얼거리며 주위를 둘러보았다. 무림맹의 높으신 어르신들을 만나게 될 줄 알고 긴장했는데, 막상 오게 된 곳은 허름하기 짝이 없는 창고 같은 모옥인 것이다.

　"흥! 이놈들이 귀찮은 짓을 하는군. 나보다 이 개잡종을 먼저 만나고 싶다는 뜻이렸다?"

그렇게 말한 당노독파가 콧방귀를 뀌더니, 마치 제집에 들어가는 것처럼 성큼성큼 안으로 걸어 들어갔다. 자명은 조심스럽게 당노독파의 뒤를 따랐다.

모옥 안에는 아무도 없었다.

자명은 고개를 갸웃거리며 모옥의 내부를 둘러보았다.

낡디낡은 벽면에 구궁도(九宮圖)나 팔괘도(八卦圖)가 그려진 낡은 종이가 붙어 있고, 그 앞에는 손무(孫武)의 손자산경(孫子算經), 구장산술(九章算術), 조충지(祖沖之)의 철술(綴術) 따위의 책자들이 널려 있었다.

자명은 몰랐지만 그것은 산학(算學)을 다룬 서책들로, 잡학이라고는 하나 측량 못할 지혜가 담긴 책들이었다.

"이게 무슨 책이지?"

자명은 손자산경을 들어 중간쯤을 펼쳐 보았다. 자명의 시선이 산술 문제 하나에 가 닿았다.

어떤 사람이 비단을 도둑맞았는데, 몇 필을 도둑맞았는지 알 수가 없었다.

다만 풀숲에서 비단을 나누는 소리를 듣기를,

여섯 필씩 나누면 여섯 필이 남고,

일곱 필씩 나누면 일곱 필이 모자라게 된다고 한다.

묻노니, 사람과 비단은 각각 몇이나 되겠는가?

今有人盜庫絹, 不知所失幾何.

但聞草中分絹,

人得六匹, 盈六匹

人得七匹, 不足七匹.

問人, 絹各幾何.

그 밑에는 답이 적혀 있었는데, 도적이 열세 명[賊一十三
시], 비단이 여든네 필[絹八十四匹]이라고 되어 있었다.

먼저 사람이 얻은 여섯 필을 오른쪽 위에 버려두고[先置人
得六匹于右上], 남은 여섯 필을 오른쪽 아래에 두고[盈六匹于
右下] 하는 풀이법도 적혀 있었는데, 자명이 손가락을 들어 계
산해 보니 과연 그 말이 맞다.

그때, 어디선가 청아한 목소리가 들려왔다.

"그것도 물론 좋은 산경(算經)이지만, 고작해야 산학의 초
입(初入)에 불과한 것이야. 그 옆자리에 양웅(揚雄)의 태현
경(太玄經)이 있으니, 그것을 한번 보시게. 태현경은 천문서
이지만 뛰어난 산학을 담고 있는 책이기도 하지. 장형(張衡)
은 바로 그것을 즐겨 읽으며 후풍지동의(候風地動儀)를 만들
었다고 하네. 쿨럭, 쿨럭!"

자명은 기침 소리를 따라 고개를 돌렸다.

한 남지기 주장 두 개를 이어 만든 받침대에 의지하여 서

있었다. 흰 수염을 가지런히 기른 노인이었는데, 다리가 한쪽
밖에 없고, 그 한쪽 다리도 부들부들 떨리는 것이 온전치는
않아 보였다.

　"소년 화공이라고는 들었지만, 이처럼 어린아이가 올 줄은
몰랐군. 그것도 독괴와 함께 말이오. 신산자(神算子) 제갈경(諸
葛倞)이 당노태태를 뵙소."

　"흥! 너 같은 다리병신 놈과 교분을 나눈 적은 없다! 함부
로 입을 놀렸다가는 벌로 남은 한쪽의 다리마저 잘라 가고 말
테다!"

　"변한 게 없으시군요."

　당노독파가 싸늘하게 말하자 제갈경이 고개를 절레절레
저었다. 그는 힘겹게 두어 걸음을 걷더니, 작은 의자에 앉아
거칠게 숨을 몰아쉬었다. 양다리를 모두 잃은 것이나 마찬가
지기 때문에 오직 죽장에 의지해서만 걸을 수 있는 제갈경이
었다.

　그나마 폐마저 망가져 두세 걸음을 걷는 것만으로도 호흡
이 가빠왔다.

　"쿨럭, 쿨럭! 그래, 성이 진 가(陳家)라던가?"

　"예. 그렇습니다."

　자명이 머리를 숙여 보였다. 제갈경은 고개를 두어 번 끄덕
이더니, 옆자리에서 혼천의주(渾天儀注)를 꺼내어 자명에게
건네었다. 그것 역시 장형의 책이었다.

　"장형은 후한(後漢) 사람으로, 혼천의(渾天儀)와 후풍지동의를 만들었네. 후풍지동의를 아는가?"

　자명은 고개를 절레절레 저었다. 제갈경이 피식 웃으며 중얼거렸다.

　"후풍지동의는 여덟 마리 용이 팔괘의 방향으로 머리를 들고 있는 형상을 하고 있지. 각각의 용은 여의주를 물고 있는데, 용의 아래에는 두꺼비가 입을 벌리고 앉아 있다네. 지진이 일어나면 용이 물고 있던 여의주가 두꺼비의 입으로 떨어지고 말지."

　물론 모든 용이 여의주를 떨어뜨리는 것은 아니다. 지진이 일어난 방향을 가리키던 용만 여의주를 떨어뜨리는 것이다. 때문에 용이 여의주를 떨어뜨리면, 지진의 방향을 관측할 수가 있다.

　"산학으로 지진도 관측할 수 있습니까?"

　"한낱 지맥(地脈)을 읽지 못한다면 산학이 무슨 소용이고 진법이 무슨 소용이겠는가? 나와 같은 폐물이 무림맹의 녹을 받아먹는 것도 진법 하나에 쓸모가 있는 것을."

　자명이 혼천의주를 펼쳐 보았지만 요상한 그림과 문구가 적혀 있을 뿐, 알아볼 수 있는 것은 없었다. 자명은 혼천의주를 다시 제갈경에게 건네었다.

　제갈경은 책을 몇 번 어루만지며 답했다.

　"자네를 창룡검전이 아니라 나의 모옥으로 부른 것은, 그림을 한 점 의뢰하기 위함일세."

"그림이요?"

"본래대로라면 자네가 그린 매화서옥도는 무림맹의 요직들의 심사를 거친 후, 내게 전달되게 되어 있었네. 그들은 무학의 관점에서 기운생동(氣韻生動)한지 보고, 나는 진법의 관점에서 기운생동한지를 심사하는 거지. 하지만 연회에서 한바탕 난리가 났다더군. 듣기로는, 화산파가 자네의 매화서옥도를 챙겨 가버렸다고 하네."

매화검보와 흡사한 것이 그려져 있으니 화산파로서는 그림을 유출할 수가 없었다. 결국 제갈경은 그림을 볼 수 없었다.

"그러니 이렇게 그림을 한 점 더 청할 수밖에 없게 되었네. 지금 준비해 줄 수 있겠는가."

"예? 습기가 짙습니다만……."

자명이 고개를 들어 창밖을 바라보았다. 비가 올 모양인지 습기가 너무 짙었다. 하지만 제갈경은 담담한 눈으로 자명을 바라볼 뿐, '그럼 다음에 그리게' 라고 말해주지 않았다.

"알겠습니다. 준비하지요."

제갈경이 미소를 지으며 손가락을 들어 옆에 놓인 벼루와 먹, 화선지를 가리켰다.

자명은 그것을 바닥에 늘어놓고는, 붓을 몇 번 만지작거려 손에 맞는지를 확인해 보았다. 붓은 장유필로 양모, 말의 알

몸 털, 너구리 털, 개털, 돼지털이 고루 혼합된 상질의 것이었다.

자명이 준비를 마치자 제갈경이 입을 열었다.

"의뢰하고자 하는 것은 산수화일세. 쿨럭, 쿨럭! 자네가 보았던 산과 물이라면 무엇이든 관계없으니 그것을 그려주시게. 오래 걸리겠는가?"

"화폭을 작게 한다면 한두 시진이면 족합니다."

"화폭은 작아도 무관하니, 한 점 의뢰함세."

자명은 고개를 끄덕이고는 펼쳐 둔 화구들을 바라보았다.

문득 어색한 기분이 들었다. 허름한 모옥이 평소와 같은 분위기를 만들어주었는데도 어색하기만 했다. 분위기는 평소와 같다 하나 이곳은 엄연히 무림맹인 것이다.

'하지만 어디서 그리느냐에 따라 그림이 바뀌진 않아.'

자명은 고개를 절레절레 저으며 마음을 정리했다. 무림맹에서 그림을 그리든 저잣거리에서 그림을 그리든 모두 자신의 그림일 뿐이다. 어디서든 스스로 아름답게 여기는 것만 그려내면 되는 것이다.

한동안 가만히 앉아 있던 자명은 천천히 먹을 갈았다. 먹과 함께 어색한 침묵도, 낯선 환경도 모조리 녹아들었다. 먹이 묵도(墨道)를 슥슥 헤집음에 따라 자명은 화공 본연의 모습으로 돌아갔다.

'산이라? 난감한 주제로구나.'

언제 보았던 산이 가장 아름다웠을까? 황산의 모습이 가장 먼저 떠올랐다. 파파가 슬픔을 묻어버린 곳, 일 년에 한 번씩 찾아 슬픔을 추억하던 곳.

자명의 심상은 자연 그대로가 아니라 파파의 향취가 묻어나는 산을 떠올리고 있었다. 하지만 자명은 이내 마음을 바꾸었다.

'사람의 향내가 짙다. 차라리 산야의 모습이 나으리라.'

순수한 경탄으로 자연을 바라보았던 때가 있었다. 어딘지 모를 길목에 서서 노을 지는 하늘을 바라보며 감탄하던 때를 떠올린 자명의 얼굴에 미소가 떠올랐다.

고산이라기보다는 언덕이라고 불러야 할 만큼 작은 산이었고, 그 어림에는 자그마한 마을이 자리해 밥 짓는 연기를 솔솔 풍겨내고 있었다.

해질 녘 보았던 고즈넉한 풍경을 떠올린 자명의 얼굴에 따스함도 감돌았다.

'완만하면서도 멀리 떨어진 산, 세상을 품을 만큼 인자한 산이다.'

자명은 작은 화폭에 맞추어 얇은 선을 주로 하기로 마음먹고는, 천천히 장유필을 들어 올렸다.

마침내 자명의 붓이 슥슥 움직여 산의 형상을 드러냈다. 그런데 획의 색이 맑고 흐리다. 자명이 농담(濃淡)을 옅게 한 것이다. 흐릿한 산의 형상이 그려지자 자명은 붓을 쿡쿡 눌러 점을 찍었다.

제갈경이 자그맣게 감탄을 터뜨렸다.

"미점준(米點皴)이라?"

멀리 떨어진 곳에서 나무나 바위를 보면 자그마한 점처럼 보이지 않겠는가? 그처럼 멀리 떨어진 산의 내부를 점을 찍듯하여 채우는 준법(皴法)이 바로 미점준법이다. 마치 쌀알이 퍼지는 듯하다 하여 붙여진 이름이었다.

"예상과 다르구나."

자명과 그림을 유심히 바라보던 제갈경이 미간을 좁혔다. 청성산은 도가의 성지로서, 산기(山氣)마저도 현기로 가득 찬 산이다. 화공에게 산수화를 요구했던 이유는 청성산과 닮은, 운무에 휩싸인 고산준봉을 그려주기를 바랐기 때문이다.

그런데 화공이 그리는 것은 도가 문파가 자리할 법한 산이 아니라, 오가는 사람 모두를 따스하게 품어 안는 언덕이 아닌가. 부지런히 산을 오르던 객이 산 어림 어딘가에 앉아 한가로이 쉬고 있을 것만 같은, 느긋하고 넉넉한 산이었다.

그렇게 잠시의 시간이 지나자 제갈경의 미간이 서서히 펴졌다.

"인자한 기운만은 생동하군. 노을 때문인가?"

그림에는 해가 저물어갈 때 특유의 안온함이 감돌고 있었다. 과연 자명이 점경해 낸 마을에서는 저녁 끼니 짓는 연기가 소록하게 올라오고 있었다.

이것 역시 제갈경의 예상을 깨는 것이었다. 안온한 산을 그렸다면 안빈낙도하는 학인(學人)의 모습을 그려냄이 옳은데, 오히려 어린아이 몇이 뛰어놀 법한 마을이라니.

"산수화를 그려내랬더니, 민화를 그려내는군."

제갈경이 고개를 절레절레 저었다.

마침내 자명이 그림을 모두 그려내었다.

자명은 붓끝을 수습하고는 포근한 한숨을 내쉬었다. 무명 도원도가 한줄기 안락함을 자명의 가슴팍에 심어놓았던 것이다.

"후우—"

보드라운 미소를 지으며 호흡을 고르는 자명의 모습에 제갈경이 질문을 던졌다.

"묻지 않을 수가 없군. 왜 하필이면 해가 지는 산, 아니, 마을을 그린 것인가?"

"예?"

마음을 다독이고 있던 자명이 의아한 표정을 지으며 제갈경을 바라보았다. 그리고 제가 무언가 실수를 한 줄 알고 얼굴을 붉힌다.

"그것이… 무림맹의 칼날 같은 기운이 저어되어……."

"그래서 그 반대로 포근하고 안온한 것을 그렸다?"

"예."

자명이 뒷머리를 긁적이자 제갈경이 피식, 실소하였다. 그는 손가락으로 그림을 가리키며 말했다.

"적당히 마르거든 내게 주시게. 좀 더 가까이 보고 싶구먼."

자명은 잠시를 기다렸다가 먹이 완전히 마르자 제갈경에게 그림을 건네었다.

제갈경은 그림을 받아 들고 잠시 밭은기침을 했다. 그리고 크흠, 하고 헛기침을 내뱉더니, 다시 한 번 그림에 집중했다.

"흐음."

제갈경의 눈에 이채가 떠올랐다. 기운생동이라, 산의 기운을 얼마나 잡아내는가를 보고자 그림을 의뢰한 것이었다. 하지만 화공이 산수화가 아니라 민화를 그려내었으니, 얼마나 고즈넉한지, 얼마나 안온한지를 보아야 했다.

제갈경의 눈이 바쁘게 그림 여기저기를 떠돌았다.

"우상(右上)에 미점으로 준한 산이 있고, 그 뒤에 암벽이 그려진 것이, 산이 하나 더 있는 모양이로구먼. 하지만 좌측에는 태양밖에 없으니 균형이 깨져 있네."

"노을이 좌측 전부를 차지했을 줄로 압니다."

"노을은 보이지 않질 않는가?"

자명이 대답 대신 미소를 지어 보였다.

제갈경은 자명을 의미심장하게 바라보다가 다시금 그림으로 시선을 돌렸다. 화공의 말은 여백을 뜻하는 것임이 분명했다. 하지만 여백을 이처럼 불균형하게 남겨놓은 것은 처음 보았다.

"마을은 산의 품에 있지 않고 좌하(左下)에 있네. 흔히 이러한 산을 그릴 때에는 배산임수(背山臨水)하게 마련인데, 배산하지 않았구먼."

"분명히 산은 마을 뒤에 있습니다."

이번에는 제갈경이 반문하지도 않고 고개를 끄덕였다.

산의 형상은 보이지 않으나 마을의 뒤에 산이 있음을 짐작할 수 있었다. 마을을 앞에 두고 건너편 산을 보는 형국인데, 마을과 건너편 산 사이에 자그마한 시냇물이 흐른다. 등진 산은 보이지 않으나 임수만은 확실한 것이다.

오히려 그것이 화면의 확장을 불러일으켰다.

엄밀히 따지자면, 자명의 그림은 정격(正格)이라고는 볼 수 없는 것이었다. 안정감을 줄만한 균형도 깨어져 있거니와, 산도 삼원(三遠)의 법에는 맞지 않는다.

'무엇보다 산을 정면에서 보지 않고 측면에서 바라보고 있다.'

측면에서 바라보았기에 마을이 좌하에 있고, 산이 우상에 있다. 정면에서 바라보았다면 틀림없이 산과 마을이 한데 어우러져 있었으리라.

"파격(破格)이라, 파격. 한데 기운만은 생동하니……."

제갈경이 눈을 지그시 감았다. 정격의 신체(新體)에는 맞지 않으나, 파격하였더라도 흥취가 감돈다. 인물화로 치자면 형사(形似)를 일부러 파하여 신사(神似)를 얻은 격인 것이다.

잠시 침묵이 흘렀다.

자명은 아직까지도 자신이 보았던 그림 같은 풍경에 취하여 미소만 짓고 있었고, 제갈경은 그림에 집중하여 밭은기침마저 하지 않았다.

한참이 지나서야 제갈경이 입을 열었다.

"이 마을에서 살고 있는 아낙은 몹시 억세겠구먼."

자명이 놀란 표정을 지어 보였다.

"부군(夫君) 되시는 분이 사냥꾼이었습니다만… 그것을 어찌?"

"지형을 짐작했네. 기운생동이라, 지형까지 짐작케 할 정도면 내 예상보다 뛰어나구먼."

제갈경은 그렇게 말하고는 그림을 두르르 말았다.

"낙관은 찍지 않는다고 들었네. 이번에도 그리하려는가?"

"아직은 낙관을 찍을 만한 실력이 아닙니다."

자명의 말이 끝나자 제갈경이 고개를 절레절레 저었다. 짧은 시간 내에서도 자명의 성정이 어렴풋이 짐작되었다.

"이만하면 충분하고도 남네. 옆방으로 가세. 가시지요, 당노태태."

"흥! 그림 놀음으로 세월 가는 줄 모르더구나!"

조용히 앉아 있던 당노독파가 싸늘하게 중얼거리고는 발

을 탕, 굴렀다. 그와 동시에 모옥 전체가 한 번 크게 흔들렸다. 자명과 제갈경이 비명을 지르며 근처의 집기를 잡아 균형을 유지했다.

당노독파가 크게 소리쳤다.

"내가 가야겠느냐?"

도대체 저 말이 무슨 뜻일까? 자명이 의아한 듯 당노독파를 바라볼 때였다.

모옥 쪽에 열려 있던 문이 스르르 열리더니, 한 명의 무인이 모습을 드러내었다.

다름 아닌 무림맹주 엄세진이었다.

무극신검 엄세진은 무심한 표정을 짓고 있었다. 무위만으로 비교하자면 당노독파와 감히 상대할 수 없겠지만, 그는 무림맹이라는 정도연합을 이끄는 수장이다. 그의 행동 하나하나에는 준엄한 기운이 흐르고 있었다.

그는 차분한 목소리로 먼저 당노독파에게 포권하여 보였다.

"무례를 용서하십시오, 당노태태. 신산자에게 시간을 주고자 먼저 나서지 않고 옆방에서 기다리고 있었습니다."

당노독파에게 예를 갖춘 엄세진은 이번에는 자명에게로 시선을 돌렸다.

"소협에게도 인사를 해야겠군. 당노태태의 비호를 받는 줄 미처 모르고 무림맹이 제대로 대접하지 못하였어."

하지만 그렇게 말하는 무극신검 엄세진의 표정은 차가웠다. 당노독파의 비호를 일부러 언급한 것은, 당노독파 때문에 명천회가 엉망이 되어버렸음을 지적한 것이었다.

자명이 마주 장읍하는 것을 물끄러미 바라보던 무림맹주가 말하였다.

"그래, 소협의 그림은 조금 전에도 이미 충분히 감상한 바가 있네. 이제 진법에서만큼은 천하제일이라는 신산자의 인정도 받았으니 무림맹은 안심하고 자네에게 일을 맡길 수가 있게 되었네. 소협은 청성산의 일을 얼마나 알고 계시는가?"

엄세진이 차가운 얼굴로 묻자 자명이 난감한 표정을 지었다.

"기이한 진법으로 인하여 청성산에 들고 날 수 없게 되었다고 알고 있습니다만……."

"틀리지 않지만 자세하지도 않군. 내 정확히 말해주지. 청성파의 장문인과 장로들은 실종되었으며, 수십 명의 청성 문도들은 청성산에 고립되었네. 삼십 년 전, 청성파와 함께 의열단을 지냈던 문파들의 후계들도 함께 고립되었지. 주가장의 소장주와 사자림(獅子林)의 소주 등이 청성을 방문했다가 현재까지 고립되어 있다네."

주가장의 소장주라는 말에 자명의 미간이 좁혀졌다. 주가장의 연희에 불려 갔다가 크게 낭패를 본 일이 있었던 것이다. 그 사람이 청성산에서 고립당해 있을 줄은 미처 몰랐다.

엄세진이 당노독파를 흘끗 바라보며 자명에게 말했다.

"또한, 그 진법에는 이름이 없다네."

"입즉사(入卽死)? 으음."

자명 대신 당노독파가 신음을 내뱉었다.

과거 암천 외에는 아무도 알지 못한 진법이 있었다. 사람들은 천마(天魔)의 유작이라느니, 혈교(血敎)의 것이라느니 왈가왈부했지만 정체를 밝히지는 못했다.

"그 진을 처음으로 파훼한 것은 바로 이 자리에 있는 신산자 제갈경이었네. 그 후, 암천에 의해 암습을 당하여 이처럼 양다리를 잃고 폐마저 다쳐 폐인이 되고 말았지."

젊은 나이에도 천하제일진법가라 불리던 기재, 제갈경은 수십 일에 걸쳐 그 진을 겨우 파훼한 후, '들어가면 곧 죽을 것' 이라는 말을 남겼다. 그것이 그대로 진법의 별칭이 되었다.

"그때 입은 상처로 인해 신산자는 무림맹에서 벗어날 수가 없다네. 때문에 그에게는 다른 눈이 필요하지. 지금부터 자네가 해야 할 일은 청성산에 가서 진법의 기운을 그려오는 것일세. 자네가 그려오면 그 그림을 바탕으로 제갈경이 파훼를 준비하겠지. 하지만……."

엄세진은 자명에게 말하다 말고 당노독파에게로 시선을 돌렸다.

“당노태태께서 도우신다면 신산자 제갈경도, 자네의 도움도 필요치 않네. 당노태태께서는 진법을 파훼하는 것이 아니라 아예 파괴해 버릴 수 있으니 말일세. 때문에 나는 자네와 같은 부탁을 당노태태께도 드리고 싶네.”

엄세진이 몸을 돌려 허리를 곧게 펴더니, 정중하게 당노독파에게 포권하였다.

“이 엄 모는 무림맹의 이름으로 당노태태께 도움을 청하오. 부디 동도들의 목숨을 구해주시오!”

“클클, 이놈이 하늘 무서운 줄 모르고 수작을 부리는구나.”

엄세진의 말에는 틀린 점이 없었는데도 당노독파의 마음에는 독심이 피어올랐다. 그녀의 기세를 감당하지 못한 엄세진의 안색이 어두워졌다.

“당노태태께서는 진정 청성산의 안위를 저버리시려오?”

“시끄럽다!”

당노독파가 살기 어린 목소리로 크게 외쳤다. 그녀의 기세가 크게 뻗어나가자 옆에 앉아 있던 제갈경이 쿨럭쿨럭 기침을 내뱉었다. 제갈경이 위험해 보이자 자명은 본능적으로 당노독파와 제갈경 사이에 서서 기세를 해소했다.

“이야기를 들어보니, 암천은 청성산을 인질로 삼아 천하오절을 부른 것이 분명하구나! 인질을 먼저 구하려 든다면 필시 함정에 걸려들고 말겠지! 내가 왜 나와 연관도 없는 청성파를 위해 암천의 함정에 제 발로 걸어 들어가야 한단 말이냐? 너는 오절지약도 모른단 말이냐?"

"그것은……."

오절지약에 따르면 천하오절은 그 어떤 문파와도 인연을 맺을 수 없다. 자문파는 물론이거니와, 문파들의 연맹인 무림맹과도 인연을 맺을 수가 없는 것이다.

"후안무치한 놈이로다! 무림맹에 사람들을 구할 힘이 없다고는 못할 것, 그런데도 내게 도움을 청하는 것은 천하오절을 이용해 더러운 일을 피해보자는 것이 아니고 무엇이냐! 암천과 천하오절이 상대하는 틈에 무림맹은 가만히 앉아 득을 보겠다는 게냐?"

엄세진은 대답하지 못하였다.

당노독파의 말이 틀린 말은 아니었던 것이다. 천하무림을 일통하다시피 한 무림맹이었지만, 천하오절만은 무림맹의 예와 법 속에 묶지 못했다. 그들은 그저 구름 속의 용처럼 떠돌기만 했을 뿐으로, 무림맹의 입장에서 보자면 오히려 눈엣가시나 마찬가지였던 것이다.

엄세진이 입을 한일자로 다문 채 굳은 얼굴로 서 있자 당노독파가 다시 한 번 고함을 질렀다.

"나를 부른 이유가 고작 이것 때문이었을 줄은 미처 몰랐구나! 네가 감히 나를 기만하였으니, 나는 너를 벌할 수밖에 없겠다!"

그녀가 노기 어린 목소리로 외치며 손가락을 튕겼다. 그러자 엄세진이 침음성을 흘리며 몇 걸음이나 뒤로 물러나고 만다. 당노독파의 손가락 끝에 기환이 맺히더니, 엄세진의 아랫배를 후려친 것이다.

"크흠……!"

엄세진의 안색이 어두워졌다. 과연 천하오절! 피할 새도 없이 단전 한가운데에 탄지공을 얻어맞고 말았다. 단숨에 내력이 흩어져 모이지 않는다.

"크헐헐! 무공을 폐하려다 말았으니 이 당노독파의 자비로움에 오체투지를 하여도 모자랄 것이다! 더 들어봐야 귀를 씻기만 번거로울 듯하니, 어서 절하고 물러나거라!"

잠시 어두운 안색으로 서 있던 엄세진이 잠시 뒤, 크게 심호흡을 했다.

당노독파의 눈에 이채가 떠올랐다.

'이 녀석이 비록 오절만은 못하지만, 제법 무공이 높구나.'

자신의 탄지공에 얻어맞고도 이처럼 빨리 내상을 수습한 것은 엄세진의 무공이 결코 낮지 않음을 뜻했다. 세월의 도움이 보태진다면 엄세진 역시 오절과 같은 수준의 무위를 얻을 수 있으리라.

엄세진이 노기 어린 얼굴로 당노독파를 바라보았다. 오늘 이렇게 천하오절에 의해 크게 모욕을 당하게 된 것이다. 하지만 당장 그녀에게 대들 수는 없었다.

"당노태내의 은혜에 감사드리오."

엄세진은 표정을 거두어 수습하고는 크게 절하여 예를 갖추었다. 그리고 다시 자명 쪽으로 시선을 돌렸다.

"당노태태께서 저리 말씀하신다면, 별수없이 본래의 계획대로 진행하는 수밖에 없겠군. 소협은 오후에 바로 청성산으로 가게 될 것일세. 화산과 남궁세가가 자청하여 소협을 돕기로 하였으니 안전은 염려치 않아도 좋네."

엄세진은 그렇게 말하고는 몸을 돌려 모옥 밖으로 향했다.

모욕을 받은 분을 아직 삭이지 못한 듯, 그의 얼굴은 붉게 달아올라 있었다.

"아니, 화산과 남궁세가의 도움도 필요없을지 모르지. 자네는 당노태태의 비호를 받으니 무림맹도 두렵지 않을 것 아닌가?"

스치는 듯한 말속에 뼈가 있다. 자명은 눈을 지그시 감고 한숨을 길게 내쉬었다.

처음에 파파께서 화를 낼 때는 어안이 벙벙했는데, 뒤늦게 파파의 설명을 듣고 보니 무림맹주의 속이 조금이나마 짐작 간다. 그는 무림맹을 위해 파파를 이용하려 했던 것이다.

'이제 더 이상 실망할 것도 없구나.'

무림인들의 아집, 꽉 막힌 속을 보노라면 갑갑하기 짝이 없다.

자명은 문득 천룡각의 휘황찬란한 방을 떠올렸다. 그 방에 처음 들어섰을 때 느꼈던 갑갑함도 같이 떠올랐다. 산야가 보고 싶었다. 아무렇게나 피어오른 들꽃이 보고 싶었다.

'그런데…….'

잠시 눈을 감고 마음을 다독이던 자명이 번쩍 눈을 떴다.

'남궁세가?'

자명의 얼굴에 숨길 수 없는 반가움이 떠올랐다. 남궁세가라는 말을 듣자, 자연스럽게 남궁화란 아가씨가 떠오른 것이다.

한동안 불편한 듯이 서 있던 당노독파가 입을 열었다.

"흥! 이 더러운 곳에 더 있고 싶지 않구나! 이만 가자꾸나!"

당노독파는 자명은 돌아보지도 않고 몸을 돌렸다. 무림맹주는 무림맹주고 자명은 자명이다. 이제는 감히 자신의 명을 어기고 무림에 든 자명을 혼낼 차례였던 것이다. 그녀는 벼르고 별러왔던 사람처럼 성큼성큼 걸음을 옮겼다.

"예? 예."

자명은 당노독파의 마음은 알지 못한 채 얼른 그녀의 뒤를 쫓았다.

第四章
그렇다면 너는 독존(獨尊)하여라!

畵工
道談

화공
도담

1

　자명과 당노독파는 아무런 말 없이 천룡각의 숙소로 걸어 갔다. 침묵이 어색해진 자명이 쭈뼛거리며 당노독파를 바라 보았지만, 당노독파는 노기 어린 얼굴로 한마디도 꺼내지 않 고 절뚝이며 걷기만 했다.

　천룡각에 다다르자 자명은 당노독파보다 앞서 달려가 문 을 열었다. 당노독파는 성큼성큼 그 안으로 걸어 들어가 자명 이 다시 문을 닫기를 기다렸다.

　"파파, 화가 많이 나신 모양입니다."

　"오냐, 화가 난다. 암, 화가 나고말고."

　자명이 문을 꾹 눌러 닫고는 당노독파에게로 걸어갔다.

당노독파의 일그러진 얼굴이 자명을 향했다.

"하지만 그것은 맹주 때문이 아니다. 내가 화가 난 것은 바로 너 개잡종 때문이니라! 입이 있으면 말해보아라, 개잡종아! 신개는 어찌하고 홀로 무림맹에 있는 게냐?"

당노독파가 내기를 펼쳐 소리가 새어나가지 않게 하고는 카랑카랑한 목소리로 중얼거렸다. 자명과 단둘이 남게 되자 그제야 자명을 탓하는 것이다.

"야, 양비자 어르신은 떠나셨어요."

"흥! 그 정신 나간 거지 영감이 일을 엉망으로 만들었던 게로군. 행걸패를 소용했거늘, 귓등으로도 듣지 않았던 게야! 내 생사를 결하는 일이 있더라도 이 일을 따지고야 말겠다!"

당노독파가 쉿소리를 내며 말하자 자명이 다급히 고개를 절레절레 저었다.

"아니요, 아니에요! 사실 떠난 것은 저입니다!"

그렇게 말하고 나니 지난 일을 설명하지 않을 수가 없었다. 자명은 양비자 어르신에게서 중용의 이치를 배웠음을 설명하고, 스스로 양비자 어르신의 보호에서 벗어났음을 설명했다.

그러고 나니 이번엔 호수에서 만났던 중년인을 논하지 않을 수가 없었다. 자명은 중년인에 관한 것, '아득한 촉한에서 다시 만나세[相期邈蜀漢]'라는 문구와 양비자 어르신과의 관계, 또 그가 주장하던 예와 법에 관하여 말해 나갔다.

한동안 자명의 이야기를 듣던 당노독파가 딱딱하게 굳은 얼굴로 고개를 돌렸다. 당노독파는 암천이라는 말을 듣자마자 독심을 일으켰던 것이다.

"그래, 그 벌레 같은 놈들이 또다시 머리를 들었더구나."

잠시 고개를 돌리고 있던 당노독파가 자명 쪽으로 고개를 돌렸다.

"그렇다면, 너 개잡종이 무림맹에 온 것도 그 촉한이란 말 때문이겠군. 아둔한 놈이 낄 때 못 낄 때를 구분하지 못한 게야."

자명이 무림맹에 오게 된 것은 엄밀히 따지자면, 문성 장주랑 때문이었다. 주가장의 연회에서 자명의 실력을 알게 된 장주랑이 청성산의 혈사를 해결하고자 자명을 불렀기 때문인 것이다.

하지만 자명이 결정을 내린 것은 중년인, 그리고 양비자 어르신 때문이라 할 수 있었다. 수많은 사람의 목숨이 걸려 있다는 것이 가장 큰 이유였겠지만, 자명의 머릿속에는 그들을 다시 만나야겠다는 생각이 있었던 것이다.

"하지만 파파……."

"시끄럽다! 무림에 들지 말라고 그렇게 말했거늘, 제 발로 무림에 찾아들었으니 내 경고를 무시한 것이 아니고 무엇이겠느냐!"

당노독파의 얼굴이 일그러졌다. 삼십 년 만에 겨우 정을 붙인 아이가 또다시 무림에 의해 반병신이 될 뻔했다. 암천의 혈사가 지난 후 그녀는 이렇게 마음을 졸여본 적이 없었다.

"어디 그뿐이랴? 내 너처럼 생각이 없는 놈은 처음 본다. 스스로가 무엇을 얻었는지, 무엇을 지니고 있는지도 모르는 놈이 너 같은 개잡종 외에 또 누가 있겠느냐!"

"예? 생각이 없다니요?"

당노독파의 몸에서 날카로운 기세가 일어났다. 그녀는 진심으로 화를 내고 있었던 것이다.

"말해보아라, 이 개잡종아! 너는 도대체 무슨 생각으로 매화검을 그렸느냐?"

자명이 당노독파를 바라보며 더듬더듬 대답했다.

"그러니까…그것이 아름다웠기 때문에……."

우연히 본 연무에서 아름다움을 느꼈기 때문에 그것을 그려내었던 자명이었다. 단순하리만치 간단한, 아니, 순수한 사고방식이었다.

"그것이 아름다웠기 때문이라? 말은 좋구나! 하지만 그것이 분란을 일으키고 사고를 낼 수 있음은 왜 모른단 말이냐? 이제 보니 너는 개잡종이 아니라 천치로구나!"

자명은 감히 대답하지 못했다. 당노독파는 기감을 펼쳐 자명을 물끄러미 살펴보다가 그가 진심으로 아무것도 모른다는 것을 알아채고는 혀를 끌끌 찼다.

"쯧쯧, 너 같은 천치에게 하늘이 과분한 것을 준 게지. 오채문 대화백이라 했던가? 그분의 재주가 하늘에 닿아 너 같은 천치도 기재로 길러내고 만 게야. 끝까지 자신이 무엇을 가지고 있는지 모른다면 내 직접 말해주마."

당노독파는 얼굴을 돌리고는 욕설처럼 중얼거렸다.

"잘 듣거라. 행동거지는 천치 같은 네놈이지만 네 재주만큼은 결코 작지 아니하니라. 예전에 말하길, 보는 법부터 배웠다 했으렷다?"

"예? 예."

자명이 고개를 주억거렸다. 당노독파가 작은, 하지만 날카로운 목소리로 말을 이어나갔다.

"그 보는 법이라는 것이 절학인지라, 너 개잡종은 원치 않게 사물의 본질을 볼 때가 있느니라. 사물의 본질을 보는 눈이 무학만은 가만히 내버려 두겠느냐? 네놈이 그려낸 그림은 무학의 본질 역시 드러내어 보게 해줄 수가 있는 것이다. 그러한 재주를 얻었으면 은인자중하여 함부로 드러내지 않아야 하거늘, 너는 자신이 눈이 좋은 줄도 모르고 여기저기 참견하여 분란을 일으키고 다녔으니, 그 죄를 어찌 다 말하랴!"

"저는 그저……."

자명이 당노독파를 당황한 눈으로 바라보았다. 그저 아름답기 때문에 그림을 그렸던 것이 잘못되었다는 것일까?

"아직도 모르겠느냐, 이 생각없는 천치야! 너는 과거에는 남궁세가에 그림을 그려주어 분란을 일으켰고, 오늘은 화산에 그림을 그려주어 분란을 일으킨 게야!"

당노독파가 참지 못하고 고함을 지르자 자명이 놀란 듯 눈을 떴다.

확실히 남궁세가에서 하늘을 닮은 검로를 보고 그것을 그려주었는데 무신이 그려져서 깜짝 놀란 적이 있었다. 그것이 하늘을 닮은 검로의 본질이라는 걸까?

오늘 역시 마찬가지였다. 연무장에서 우연히 본 예쁜 검로를 따라 그렸는데, 그보다 더 아름다운 길을 본능적으로 찾아 그렸었다.

그리고 두 가지 경우 모두 공교롭게도 분란을 일으켰었다.

"그, 그래서 화란 아가씨께서 저를 보고 은인이라고……."

뒤늦게 상황을 알게 된 자명이 두 눈을 끔뻑였다.

명천회에서 벌어진 사고 역시 다름 아닌 자신이 자초했던 것이었다. 그것을 그려내지 않았다면 공연한 분란은 일어나지 않았을 것이었다. 똑같은 실수를 두 번이나 저지른 셈이었다.

"어디 그뿐이랴? 너 개잡종은 기연을 얻어 무명도원도라는 고인의 기예까지 이었다!"

당노독파가 뾰족하게 외쳤다. 자명은 멍한 눈으로 당노독파를 바라보다가 고개를 푹 숙였다

"그래서, 그래서……."

자명은 그렇게 중얼거리며 지나간 옛일들을 떠올렸다.

당노독파는 그런 자명을 바라보며 혀를 끌끌 찼다.

"쯧쯧……."

'하긴, 이 녀석만 탓할 일이 아니로구나. 누가 이 아이에게 자만을 심어주고 싶겠는가.'

배우는 이에게 재주가 뛰어나다는 말을 하기는 몹시 어려운 것이었다. 자칫하면 오만해질 수 있으며, 또한 나태해질 수 있기 때문이었다. 정진하고 또 정진하라는 주의를 주어도 모자랄 때에 참으로 뛰어나다고 알려줄 이가 어디에 있겠는가!

당노독파가 고개를 절레절레 젓고는 조금 차분해진 목소리로 말했다.

"하지만 네가 몸을 제대로 건사한 것만은 아주 잘한 일이다. 아주 잘한 일이야. 그러지 않았다면 이 당노독파가 너를 건드린 모두를 죽여 버리고 말았을 테니, 너는 스스로도 모르게 그 사람들을 살린 덕(德)을 쌓은 것이나 마찬가지다. 크헐헐! 암, 잘한 일이고말고."

당노독파가 클클 웃으며 말했지만, 자명은 당노독파를 바라보지도 않고 울적한 얼굴로 과거를 회상할 뿐이었다. 당노독파가 다시 말을 이어나갔다.

"이제 더 말할 것도 없다. 지금 당장 무림의 일에서 손을 떼어라! 그러면 네가 걷고자 하는 길을 무사히 걸을 수 있을 게야. 아무런 위협도 없이 말이다. 알아듣겠느냐?"

당노독파가 준엄하게 명령을 내렸다.

하지만 이번엔 자명이 고개를 숙인 채로 고개를 절레절레 저었다. 그것은 신개 양비자 어르신이 가르쳐 주신 이치와는 정반대되는 것이었다.

"그럴 수 없어요, 파파. 무림과 무림 아닌 것을 구분하고 나누어 한쪽으로 치우칠 수 없습니다. 그저 흐르는 물처럼 담담히……."

말을 채 끝맺기도 전에 철썩, 소리가 들리더니 자명의 얼굴이 획 돌아갔다. 볼에서 끔찍한 통증이 느껴졌다. 당노독파가 자명의 뺨을 후려친 것이다.

"이놈이 그래도! 너는 그래, 내 이야기를 듣고도 아무것도 느끼지 못했다는 말이냐? 그렇다면 나는 네 다리를 부러뜨려 서라도 무림에 들지 못하게 하겠다. 크헐헐! 그래, 그러고야 말겠어! 또다시 그런 일을 겪느니 네 다리를 부러뜨리는 것이 낫지!"

말투와 달리, 당노독파의 표정은 전에 없이 진중했다. 심술을 부리고 있다는 느낌마저도 없었다. 그래서 자명은 왈칵 눈물이 쏟아질 것 같았다.

그녀의 두려움을 알 수 있었다. 무림에 의해 또 잃게 될까, 또 슬퍼질까 두려워하는 그녀의 마음이 고스란히 전달되었다.

자명은 눈물이 조금 고인 눈으로 고개를 저었다.

“하지만 저는 그럴 수 없어요. 만약 인연이 온다면 저는 아마 피할 수 없을 겁니다.”

“이 개잡종이 감히 나의 명령을 거절할 생각이냐?”

당노독파가 일그러질 대로 일그러진 얼굴로 손을 들었다. 하지만 그녀의 손은 곧 멈춰지고 말았다. 그녀가 느낀 자명의 몸놀림 하나하나에서 진심이 느껴졌던 것이다.

“네놈이 끝까지…….”

그녀가 조그맣게 속삭이며 손을 부르르 떨었다. 그녀의 전신에서 살기가 배어 나왔다. 정말로 다리를 부러뜨릴 수도 있다. 손과 눈만 멀쩡하다면, 차라리 그 편이 나으리라. 이 녀석이 안전할 수만 있다면, 그럴 수만 있다면…….

“네놈이…….”

하지만 그녀는 출수하지 못했다. 그녀는 잠시 그렇게 서 있다가 천천히 손을 내렸다. 그녀의 마음속에 수십 가지 생각이 떠올랐다 사라졌다. 자명을 무림으로부터 감춰두려고만 했던 그녀의 마음이 자명의 진심과 부딪쳐 흩어지고 있었던 것이다.

한참 동안 침묵이 흘렀다. 자명은 고개를 숙인 채 말이 없었다.

한참의 시간이 지난 후, 고요한 가운데서 당노독파가 입을 열었다.

“네놈은 결국 무림에 들려느냐?”

당노독파의 목소리는 잔뜩 쉬어 있었다. 자명은 천천히 들고 그녀를 바라보았다.

"인연이 온다면 피하지 않을 생각입니다."

"그렇다면 내 묻지 않을 수 없구나. 너는 무림이 무엇이라고 생각하느냐?"

"예?"

자명이 의아한 듯 당노독파를 바라보았지만, 그 질문이 무슨 뜻인지는 알아차리지 못하였다. 자명은 고개를 숙이고는 미간을 좁히고 고민해 보았다.

파파의 말씀에 따르자면, 명성을 쌓으면 그것을 무너뜨리려 들고, 한 명을 제압하면 만 명의 적이 생기는 곳이 무림이다. 주가장에서 보았던 소장주는 자신의 명예를 타인의 것보다 중요시했었고, 화산파 도사들은 진실은 알아볼 생각도 않고 협박부터 일삼았었다.

"잘 모르겠습니다."

한참을 고민하던 자명이 겨우 대답했다.

"내 말해주마. 무림은 고해(苦海)다. 힘겹고, 힙겹게 건너야 하는 바다이니라."

당노독파의 음성은 변함없는 쉿소리였지만, 왠지 모르게 그 음성이 처연하게만 느껴진다. 자명은 물끄러미 당노독파를 바라보았다.

"사신의 명예의 타인이 명예가 부딪치면 자신이 틀렸다 해도 자신의 것을 세워야 하는 곳이 바로 무림이다. 명분이 옳다면 호로잡놈의 부탁이라도 들어주어야 하고, 존사의 체면을 위해서라면 그러한 명분마저 꺾어야 하는 곳이 바로 무림이다. 믿음과 신의를 지키고 사는 무인도 적지 않지만, 세상이 탐욕스러운데 어찌 그와 같은 의인이 많겠느냐?"

옳은 뜻을 세우고, 그 뜻을 향해 정진하는 무인은 손에 꼽을 만큼 적다. 겉모습과 헛된 명예에 휩싸여 아등바등하는 무인만이 가득한 것이 당금의 무림이다.

"그래도 네가 무림에 들겠다면……."

당노독파가 나직한 목소리로 말하였다.

"그렇다면 너는 독존(獨尊)하여라."

"예?"

자명이 의아한 듯 당노독파를 바라보았다.

당노독파는 자명에게로 자신의 얼굴을 가까이 가져갔다.

"먼저 뜻을 세워라. 뜻을 세웠다면 살아 있는 한 꺾이지 마라. 알겠느냐?"

생과 사는 여일(如一)한 것. 죽음이 찾아오더라도 살아 있는 한 뜻을 꺾어서는 아니 된다. 그래야만 거칠고 거친 무림을 헤쳐 나갈 수 있다.

"제 뜻과 다른 이의 뜻이… 상충되면 어찌합니까?"

자명이 더듬더듬 질문했다. 당노독파가 크게 웃음을 터뜨렸다.

"크헐헐! 그렇다면 무(武)로써 대화하는 수밖에! 힘으로 누르고 짓밟아라! 누구도 너를 건드릴 수 없게 자존(自尊)하여라! 이 당노독파가 그것을 이루어주마, 이 당노독파가 네 앞 길을 가로막는 이들을 죽이고 네 걸음만을 보존할 수 있게 해주마!"

섬뜩한 목소리였다. 자명은 왠지 모를 오한을 느끼며 당노독파를 바라보았다.

그녀는 마치 광기에 휩싸인 것처럼 크게 외치고 있었다.

"오직 너만이 길이고 너만이 정(正)이다! 내가 네게 힘을 주리라!"

패도(覇道)였다. 사도(邪道)였다. 자신의 뜻만이 옳고 다른 이의 뜻은 틀리다 말하는 것이나 다름없었다. 자명은 고개를 저었다.

"그럴 수 없습니다. 제 뜻을 세우더라도 다른 이와……."

당노독파에게서 광풍이 불어닥쳤다.

"그렇다면 내 네 다리를 부러뜨리고야 말겠다! 그러는 편이 나아! 무림에 들겠다면 다른 이들을 무시할지언정 무시당하지 말아라! 휘두를지언정 휘둘리지 말아라! 네 뜻이 옳다면 세상에 홀로 남더라도 그것을 지켜야만 한다! 이제 묻겠다! 네 뜻은 무엇이냐?"

자명은 당노독파의 기세를 이기지 못했다. 단순히 기세뿐만이었다면 양비자 어르신에게 했던 것처럼 흘려 버릴 수 있겠지만, 당노독파의 진심만은 그럴 수가 없었던 것이다.

자명은 억눌리고 억눌린 채 대답하였다.

"아름다움으로… 대하면… 다툼이 없다……."

당노독파의 눈에 이채가 떠올랐다. 그녀는 잠시 알 수 없는 얼굴로 자명을 바라보더니 이내 웃음을 터뜨렸다. 그녀의 날카로운 웃음소리는 점점 더 커져만 갔다.

"클클. 그래, 그랬어. 너는 원치 않아도, 바라지 않아도 도를 걷는 아이였지. 크헐헐! 그래, 그런 아이가 사마에 들 리 없지! 좋다, 이 개잡종아! 뜻을 세웠으면 지켜야 할 것이다! 죽기 직전까지 굴복해서는 아니 되느니라! 알겠느냐?"

자명은 대답하지 않았다. 다른 길이 있을 것 같았다. 무림에 들게 되더라도 자신은 화공이다. 무인이 무림의 법칙에 따라 움직인다면, 자신은 화공의 도를 따라 움직여야 할 것이었다.

'다른 길이 있을 거예요, 파파.'

자명은 내심 그렇게 생각했다. 대도로써 대하면 다툼이 없다고 했던가? 그것은 곧 자신의 뜻과 다른 이의 뜻이, 사람과 사람이 성장하게 되는 길일지도 몰랐다.

자명은 자신의 뜻을 그곳에 두었다.

2

다음날.

한두 방울씩 내리던 비는 장대비가 되었다. 여름의 뜨거운 열기가 시원한 빗소리와 함께 잦아들었다. 남궁화란은 무림맹의 입구에 서서 장대비를 바라보았다.

'예상보다 평화롭구나.'

청성산에 알 수 없는 진법이 펼쳐졌음에도 무림은 고요하기만 했다. 무림맹이 정보를 차단하고 민심을 다독여 무림의 동요를 막은 것이다. 손바닥으로 하늘을 가릴 수는 없는 법, 틀림없이 며칠 안에 알려지고 말 테지만 무림맹으로서는 약간의 시간을 버는 것만으로도 득을 보았다 할 수 있었다.

때문에 청성산으로 출발할 무인들의 행색은 하나같이 단촐하였다. 암천의 음모가 펼쳐진 청성산으로 향하는 것이었지만, 그것을 무림에 드러낼 수가 없는 까닭이었다.

'단촐한 것이 당연하겠구나. 본대(本隊)는 신산자 제갈 노사께 파훼법을 얻고 난 뒤에 출정하게 될 터. 선발대는 화공을 보호하여 그림만 그려오면 되는 일이 아닌가.'

남궁화란은 그렇게 생각하며 고개를 돌렸다. 남궁화란의 시선이 가 닿은 곳에는, 화산의 무연 진인과 명천비무대회에서 검룡기를 차지한 운곡 도고 등이 출발을 기다리고 있었다.

'한데 화산은 어찌하여 동행을 자처한 거지?'

남궁화란의 표정이 표독스러워졌다. 화산의 장로 무연 진인이 이 여정의 책임을 자청하여 맡았다고 한다. 그들에게 도대체 무슨 속셈이 있는 것일까? 어쩌면 가는 길에 화공을 핍박하려 들지도 모를 일이다.

'어쩌면 이번의 일에는 길(吉)보다 흉(凶)이 많을지도 모르겠구나.'

남궁화란은 무심한 눈으로 그들을 바라보다가 시선을 돌려 버렸다. 화산파 무인들에게서 일어난 생각은 화공으로 이어졌다.

'아직도 마음이 불편해.'

차라리 남궁세가 내에서 예와 법을 토론할 때가 마음이 편했었다. 화공이 순진한 눈망울로 '그런가요?' 하고 반박하던 때 말이다.

그때를 떠올린 남궁화란의 입가에서 미소가 떠올랐다.

하지만 그 이후로 모든 일이 엉망이 되고 말았다. 화공은 남궁세가에 크나큰 은혜를 주었는데도, 자신은 '무공을 알면서도 모른 척하고 나를 속였다'며 도리어 화를 내고 말았다. 은인에게 공경을 다하지는 못할망정 적반하장으로 노기를 표출하고 만 것이다.

'틀림없이 사죄를 드렸지만……'

무림맹에서 다시 만났을 때, 마음을 다하여 사죄를 하였고, 화공은 그것을 받아들였다.

하지만 그런데도 마음이 불편하긴 마찬가지였다. 다시 한 번 대화를 나눠보고 싶었지만 명천회에 매화검진이 펼쳐지는 등, 난리가 난 통에 그러지도 못했다.

'만약 내가 화를 내지 않았더라면 은인과 친구가 되었을지도 몰라.'

남궁화란의 고운 입에서 한숨이 새어 나왔다. '화공은 남궁세가의 은인인데 친구라니 가당찮다' 는 마음도 들었지만, 미련은 여전히 남아 있었다. 화공의 순진한 눈망울에 마주 미소를 지어줄 수 있었다면 좋았을 것을. 하지만 지금은 그러고 싶어도 그럴 수가 없다.

남궁화란이 생각에 빠져 있을 때였다. 화공의 목소리가 들려왔다.

"화란 아가씨."

남궁화란이 화들짝 놀라 고개를 돌려보니 진 화공이 반가운 얼굴로 서 있다. 어디 진 화공뿐이랴? 당노태태께서도 바로 그 옆자리에 서 있다.

남궁화란이 얼른 장읍하여 예를 표했다.

"말학 남궁화란이 당노태태와 은인을 뵙습니다."

당노독파는 아예 대꾸도 하지 않았다. 일그러진 얼굴로 클클 웃으며 절뚝거리며 남궁화란을 스쳐 걸어갈 뿐이었다. 설마하니 당노독파도 동행할 줄 몰랐던 남궁화란이 의아한 얼굴로 그녀의 뒷모습을 바라보았다.

그사이 자명이 남궁화란에게 장읍하였다. 자명의 얼굴에는 은은한 미소가 떠올라 있었다.

"남궁세가의 도움을 받게 되었습니다."

남궁화란은 그 얼굴이 사람의 마음을 편안하게 만든다고 생각했다.

생각해 보면 예전부터 화공의 얼굴이 그러하지 않았던가? 세상의 때라고는 한 점도 묻지 않은 듯한 얼굴, 귀한 난(蘭)이라기보다 마치 길가 어딘가에 피어 있을 들꽃을 닮은 얼굴이었다.

"소가주께서 안부를 전해달라고 하셨습니다, 은인. 폐가에서 편히 모실 터이니, 비록 험로라 하나 걱정할 일은 없을 것이라는 말도 함께 전하라 하셨습니다."

밖에서는 소가주인 남궁환에게 깍듯이 존칭을 사용하는 남궁화란이었다. 가문의 소가주인 남궁환은 무림맹에서 벗어날 수 없었지만, 누이와 은인을 걱정하여 창궁무애단의 대부분을 보내놓았다.

자명은 고개를 끄덕이고는 창궁무애단의 사람들에게 인사했다. 잘 아는 것은 아니었지만, 남궁세가에서 보았던 얼굴들이 드문드문 보였다. 다른 무엇보다 같은 합비, 동향 사람이 아닌가? 얼굴만 봐도 채화당이 떠오르고 마음이 편안해진다.

한편, 무연 진인과 화산파의 도사들은 하나같이 기이한 얼굴로 남궁화란과 자명을 바라보고 있었다.

비록 제왕검형을 잃었지만, 남궁세가라면 무림의 명가로, 오대세가의 하나로 행세하는 집안이다. 그런 집안에서 한낱 화공에게 은인이라니! 과연 화공에게는 신비한 데가 있다.

잠시 이채롭게 남궁세가와 화공을 번갈아 바라보던 화산파의 장로, 무연 진인이 너털웃음을 터뜨렸다.

"하하하! 어제만 해도 얼굴을 붉히던 사이인데, 하루 만에 함께 여행을 떠나게 되었으니 난감하기 짝이 없구면. 화산은 모르겠으나, 이 무연자는 아직도 죄스러움을 잊지 못하였네. 다시 한 번 소협께 사죄를 청하네."

"아닙니다, 이미 사과를 받았으니……."

자명이 멋쩍게 웃으며 고개를 저었다.

무림과는 연관이 없었던 자명이었지만, 무연자의 사과가 진심이었다는 것만은 알 수 있었다. 사지육신의 근맥을 끊어놓는다는 말까지 일삼던 사람이었지만, 용서하고 이해하면 대하지 못할 것이 없는 것이다.

'무림은 두렵지만, 무림에 살고 있는 것은 괴물이 아니라 사람이라고 했지.'

양비자 어르신께서는 분명히 그렇게 말씀하셨다. 무림을 두려워하는 것은 어쩌면 사람을 두려워하는 것이나 마찬가지일지도 모른다.

자명이 그렇게 생각할 때였다.

"개잡종아, 개잡종아. 너는 남궁세가도, 화산도 안중에 둘 것 없느니라. 저놈들은 하나같이 너를 핍박하던 무리들이 아니냐? 오히려 짓밟고서 힘을 뺐어도 무자라데 인사는 무엇 하러 한단 말이냐."

　당노독파가 진득한 살기가 배어나는 목소리로 말했다. 화산파 도사들의 안색이 어두워졌다.

　"나는 무림맹의 위인들과는 일다경도 함께 자리하기 싫으니 혼자 가야겠구나. 하지만 너는 염려할 것 하나도 없다. 네게 무례한 이가 있다면 내 반드시 치죄할 테니."

　"파파, 혼자 가신다니요?"

　자명이 의아한 얼굴로 당노독파를 돌아보았다.

　"클클, 무림맹의 맹주란 작자가 감히 나를 이용하려 하는데 어찌 그들과 얼굴을 마주하겠느냐."

　당노독파가 가래 끓는 음성으로 웃음을 터뜨렸다.

　사실, 무림맹주가 아니어도 그녀는 무림맹의 사람들과 함께할 수가 없었다. 오절지약에 따르면, 천하오절은 어떠한 문파와도 인연을 맺을 수가 없으며, 그것은 문파들의 연맹인 무림맹과도 마찬가지다. 오절의 무위는 결코 경시할 수 없는것, 그들의 힘을 업는다면 무림의 판도가 바뀌는 것이다.

　"하지만 파파, 혼자 가시려면 힘드실 텐데요."

　"흥, 혼자 가지 않으면 어쩌려고. 여기서부터 청성산이 천리 길인데, 설마하니 네가 날 업고 가기라도 하겠단 말이냐?"

　당노독파가 클클 웃으며 말했다. 자명이 화산파의 도사들과 남궁화란을 번갈아 바라보며 떨떠름하게 중얼거렸다.

　"시, 시간이 걸릴 테지만 그래도 파파 혼자 가시는 것보다는 제가 함께……."

당노독파의 얼굴이 한결 따스해졌다. 그녀는 부드러운 미소를 지으며 자명을 보다가 고개를 절레절레 저었다.

"크헐헐! 내 너희들보다 빠르면 빨랐지 느리지는 않으리라. 그러니 너는 아무 걱정 말고 내가 했던 말이나 주의하려무나. 뜻을 세웠으면 꺾이지 마라! 만일 네가 변하지 않거든 내 큰 벌을 내리리라!"

그 말과 동시에 당노독파의 신형이 사라졌다. 일순간 귀신처럼 사라진 모습에 자명이 눈을 휘둥그레 떴다.

"파파?"

자명이 고개를 들어보았지만, 어디에서도 사람의 형상이 보이지 않는다.

하지만 화산파의 도사들이나, 남궁화란은 어렴풋이 당노독파의 신형을 파악할 수 있었다. 마치 무당의 칠성보(七星步)와 닮은 경공이었는데, 그 경지가 측량할 수 없을 만큼 높다.

"무량수불. 정말 우리보다 빠르면 빨랐지, 느리지는 않을 것 같습니다. 하나 내공이 마르지 않는 바다가 아닌 한, 예서 청성산까지 경공만으로 달릴 수는 없을 터인데……."

운곡 도고가 당혹스러워하는 목소리로 중얼거렸다. 당노독파의 무위에 질려 버린 것이다.

무연 진인 역시 딱딱하게 굳은 얼굴로 대꾸했다.

“독괴께서 알아서 하시겠지. 청성의 일이 시급함은 두말할 나위가 없으니, 우리도 출발을 서두르자꾸나.”

마침내 출발이 준비되었다. 자명과 남궁화란, 무연 진인과 운곡 도고가 마차에 올라탔으니, 더 거리낄 것이 없는 것이다. 채비를 마친 마차는 빠르게 무림맹 밖으로 달려나갔다.

하지만 아무도 예상하지 못한 일이 있었다.

마차가 출발하고 난 다음, 어떤 가냘픈 그림자가 말을 타고 무림맹 밖을 벗어난 것이다.

그 말은 마차를 정확히 뒤쫓고 있었다.

第五章

청성행(菁城行)

화공도담 畵工道談

1

청성산까지의 여정은 빠르게 이어졌다. 자명의 그림을 얻지 못하면 본대가 출정할 수 없으니 한시도 지체할 겨를이 없었다.

여정이 빠르게 이어진 것은 안내를 맡은 청성파의 도인들이 시커멓게 죽은 얼굴로 말을 재촉했기 때문이기도 했다. 다른 무인들은 아무 말도 꺼낼 수 없었는데, 만약 자신의 문파가 위기에 처했더라면 청성파의 도사들보다 더 재촉하면 재촉했지, 덜하지는 않았을 것이었기 때문이다.

섬서성 안강현에서 출발한 마차는 파중(巴中)과 삼합(三合)에서 건량이나 식수 따위를 채우고는 금당현(金堂縣)으로 내쳐 달려갔다.

마차 안에 앉아 있던 운곡 도고가 자명에게 말을 걸었다.

"머지않아 중강(中江)입니다, 소협."

중강은 금당현으로 가는 길에 있는 촌락이었다. 일행은 중강에서 하루를 묵고 금당현으로 출발할 예정이었다.

"금당현 다음으로 거치게 될 곳은 사천의 성도(成都)입니다. 성도에서부터는 하루도 쉬지 않고 말을 달려 청성산으로 가게 될 테지요."

"그렇군요."

자명이 정중하게 대답했다. 제법 긴 시간이 흘렀음에도 자명은 운곡 도고와 친해질 수가 없었다. 그녀는 때때로 탐색을 하듯 자명을 바라보곤 했던 것이다.

'이크, 또 저런 눈으로 바라본다.'

자명은 얼른 운곡 도고의 시선을 피했다. 그렇게 시선을 피하고 보니, 새삼 화산파 앞에서 매화서옥도를 그린 일이 후회된다.

'아름답다는 마음만으로 그린 그림이 오히려 분란을 일으켰다 했던가?

자명이 한숨을 길게 내쉬었다. 미리 알았더라면 그러한 그림은 절대로 그리지 않았을 것이었다. 무학의 본질이니 뭐니 하는 것은 하나도 모르지만, 알고 보면 자신이 아름답다 여긴 검로와 같은 것이 무림에선 꽤나 중요시 여겨지나 보다.

'그러고 보면 내 눈도 제법 좋아진 모양이야.'

할아버지는 세상천지에 아름답지 않은 것이 없으니 마음으로 보기만 하면 된다고 말씀하시곤 했었다. 다른 누구도 아닌 파파께서 눈이 좋다고 칭찬을 해주신 것을 보면 자신도 제법 할아버지의 가르침을 잘 지킨 것 같다.

한편, 운곡 도고는 여전히 탐색하는 듯한 시선으로 자명을 바라보고 있었다.

그녀의 시선에는 호의가 아닌, 악의가 담겨져 있었다. 화공으로 인해 화산이 겪은 수모를 생각하면 그가 곱게 보일 리가 없는 것이다. 화산파의 장문인이 주의를 주지 않았다면, 당장 말투부터 곱게 나오지 않았을 것이다.

'도대체 장문인께서는 왜 저 화공에게 무례하지 말라는 걸까.'

운곡 도고의 생각이 깊어졌다. 아마 당노독파와 화공과의 친분 때문만은 아닐 것이었다. 화산은 비록 꺾일지언정 당노독파의 힘에 굴복하지 않는다.

그렇다면, 필시 화공의 기이함 때문일 것이다. 무연 사숙으로부터 '저 화공이 너의 검무를 보고 매화검보를 그려내었다더라' 하는 이야기를 들었던 운곡이 다시금 탐색하는 시선으로 자명을 바라보았다.

'어떻게 나의 검무에서 매화검보를 찾을 수 있었을까?

보기에는 그저 순박하고 어리숙한 화공일 따름이었다. 무림맹에서는 화공이 무공을 모른다고 결론을 내리지 않았던가! 심지어 무연 사숙과 검을 나눌 때의 화공은 당황한 듯 아무렇게나 검을 휘두르기까지 했다.

'틀림없이 매화검진을 파훼한 기이함과 연관이 있을 거야.'

운곡 도고의 시선이 더욱 짙어졌다.

마침내 참지 못한 자명이 말을 걸었다.

"저, 묻고 싶으신 것이 있으시다면 언제든 하문하셔도 됩니다."

자명의 말에 운곡 도고가 시선을 돌려 무연 진인을 바라보았다. 무연 진인은 수염을 쓰다듬으며 호쾌하게 고개를 끄덕였다.

무연 진인의 허락을 득하자마자 운곡 도고가 질문을 던졌다.

"실례가 아니라면 소협께 한 가지만 여쭙겠습니다."

자명이 고개를 끄덕이자 운곡 도고가 조심스럽게 질문을 던졌다.

"제 연무를 보고 매화서옥도를 그리셨다 들었습니다만……."

"저기, 함부로 연무를 본 것 때문이라면 사죄드립니다. 강호의 금기라는 것은 들었으나 부주의하여 그만 실수를 하고 말았습니다."

남의 연무를 지켜보는 것은 물론 강호의 금기이지만, 무학을 모르는 이에게는 통용되지 않는다. 화공이 그것으로 매화서옥도를 그려내었으니 문제가 될 수도 있겠지만, 이미 다 지난 일을 따져 물을 수는 없었다.

"그것을 탓하려는 것이 아닙니다. 저는 어찌하여 그것이 가능한지, 그것이 궁금할 뿐입니다."

운곡 도고가 냉랭한 목소리로 질문하였다. 이 질문에는 무연 진인까지도 귀를 기울였다.

자명은 난감한 표정을 지었다. 파파께서는 함부로 드러내지 말라고 했는데, 운곡 도고는 정면에서 자신을 파헤치고 있었다. 자명이 우물쭈물하며 대답하였다.

"그것은 그저 그것이 더 아름다워 보였기에……."

"더 아름다워 보였다?"

운곡 도고가 의아하다는 어조로 반문했다. 그녀는 잠시 무언가를 곰곰이 생각하더니, 다시금 차가운 표정을 지으며 질문을 던졌다.

"실례가 아니라면 그때 보았던 검로가 무엇이었는지 여쭙고 싶습니다만."

"예?"

자명이 당황한 표정을 지으며 잠시 우물쭈물하더니, 기억을 더듬어 초식을 하나하나 설명해 갔다. 운곡 도고는 자명의 어설픈 설명을 주의 깊게 들으며 생각에 잠겼다.

잠시 뒤, 운곡 도고가 감탄을 터뜨렸다.

"아! 매화난검!"

"이름은 잘 모릅니다만……."

"도우의 설명대로라면 매화난검이 분명할 것입니다."

운곡 도고의 무공은 결코 낮은 것이 아니었다. 운곡은 여인의 몸인 데도 불구하고 화산의 이름을 드높이리라 평가되어 무 자 배의 기인이 배분을 무시하고 제자로 삼은 기재인 것이다. 명천 비무대회에서도 검룡기를 쟁취한 것만으로도 그녀의 무위는 충분히 설명되리라.

운곡 도고가 알 수 없다는 듯한 표정으로 물었다.

"그런데 매화난검에서 어찌 매화검선의 검보를 얻을 수 있었습니까?"

운곡 도고는 '혹시 이 화공이 정말로 매화검보와 연관이 있는 것은 아닐까' 라고 생각하는 듯한 눈으로 자명을 바라보았다.

자명은 그 시선을 보고는 한숨을 길게 내쉬었다.

"하아—"

'파파께서는 드러내지 말라고 했지만, 이 정도의 질문이라면 대답해도 괜찮지 않을까?'

더군다나 매화검보에 관련된 오해는 모두 풀지 않았던가! 잠시 고민하던 자명은 그 정도는 말해도 괜찮으리라 믿고는 입을 열었다.

"매화난검이라 하셨던가요? 거기서 중궁(中宮)으로 뻗은 검극을 이렇게 조금만 올리면 매화의 아름다움이 더 살아날 것 같았습니다."

자명이 어설프게 손끝을 올리자 운곡 도고는 물론 무연 진인의 표정마저 기이하게 변해갔다. 지금 화공의 손처럼 검로를 펼치면 허공으로 검을 뻗는 격인 것이다.

"살기가 사라지는군요."

"예? 예."

사람을 겨냥하지 않으니 살기가 일어날 리가 없다. 화공의 것은 검학이 아니라 검무라 보아도 좋을 만큼 의미가 없는 검로였다.

"설마, 화공은 매화검보가 무학이 아니라고 말하는 건가요?"

운곡 도고의 표정이 대번에 표독스러워졌다. 자명이 당황한 얼굴로 고개를 저었다.

"예? 저는 그러한 것은 잘 모릅니다. 그저, 저렇게 하면 사람이 매화의 중심처럼 보이고, 검이 화엽(花葉)이 될 것 같아서… 저러면 운(韻)이 더 살아나지 않습니까."

자명의 매화서옥도에서 임포는 다름 아닌 매화였다. 임포가 꽃의 중심이 되고, 검이 꽃잎이 되었던 것이다. 임포는 하염없이 매화의 잎을 따르고 있을 뿐, 생명을 취하려는 행동은 하지 않았다.

운곡 도고가 고개를 절레절레 저었다.

"흥, 그럴 리가 없어요."

"아니야, 아니야. 운곡, 너는 더 배워야겠구나. 사람이 매화의 중심이 된다?"

매화검보에서는 '검 속에 매화가 있고, 매화 속에 사람이 있다[劍中有梅, 梅中有人]. 매화는 곧 나고, 내가 곧 매화다[梅花卽吾, 吾卽梅花]'라는 구절이 있다. 공교롭게도 지금 화공의 이야기가 곧 그것이 아닌가?

무연 진인이 탄식처럼 중얼거렸다.

"사물과 마음이 하나고[物心一如], 사물과 내가 한 몸이다[物我一體], 라더니……."

생각해 보면 명천회에서 화공과 검을 나누며 느꼈던 것도 바로 그것이었다. 확신할 수는 없지만, 그때에 분명히 매화향을 맡았던 것 같았다.

매화검법이 경지에 이르면 매화향이 난다고 했지만, 그것은 상리로서는 이해할 수 없는 이능이었다. 하지만 내가 곧 매화라면, 매화향이 피어나는 것도 당연한 일이라는 생각이 들었다. 불가에서 이르길, 법열(法悅)에 이른 생불에게선 연화향이 난다고 하지 않던가!

'그렇다면 매화검이야말로 선검(仙劍)이로구나!'

매화와 하나가 된다는 것은, 곧 천하 만물과 일체를 이룬다는 소리나 다름없다. 그것이 곧 생불의 경지, 신선의 경지가 아니고서 무엇이겠는가! 머리로만 겨우 이해할 뿐, 깨닫지 못한 이치였지만 무연 진인은 순수하게 감탄을 터뜨렸다.

'역시 이 화공의 재주가 범상치 않구나.'

무연 진인이 이채로운 눈으로 자명을 바라보았다.

자명 역시 의아한 눈으로 무연 진인을 바라보고 있었다. 그편이 더 아름다울 것 같아 그렸지만, 그것은 본능적인 것이었을 뿐이다. 오채문은 무엇이든 말로써 설명하지 않고 자명으로 하여금 체화하게끔 하였던 것이다.

자명이 나직한 목소리로 질문을 던졌다.

"실례가 아니라면, 저도 한 가지를 여쭙고 싶습니다."

"물어보시게, 소협."

무연 진인이 흡족한 얼굴로 자명을 바라보았다.

"사물과 마음이 하나고, 사물과 내가 한 몸이라는 말씀은 어떤 뜻인지요?"

무연 진인의 말은 도가의 것이었으나, 자명이 떠올린 것은 스승님들의 가르침이었다.

조운고 사부님이나 상준백 사부님은 '일기이원론(一氣二元論)으로 따지자면, 산수화는 곧 일기(一氣)를 그려내는 일이다. 경지에 이른 화공이라면, 풍경을 멀리서 조망하고 바라보는 데 그치는 것이 아니라, 사람에게서 풍경이 피어난다고 하더라' 고 말씀하시곤 했던 것이다.

그것은 다름 아닌 할아버지의 말씀과도 일맥상통하는 것

이었다. 사람에게서 풍경이 피어난다는 말은 곧 사람도 아름다워진다는 말이 아니겠는가.

"하하하! 스승께서 나를 보고 너는 무인이 되면 되었지 도인이 되기는 글렀다고 말씀하시곤 했는데, 소협께서 나를 도인으로 만드는구먼! 내 그것을 깨닫지는 못하였으나 듣기로는 그것은 천지만물을 구분하지 않는 이치라고 하네."

"천지만물을 구분하지 않는 이치?"

"그렇다네. 도가에서는 만물을 구분하는 것은 무용한 일이라고 하네. 물(物)의 관점에서 세상을 보면 자신만이 존귀하고 다른 것은 하찮게 여겨지게 마련이지. 하지만 도의 눈으로 보면[以道觀之] 귀한 것도 없고 천한 것도 없다네."

물아일체의 깨달음은 넓고도 넓어 측량하기 어렵다. 무연 진인의 말투는 자신감에 넘친다기보다는 더듬더듬 스승의 가르침을 옮겨 읊는 것에 불과했다.

"남화 진인(南華眞人:장자(莊子))께서는 '저것은 이것에서 나왔으며, 이것 또한 저것에서 나왔다. 이것이 또한 저것이오, 저것 역시 이것이다[彼出於是, 是亦因彼. 是亦彼也, 彼亦是也]'라고 하셨다네. 귀하고 천함, 쓸모있음과 쓸모없음은 모두 무용한 구분이며, 알고 보면 서로 의지하고 연관되어 존재하는 것[相依相存], 즉 만물은 하나인 것이지."

자명이 미간을 좁혔다. 무연 진인의 말이 알쏭달쏭하기만 했던 것이다.

　"남화 진인께서는 심지어 나와 내가 아닌 것의 구분마저 잊으셨네. 남화 진인께서 나비가 된 걸까[不知周之夢爲胡蝶與], 아니면 꿈속의 나비가 남화 진인이 된 걸까[胡蝶之夢爲周與]? 그러한 깨달음을 얻어야야만 비로소 '천지와 나는 함께 생겨났으며, 만물과 나는 하나가 된다[天地與我竝生, 而萬物與我爲一]'는 경지에 이를 수 있다고 하네."

　무연 진인이 너털웃음을 터뜨렸다.

　"그러기 위해서는 구분과 경계에 얽매인 마음을 비우고 비워 도(道)와 일체가 되어야 한다는데, 그것을 깨달으면 어디 신선이지 사람이겠는가!"

　자명이 조그맣게 속삭였다. 언젠가 혜징 사태에게서 들었던 말이 떠오른 것이다.

　"어디에도 머무는 바 없이 마음을 내어라[應無所住 而生其心]."

　무연 진인의 말에 따르면, 구분함과 경계함에 머물지 않고 마음을 내어야만 물아일체의 경지에 도달할 수 있을 것이었다.

　'구분과 경계에 얽매이지 않으면 천지만물은 곧 내가 되는 걸까?'

　자명은 고개를 갸웃했다. 물아일체라는 말을 알 것 같으면서도 모를 것 같았다. 머리로야 어렴풋이 짐작이 가지만, 도무지 깨달을 수가 없는 것이다.

'어쩌면 사람에게서 풍경이 피어난다는 말은, 곧 그것일지도 몰라.'

자명은 무심코 할아버지의 노송도(老松圖)를 떠올렸다.

곧게 뻗은 노송 옆에 너른 바위가 있고, 그 위에 한 명의 사람이 앉아 하늘을 올려다보는 그림이었다. 그 그림에는 사람과 자연이 어우러져 있었는데도 위화감이라고는 하나도 없었다. 그 사람 자체가 풍경인 듯, 풍경이 그 사람인 듯 이질감이 없었던 것이다.

만약 그 사람이 화공 본인을 상징화한 것이라면, 할아버지야말로 물아일체를 이룬 것이나 다름없으리라.

한편, 그런 자명을 바라보던 운곡 도고는 고개를 절레절레 저어버렸다.

'무연 사숙께서도 모르는 이치를 저처럼 진지하게 고민하다니.'

화공의 경지가 아무리 높다 한들 저러한 이치를 궁리할 만큼은 되지 않을 것이다. 도고인 자신에게도 뜬구름 잡는 소리처럼 느껴지는데, 어찌 화공이 저러한 이치를 알겠느냐는 말이다.

운곡 도고는 오히려 화공을 의심하기 시작했다. 어쩌면 화공의 경지는 예상만큼 높지 않을지도 모른다.

그렇게 서로의 고민이 깊어질 때였다. 마차의 속도가 한층 느려졌다.

“어, 어라?”

말을 바꾸면 바꿨지 여태껏 마차가 느려진 적이 없는데, 왜 마차가 느려진 걸까? 자명이 의아한 듯 앞쪽을 내려다보았다. 마차는 점점 더 느려져 아예 멈춰 서고 말았다.

마차가 멈춰 선 것은 관도 위에서 누군가를 만났기 때문이었다. 마차를 몰고 있던 화산파의 도인이 당황한 듯 외치는 소리가 들렸다.

“무량수불! 도우께서 어떻게 여기에……?”

누군가가 쾌활한 목소리로 무어라고 대답했다. 자명은 그 목소리의 주인을 짐작할 수 있었다.

“이 목소리는…….”

“야호—!”

곧이어 마차의 문이 벌컥 열리더니, 익숙한 얼굴이 머리를 들이밀었다.

자명이 눈을 동그랗게 뜨며 외쳤다.

“혜, 혜운 소저?”

“화공, 화공! 나는 화공이랑 함께하고 싶어서 무작정 따라왔어요! 무서운 혜징 사저를 피해 달아나느라 고생이 많았어요.”

일찌감치 혜징 사태를 피해 숨어 있던 혜운은 마차의 출발을 유심히 지켜본 다음, 미리 준비해 둔 말을 타고 열심히 마차의 뒤를 쫓았다. 무림맹과 가까운 곳에서 합류했다가는 강제로 송환될 터, 그녀는 며칠 동안을 마차가 무림맹으로부터 멀어지기를 기다려야 했다.

그 고생 끝에 마침내 그녀는 일행과 합류한 것이다. 그동안 고생이 적지 않았던지, 그녀의 얼굴에는 때가 꼬질꼬질 끼어 있었다.

"예? 바, 반갑긴 합니다만……."

자명이 더듬더듬 대답하였다. 혜운이 곱게 눈을 흘겼다.

"무림맹에 오면 나한테 그림 그려주기로 해놓고 도망을 치다니, 화공은 나빠요. 이렇게 쫓아왔으니 나 그림 그려줘요!"

"어흠, 흠, 무량수불. 혜운 도우께서 오실 줄은 미처 몰랐소이다."

무연 진인이 놀란 듯 눈을 끔뻑이며 말했다. 혜운이 애써 애절한 표정을 지어 보였다.

"앗, 진인! 나 돌려보내지 않을 거지요?"

"혜운 도우, 지금 가는 길은 결코 유람이 아니라오. 이는 무림의 대사인데……."

"쳇, 꼬장꼬장하긴."

혜운이 고개를 돌리더니 조그맣게 투덜거렸다. 제 딴에는 혼잣말을 한 것이었지만, 무공을 모르는 자명까지도 그 중얼거림을 들을 수 있었다.

하지만 혜운은 천하오절 중에서도 제일이라 평가받는 천검(天劍) 서검학(徐劍鶴)의 손녀다. 무림이 장준보옥이니 무연 진인은 무어라 말하지도 못하였다. 아니, 투덜거리는 말투가 귀여워 화도 내지 못했다는 말이 옳으리라.

"여기서 나를 무림맹으로 돌려보내려면 지금 있는 인원까지 쪼개야 할걸요? 나라면 인원을 나누느니 성도 어디에 내려주겠다. 그래도 다시 쫓아갈 테지만."

혜운이 입술을 비죽거리며 말했다.

무연 진인은 혜운의 마지막 말을 흘려 버렸지만, 실제로 그녀에게는 어떻게 떼어놓더라도 다시 쫓아갈 만한 능력이 있었다. 피는 못 속인다던가? 천검의 손녀인 혜운은 천하에 드문 재녀(才女)였던 것이다.

갓난아기 때에 아미산(峨嵋山) 복호사(伏虎寺)에 맡겨진 혜운은 당장 복호사의 주지승인 멸절 신니(滅絶神尼)로부터 큰 기대를 받았다. 혜운의 재능을 보고 아미파의 보물이 되리라 짐작한 멸절 신니는 혜운이 어릴 적부터 아미파의 절기들을 하나하나 가르쳤다.

거기에 무림의 명숙들도 한 손을 보탰다. 무림의 명숙들은 천검 서검학의 부탁으로 혜운을 보살피러 아미파를 방문하곤 했는데, 그때마다 그들은 하나같이 한두 가지 절기를 전수해 놓고 떠났던 것이다. 그렇게 절기를 전수한 무림의 명숙 중에는 문무쌍성(文武雙星), 천리비마(千里飛馬), 활수신의(活手神醫), 청음선자(淸音仙子) 등의 고수들도 포함되어 있었다.

문제는 명숙들이 천검의 체면을 생각해 혜운을 귀여워만

했다는 점이었다. 그녀는 천방지축 말괄량이로 자라났고, 명숙들이 전수한 절기들은 장난을 치는 데에만 소용되었다.

배분이 높고 무공이 빼어난 혜징 사태가 혜운을 제어하지 못한 데에는 바로 그러한 사정이 있었다. 강호초출처럼 보이지만 그녀의 재주만큼은 무림에서도 드물 만큼 뛰어났던 것이다.

한동안 고민하던 무연 진인이 한숨을 길게 내쉬었다.

"하아, 나도 열화검이라 불릴 정도로 막무가내인 위인이지만 소저만큼은 이길 수가 없겠구려. 하지만 이는 무림의 대사이니 소저는 성도까지만 동행할 수 있을 것이요."

그것만큼은 양보할 수 없다는 얼굴로 무연 진인이 말하자 혜운이 배시시 웃으며 마차에 올랐다. 그리고는 남궁화란의 옆자리에 앉아 히죽히죽 웃으며 일행 한 명, 한 명에게 넉살 좋게 인사를 했다.

"하아—"

자명이 한숨을 내쉬며 혜운에게서 고개를 돌릴 때였다. 어디선가 끌끌 혀를 차는 소리가 들려왔다. 자명이 의아한 듯 눈을 둥그렇게 떴다.

"어?"

다른 이들은 그 소리를 듣고도 일행 중 누군가 했겠거니 하고 넘기고 말았지만 자명만큼은 그 소리의 주인을 알 수 있었다. 자명이 조그맣게 속삭였다.

"파파……."

따로 간다더니, 파파는 자신의 근처에 있었다. 거리만 떨어져 있을 뿐, 함께하고 있는 것이나 마찬가지인 것이다. 자명은 가슴 한구석이 따듯해져 오는 것을 느끼며 소리가 들려오는 쪽을 하염없이 바라보았다.

2

난데없이 나타난 혜운 때문에 일정이 잠시 멈춰지고 말았다. 안 그래도 시커멓게 죽어 있던 청성파 도사들의 안색이 더욱 검어졌지만, 아무리 그래도 조금도 쉬지 않고 달릴 수는 없는 노릇이었다.

화산파의 문도들이나 창궁무애단의 사람들은 호기심 어린 얼굴로 혜운에게 이런저런 말을 걸었다. 천성이 밝은 모양인지, 혜운은 까불대면서도 밉지 않게 사람들과 대화를 나누었다.

남궁화란은 그런 혜운을 무심한 눈으로 바라보았다.

'…부럽구나.'

기억도 나지 않는 어린 시절, 자신도 저렇게 웃을 수 있었던 것 같다. 어머니가 돌아가시고 아버님마저 폐관에 들어 자신과 어린 남동생만이 남았을 때, 그때부터 남궁화란의 얼굴에서 웃음이 사라졌다. 그녀는 세가의 직계로서 스스로의 책임을 저버릴 수가 없었던 것이다.

남궁화란은 소매춤에 손을 넣어 자그마한 노리개를 쥐어 들었다.

어머니가 남겨주신 유품이었다.

'내게는 허락되지 않는 복인 것을.'

노리개를 쥐어 든 채로 물끄러미 혜운을 바라보던 남궁화란이 무심한 얼굴로 몸을 돌렸다.

어렸던 동생은 고작 몇 살을 더 먹었을 뿐인 자신을 의지했다. 천둥 번개가 치는 어느 날 밤, 무섭고 엄한 아버지 몰래 동생이 자신의 방에 오면 어머니 대신 품어 안고 잠을 잤었다. 남궁화란도 번개가 무서웠지만, 동생을 지키느라 내색을 할 수가 없었다.

결국 그날 밤은 한잠도 이루지 못했다. 누이를 의지해 푹 잔 동생이 생글생글 웃으며 깨어났을 때, 그녀는 피곤에 겨운 얼굴로 동생의 머리를 쓰다듬어 주었다.

아버지가 다른 세가와의 교류에서 모욕을 당하고 돌아온 날이면 세가 전체가 슬픔에 잠겼다. 하지만 그녀만큼은 슬퍼할 수 없었다. 그녀는 울먹이는 동생을 품에 안아주고 괜찮다고 다독여야 했다. 근심에 찬 사람들을 다잡아야 했다.

혼자 남았을 때에, 그녀는 어머니가 남겨준 노리개를 붙잡고 울었다. 혹시 동생이 들을까 봐 소리도 내지 못했지만, 그녀는 어머니 품 안에서 울던 것처럼 울었다. 억눌린 목소리로 앙앙 울면서 노리개에 얼굴을 비벼보았지만, 괜찮다고 머리를 쓰다듬어 주던 어머니의 손길은 없었다.

언젠가부터 그녀는 울지 않았다. 그녀가 차갑게 냉정하고 변한 것은 그때였다.

'은인, 은인은 어디에 계시지?

남궁화란이 걸음을 옮기며 얼음처럼 무심한 얼굴로 주위를 두리번거렸다.

그녀를 변하게 해준 것은 진 화공이었다. 진 화공은 세가가 규율에 얽매여 있음을, 자신이 사람의 마음을 보지 못하고 있음을 지적했다. 진 화공의 목소리가 귀에 울리는 듯했다.

남궁화란은 숙소로 잡은 장안객잔 뒤로 걸어갔다.

'은인은 왜 화를 내지 않는 걸까?

그녀는 그렇게 살아왔다. 잘못한 일이 있으면 아낌없이 질책했고, 규율에 따라 벌을 내렸다. 용서와 화합보다는 다스리는 이의 신상필벌이 몸에 배인 그녀였다.

하지만 화공은 무공을 모른다고 속였다며 적반하장으로 화를 내었는데도 담담하였다. 사죄를 청했는데도 화를 내거나 벌을 내리지 않고 웃으며 넘어가 버렸다.

한참을 걸어가던 남궁화란이 무심한 얼굴로 걸음을 멈추었다.

길거리에 아무렇게나 쪼그리고 앉아 이름 모를 들풀을 바라보는 자명의 모습이 보였다.

자명은 들꽃을 유심히 바라보며 생각에 잠겨 있었다.

할아버지는 모든 아름다운 것들을 사랑하라고 했다. 어쩌면 그것이야말로 아름다움을 닮아가는 비결일지도 모른다. 구분과 경계를 잊는 방법은 아름다움을 사랑하는 것일지도 모르는 것이다.

'물아일체라…….'

자명은 문득 무연 진인의 말을 떠올렸다. 임포가 곧 매화가 되었던 매화서옥도처럼 자신도 바로 이 들꽃과 한 몸일지도 모른다. 들꽃이 바람에 부드럽게 흔들렸다.

'만약 저 꽃과 내가 하나라면 지금 흔들리는 것은 나인 걸까?'

이번에는 들꽃이 안녕, 하고 잎을 흔들며 인사를 해 보였다. 자명은 저도 모르게 손을 들어 흔들어보았다. 하지만 그래도 꽃잎과 내가 하나라는 느낌은 들지 않았다.

'아직은 모르겠다.'

자명은 보드랍게 미소를 지어 보였다.

'하지만 언젠가는 알게 될 거야.'

아직은 모르지만 궁리하다 보면 알 수 있을 것이다.

할아버지가 말씀하셨던 천지간의 흐름도 언젠가는 알 수 있을 것이고, 무형이고 무상이나 어디에나 있는 것도 언젠가는 그려낼 수 있을 것이다. 근거도 없는 낙관적인 희망이었지만, 자명은 그 마음을 소중하게 품고서 웃음 지었다.

그때, 뒤에서 화란 아가씨의 목소리가 들려왔다.

"은인, 여기에 계셨군요."

"어? 화란 아가씨!"

자명이 얼른 자리에서 일어나 뒤를 바라보았다. 남궁화란이 무심한 표정으로 자명을, 아니, 그 너머를 바라보고 있었다. 자명은 그녀의 시선을 쫓아 뒤를 돌아보았다가, 화란 아가씨가 자신이 보고 있던 들꽃을 주시하고 있음을 깨달았다.

"풍접초(風蝶草:족두리꽃)예요."

"그렇군요. 처음 보는 꽃입니다."

남궁화란이 사뿐사뿐 걸어와 자명의 옆에 섰다. 자명은 그녀를 보고는 멋쩍게 웃었다.

"여름에 피는 들꽃입니다. 채화당의 후원에도 있었지요."

할아버지의 후원은 정돈된 후원이라기보다 아무렇게나 자라난 잡초들로 가득한, 엉망인 후원이었다. 하지만 자명은 그 안에서 처음으로 세상천지가 아름답다는 것을 알 수 있었다. 문득 할아버지의 후원을 떠올린 자명이 그리움 가득한 얼굴로 웃어 보였다.

"저는 꽃 이름은 잘 모릅니다, 은인."

남궁화란의 어조는 본래 차갑고 정중한 편이다. 혜운을 보고 조금이나마 흔들렸던 것일까? 지금의 목소리에는 묘한 감정이 묻어나고 있었다.

“알고 보면 아름다운 꽃이 많습니다, 화란 아가씨. 저기를 보세요.”

남궁화란은 자명의 손가락을 따라 고개를 돌렸다. 그리고는 놀랍다는 듯 눈을 동그랗게 떴다. 조금 전까지만 해도 보이지 않던 들꽃이 새로이 피어나는 것이다.

“금잔화(金盞花)라는 꽃입니다. 줄기 따라 대롱대롱 꽃이 매달려 있는 저것 말입니다. 듣기로는 서역에서 건너온 꽃이라고 합니다.”

“예……”

남궁화란은 자명과 금잔화를 번갈아 바라보았다. 그녀의 얼굴에는 여전히 놀라움이 가득했다.

“저쪽에 있는 꽃은 택료(澤蓼:여뀌)입니다. 작아서 잘 안 보이시려나요? 저쪽이요.”

자명이 가리킨 곳에는 아무것도 없었다. 하지만 안력을 돋워 자세히 살펴보니, 흰색과 노란색이 뒤섞인 아름다운 꽃이 피어 있는 것이 보였다.

그 뒤로도 자명은 몇 가지 꽃을 더 가리켰다. 그럴 때마다 요술처럼 아름다움 하나가 피어올랐다. 남궁화란은 내심 감탄하며 그 모습을 바라보다가 자명에게로 시선을 돌렸다.

그러자 진 화공에 대한 미안함이 슬며시 머리를 들었다. 해맑게 웃고 있는 저 모습 속에는 아무런 슬픔도, 억울함도 엿보이지 않았다. 자신은 그에게 억지를 부리고 화를 냈는데도 그는 변함없이 웃고 있었다.

그녀는 그제야 마음이 편해지지 않는 이유를 알 것 같았다. 진 화공은 어떠한 상처를 입어도 항상 웃기만 하는 사람처럼 보였던 것이다.

그사이 자명은 노을 지는 하늘의 구름을 가리키고 있었다.

"저기 노을에는… 어, 화란 아가씨?"

자명이 남궁화란의 시선을 느끼고는 의아한 표정을 지었다.

"왜 그렇게 보십니까?"

남궁화란이 알듯 모를 듯한 얼굴로 질문했다.

"은인, 은인께서는 왜 화를 내시지 않습니까?"

"예?"

"제가 그토록 무례하였는데도 은인께서는 저를 탓하지 않으셨지요."

남궁화란은 자명의 눈동자를 유심히 바라보았다. '그런가요?' 하고 묻던 때처럼 진 화공의 눈동자가 깊고 현현한 빛을 발했다. 그 눈빛을 바라보니 죄책감이 더욱 심해졌다. 세가가 그에게 받았던 것만큼, 아니, 그보다 더한 죄책감이 들었다.

화공은 너무나 맑은 눈동자를 가지고 있었다.

"화란 아가씨께서 오해했던 일을 말씀하시는 건가요? 저는 괜찮은데요."

"차라리 화를 내셨다면 제 마음이 편했을 텐데요. 차라리

욕을 하셨다면 편했을 텐데요. 차라리 그랬더라면……."

남궁화란이 고개를 숙이며 아랫입술을 질끈 깨물었다. 그녀는 스스로를 자책하고 있었다.

자명은 남궁화란의 감정을 느낄 수 있었다.

"스스로에게 화내지 않으셔도 괜찮습니다, 화란 아가씨."

"은인께서는 슬픔도, 화도 느끼지 못하나요?"

"자책하지 마세요, 화란 아가씨. 저는 정말로 괜찮아요."

자명은 고개 숙인 남궁화란을 바라보며 미소를 지었다. 남궁화란이 고개를 들지 못하자 잠시 머뭇거리던 자명은 잠시 뒤에야 나직한 목소리로 입을 열었다.

"…저도 물론 슬픔을, 분노를 느낍니다."

주가장에서 소장주를 만났을 때, 명천회에서 화산파의 도사들을 만났을 때 자명은 화가 났었다. 굴복하였다면 조용히 지나갈 수도 있었지만, 결코 꺾이고 싶지 않았던 것이다. 어디 그뿐이랴? 슬픔이라면 언제나 느껴왔던 것이었다.

"제가 사랑했던 사람들은 모두 저를 떠나갔습니다."

남궁화란이 고개를 들어 자명을 바라보았다.

화공의 검고 깊은 눈동자가 한차례 일렁였다.

"어머니와 아버지는 백 밤만 지나면 오신다고 했어요. 하지만 백 밤도, 천 밤도 넘게 지났는데 그분들은 오지 않으셨습니다. 그분들은 나를 보고 싶어하셨을까요?"

화공의 표정은 평온했고, 눈에서는 눈물 한 방울도 비쳐지지 않았다.

하지만 남궁화란에게는 화공이 울고 있는 것처럼 보였다.

"아버지의 수염은 억셌지만, 얼굴을 부비면 하나도 따갑지 않았습니다. 아버지에게서 풍기던 땀 냄새가 아직도 기억납니다. 머리를 쓰다듬어 주시던 억센 손도요."

남궁화란은 아무런 말도 하지 못했다.

"아버지를 기다리며 어느 나무 아래에서 그림을 그리면 어머니께서 꾸중을 하셨지요. 추운데도 밖에 나가 있다고, 고뿔에 걸리고 말 거라고 말입니다. 하지만 집에 돌아오면 언제나 따듯한 소채가 준비되어 있었습니다."

하지만 언젠가부터 아버지와 어머니는 매질을 하며 자신을 떼어놓기 시작했다. 병이 옮고 말 거라고, 네 어미에게도 옮았으니 네게도 옮고 말 거라고 자신을 매질하던 아버지가 떠올랐다. 떨어지기 싫어 앙앙 울 때에는 아버지의 얼굴에도 눈물이 맺혀 있었다.

조부님과 함께 합비로 떠났을 때, 부모님은 어떤 기분이었을까? 낯선 나무 아래서 그림을 그리며 자신들을 기다릴, 조그마한 손가락을 꼽아 백 밤을 헤아릴 아들이 벌써부터 보고파서 가슴 아파하지 않았을까.

"저는 그립습니다, 화란 아가씨. 다시 볼 수만 있다면, 그분들에게로 돌아갈 수만 있다면 그렇게 하고 싶습니다."

오채문 할아버지는 어떠했던가? 채화당의 아이들과 어울

리지 못해 혼자 있을 때 다가와 품에 안아주던 그분도 결국 하늘로 돌아가 버리고 말았다. 마지막까지 할아버지는 자신의 이야기를 들으며 행복해하셨었다.

"채화당의 오채문 할아버지도 첫눈이 내리던 날, 귀천하고 말았습니다. 할아버지의 얼굴에는 제 머리를 쓰다듬어 주실 때에 지어주셨던 미소가 걸려 있었습니다."

남궁화란은 저도 모르게 눈물을 흘렸다. 눈물 대신 담담하게 미소를 짓고 있는, 그저 그리워하는 화공 대신 그녀의 눈에서 눈물이 흘러나왔다.

'그는 외로운 사람이었구나.'

외로움을 알면서도 화공의 눈망울은 검고 현현한 빛을 발하고 있었다. 어머니를 잃은 뒤로 그녀는 차갑게 변해 버리고 말았는데, 화공은 더 큰 외로움을 겪고서도 순수한 미소를 간직하고 있었던 것이다.

'화공 역시, 아니, 화공이야말로 외로운 사람이었구나.'

남궁화란은 소매를 들어 하염없이 쏟아지는 눈물을 닦았다. 화공의 맑은 눈이 가슴팍에 가시처럼 박혀 빠지지 않았다.

자명이 쓸쓸하게 웃으며 말을 이어나갔다.

"저는 그분들이 그립고 또 그립습니다. 그리워하기에 늘 슬퍼합니다. 당연히 저도 슬픔을 느낄 줄 압니다, 화란 아가씨. 저도 사람인걸요."

그렇게 말한 자명이 아, 하고 탄성을 내뱉더니, 주섬주섬 가슴팍을 뒤져 노리개 하나를 꺼내 들었다. 무림맹에 오기 직전에 구입했던 노리개였다.

"괜찮습니다, 화란 아가씨. 마음에 아름다움이 있으면 욕망도 사라지고 원망도 사라진대요. 저는 화가 나지 않았습니다. 화가 났더라도 틀림없이 용서했을 겁니다."

자명이 그렇게 말하며 노리개를 건네었지만 남궁화란은 눈물을 훔치느라 아무런 행동도 하지 못했다. 자명은 노리개를 흔들며 어서 받아가라는 시늉을 했다.

"왜 제게……."

자명은 아무런 말도 하지 않았다. 그저 은은하게 웃어 보일 뿐이었다.

남궁화란이 노리개를 집어 들었다. 공교롭게도 노리개는 어머니의 유품과 닮아 있었다. 그녀는 노리개에 남아 있는 자명의 온기를 느꼈다.

"이제 돌아가요, 화란 아가씨."

자명은 아무 일도 없었던 것처럼 맑게 웃으며 몸을 돌렸다. 노을도 이제 다 져가고 어둑시니가 내려와 있었던 것이다. 어쩌면 일행이 자신들을 찾고 있을지도 몰랐다.

그녀는 눈물을 닦아내고 평상시의 표정을 유지하려 애썼다. 하지만 그녀의 표정은 여전히 알 수 없는 슬픔으로 물들어 있었다.

'언젠가, 은인의 외로움이 사라졌으면 좋겠구나.'

그녀의 가슴속에 작은 소원 하나가 피어올랐다. 소원에 아름다움을 품으면 소망이 되고, 삿됨을 품으면 욕망이 된다던가?

그녀는 눈을 감고 아름다운 소망 하나를 가슴에 품었다.

혜운은 모든 것이 귀찮아지던 참이었다. 얼른 화공에게 가서 그림도 그려달라고 하고, 또 술도 한잔 같이하고, 하는 김에 술 취한 모습도 보고 싶은데 계속 사람들이 들러붙는 것이다.

대화를 나누는 것이 점점 귀찮아진 혜운은 대충대충 대답을 해주고는 재빨리 자리를 빠져나와 몰래 술을 한 병 구입했다. 그리고는 화공을 찾아 이곳저곳을 뒤지고 다녔다.

진 화공은 객잔 뒤쪽에 있는 허름한 풀밭에 서 있었다.

"진 화공… 앗!"

목청껏 자명을 부르려던 혜운이 얼른 입을 틀어막으며 객잔 모서리에 숨었다. 서둘러 움직이느라 하마터면 들고 있던 술병도 떨어뜨릴 뻔했다.

'저 두 사람이 뭐 하는 거람?'

호기심이 난 혜운이 고개를 슬쩍 빼어 객잔 뒤쪽을 바라보았다. 진 화공이 손에 든 무엇인가를 남궁세가의 장녀에게 건네고 있었다.

'뭘 주는 거지? 이 나쁜 놈, 내게는 아무것도 안 주더니.'

혜운의 눈이 가늘어졌다. 청력을 돋워 말소리를 들어보니, 남궁세가의 장녀가 무엇을 잘못했는지 화공이 자꾸 괜찮다고 한다. 왜인지 모르겠지만 남궁세가의 장녀는 눈물까지 흘리고 있었다.

'혹시 화공이 울린 걸까?'

혜운은 조용히 그 모습을 훔쳐보다가 고개를 절레절레 저었다. 기회를 봐서 야호, 하고 끼어들려 했는데 도저히 끼어들 분위기가 아닌 것이다.

'쳇, 술은 나 혼자 마셔야겠네.'

둘이 무슨 중요한 이야기를 하는 모양인데, 재미가 하나도 없다.

혜운이 입술을 비죽 내밀고는 무어라고 투덜거렸다. 그리고 연신 쳇쳇, 하는 소리를 내며 다시금 일행에게로 돌아가기 시작했다.

그런데 왜 가슴 한구석이 시릴까?

혜운은 문득 걸음을 멈추고 가슴을 쓰다듬었다.

'이거 요상하네.'

혜운은 혼자 고개를 갸웃했다. 하지만 이것도 아마 술을 마시면 낫지 않을까? 잠시 멈춰 선 혜운은 억지로 생각을 지우려 애쓰며 걸음을 옮겼다.

第六章

산수화(山水畵)

화공도담 畵工道談

1

청성천하유(靑城天下幽)라!

청성산은 그 그윽함이 천하에 알려져 예로부터 촉지사절(蜀地四絶) 중 하나라 칭송받는 곳이었다. 떨어질 듯 말 듯, 움직일 듯 말 듯 은은한 푸르름이 감돌아 도문(道門)에 적합하며, 골짜기마다 맑고도 현현하여 검파(劍派)에 어울리는 땅이었다.

그런 청성산에 한 명의 노파가 있었다. 그 몰골이 추레하고 허름하니, 청성산이 금지(禁地)가 되었음을 모르고 향불을 사르러 온 촌로나 다름없어 보였다.

그러나 사정을 알고 보면 그런 말은 못하리라. 그녀는 당금 무림에서도 당할 자가 없다는 천하오절 중 독괴, 당노독파였던 것이다.

당노독파는 청성산을 바라보며 혀를 끌끌 찼다.

'입즉사라? 이제는 사라진 줄 알았거늘.'

산내(山內)에 들어선 지 얼마 되지 않았기에 이처럼 평화로운 것이지, 조금 더 산을 타고 오른다면 살기에 휩싸인 진법을 만나게 되리라. 삼십 년 전에 경험했던, 수많은 사람의 목숨을 가져갔던 바로 그 진법이 말이다.

'암천의 벌레 같은 종자들이 무슨 까닭으로 오절을 불렀을꼬?'

청성의 진법을 파훼할 수 있는 사람은 천하오절과 신산자 제갈경뿐이다. 신산자 제갈경은 양다리를 잃고 폐를 다쳐 움직일 수 없으니, 청성산의 진법은 곧 천하오절을 유인하기 위한 함정인 셈이다.

암천이라면 결코 경시할 수 없는 이름이었다. 그들이 천하오절을 불렀다는 것은 그만한 대비가 마련되어 있다는 뜻. 그들의 지모와 무력을 삼십 년 전에 이미 경험해 보았던 당노독파는 조금의 방심도 하지 않았다.

"클클!"

당노독파의 입에서 흉포한 웃음이 터져 나왔다. 생각해 보면 거리낄 것이 하나도 없다. 감히 천하오절을 불렀다면, 원하는 대로 들어가 주리라. 그 안에 내 아들과 딸의 목숨을 취했던 원수가 있을지도 모르는데 어찌 한시도 지체할 수가 있단 말인가!

'내 조금도 지체하고 싶지 않다. 당장에라도 산에 오르고 싶은 마음뿐이야.'

그녀의 마음속에 광기가 치솟아 올랐다. 반미치광이로 살아왔던 삼십 년이었다. 아들과 딸을 가슴에 묻고 난 다음부터 그녀는 제정신으로 살아본 적이 없었던 것이다. 한 점 거리낌 없이 사람을 죽였으며 일말의 죄책감도 없이 무림인들의 팔과 다리를 거두었다.

'지금 당장이라도 청성산에 들어 모두를 도륙 내어⋯⋯'

당노독파가 부들부들 떨리는 손을 부여잡았다. 그녀는 가슴 가득히 차오르는 살심을 누르려 애썼다.

'아니, 아니야. 화공이, 그 개잡종이 올 때까지 기다려야 한다.'

삼십 년간 미치광이로 살았던, 평생 하고 싶은 대로 하고 살았던 그녀였다. 만약 신개가 지금의 그녀를 보았더라면 참아내고 있다는 사실 자체에 감탄을 터뜨리고 말았으리라.

'이 잡놈들의 걸음이 너무나 느리구나. 화산파니, 남궁세가니 하는 것들이 이렇게 굼벵이 같을 줄이야.'

당노독파의 고개가 뒤로 돌아갔다. 자명을 무림인들 사이에 두고 마음이 편할 리가 없었다. 때문에 그녀는 때로는 먼 발치에서, 때로는 지근거리에서 자명을 지켜보며 청성산까지의 행로를 함께했다.

자명은 몰랐지만 그는 언제나 파파의 보호 아래 있었던 것이다.

'흥! 내 아들만은 못하지만, 그놈도 귀여운 데가 있지.'

당노독파는 따스한 미소를 지었다. 화공과 그 일행이 근처에 있으니 잠시 뒤에 자신과 만나게 되리라. 당노독파는 화공과 마주한 다음에야 청성산에 들 계획이었다.

'대산(大山)아, 내 아들.'

그녀의 상념은 이번에는 아들에게로 이어졌다. 그녀의 얼굴에 짙은 그리움이 떠올랐다. 그녀는 부지불식간에 손을 옆으로 뻗어 바위를 짚었다.

그녀의 손가락이 부드럽게 움직였다.

자명 일행은 성도를 마지막 기점 삼아 쉬지 않고 달려 청성산에 도착해 있었다. 청성산의 지근거리에 이르러서는 마차를 버려야 했는데, 청성산 부근에 암천의 졸자들이 있을지도 모르기 때문이었다.

때문에 일행의 행동은 하나같이 조심스러웠다.

'설마하니, 고작 그림을 그리는 데 큰일이야 나겠는가.'

무연 진인은 그렇게 생각했다. 신산자 제갈경에게서 파훼법을 얻고 난 후부터가 문제지, 그림을 그려오는 것 자체는 문제가 아닌 것이다. 주의해야 할 것은 들어가면 곧 죽는다는 진법에 접근하지 않는 것과 혹시 배회하고 있을지 모를 암천의 졸자를 경계하는 것뿐이다.

"무량수불. 지금부터는 모두 경계하라! 화공이 화사를 마치기 전까지는 조금의 방심도 허락지 않겠다."

무연 진인의 말에 운곡을 비롯한 화산파의 도사들은 하나같이 날카로운 기세를 일으켰다. 하늘 같은 존사의 명이니, 경계심을 크게 돋운 것이다.

하지만 그들의 가슴속에는 호승심이 가득했다. 암천이라는 말을 언뜻 들었지만, 그들은 상대가 두렵지 않았다. 적을 마주했을 때에는 차라리 목숨을 잃더라도 통쾌하게 일전을 결해보는 것이 정도 무인의 당당한 자세인 것이다.

그것은 남궁세가의 창궁무애단도 마찬가지였다.

'허어, 혈기는 젊음의 특권이나 너무 과하면 독이 되는 법이거늘.'

무연 진인은 그러한 호승심이 얼마나 무의미한 것인지 알고 있었다. 비록 어린 나이였을지언정 혈사를 겪어본 적이 있던 그는 암천이 얼마나 무서운 곳인지 잘 알고 있었던 것이다.

'내 나중에 크게 주의를 주어야겠다.'

그래도 경계심만은 버리지 않았으니, 굳이 지금 지적하여 사기를 꺾을 필요는 없을 것이다. 무연 진인은 그들에게서 시선을 떼어 자명을 바라보았다.

한편, 자명은 그야말로 당혹스러운 표정을 짓고 있었다.

'이와 같은 산은 처음 본다.'

주위와 똑같아 쉽게 알아볼 수가 없다고 했던가? 그 말은 알고 보면 모두 틀린 말이었다. 아무것도 없었다. 웅장한 산세가 전혀 느껴지지 않았다. 자연을 마주 대한 인간이 느끼게 되는 겸허함도 일어나지 않았고, 자연이 주는 상쾌한 공기도 느껴지지 않았다.

'아무것도 없다. 그릴 것이 없어.'

기운(氣韻)을 얻으면 모든 것을 얻은 것이요, 형(形)을 얻으면 반만 얻은 것이라 했다. 지금의 청성산을 곧이곧대로 그렸다가는 절반의 그림밖에 그려낼 수가 없는 것이다.

'내가 잘못 본 걸까?'

자명은 눈을 감고 여태 맺혀 있던 상을 지우려 애썼다. 하지만 상은 지워지지 않았다. 오히려 눈을 감으니 날카로운 살기가 일어나 가슴을 일렁이게 만들지 않는가!

'이, 이게 뭐람?'

자명의 얼굴이 구겨졌다. 공(쏯)으로 가려진 공간에 살기가 숨어 있다니, 이게 말이나 되는 소린가? 자명은 소름이 오싹 돋아 오르는 것을 느끼곤 몸을 오소소 떨었다.

유심히 자명을 바라보던 무연 진인이 고개를 돌려 주변 지형을 살폈다.

"이곳에서는 화사를 벌일 수 없겠군. 시야가 좁아."

봉우리 때문에 산 전체가 눈에 들어오질 않는다. 조금 더 탁 트인 곳을 찾아야 하는 것이다. 하지만 혹시라도 있을지 모를 암천의 졸자들을 피하려면 자신들이 노출되는 것만은 피해야 할 일이었다. 즉, 자신들은 보이지 않고 시야는 탁 트인 곳을 찾아야 하는 것이다.

“조금만 더 올라가 봄세, 소협. 모두들 행적이 노출되지 않도록 조심하라!”

무연 진인이 단단히 주의를 주고는 걸음을 옮겼다. 청성산의 도관을 피해 기슭으로 산을 오르는 것이다. 자명과 남궁화란, 화산파의 문도들과 창궁무애단은 연신 주위를 살피며 무연 진인을 쫓았다.

그렇게 일각 가까이 산을 올랐을 무렵이다.

“흥! 잡놈들이 걸음마저 느리기 짝이 없구나! 지금에서야 도착한 게냐?”

카랑카랑한 목소리가 자명의 귓가를 울렸다. 자명이 놀란 표정으로 앞을 바라보았다.

“파파!”

당노독파가 일그러진 얼굴로 일행을 바라보고 있었다. 일행은 어느새 당노독파가 기다리고 있는 곳까지 올라왔던 것이다.

“이렇게 빨리 오실 줄은 몰랐습니다, 파파. 어디 불편하신 데는 없으세요?”

"흥! 내가 불편하든 말든 네가 무슨 상관이란 말이냐?"

당노독파의 얼굴에 은은한 미소가 감돌았다. 다른 이들은 자신을 보면 피하기만 하는데, 자명은 그녀를 보자마자 걱정부터 하고 보는 것이다.

당노독파를 슬쩍 훑어본 자명이 그녀의 안색이 이전과 다르지 않음을 알고 안도의 한숨을 내쉴 때였다. 일행의 선두에 서 있던 무연 진인이 포권의 예를 취해 보였다. 운곡 도고와 남궁화란도 마찬가지였다.

"후학 무연자가 당노태태를 뵙소이다."

"말학 남궁화란이 당노태태를 뵙습니다."

당노독파는 그들 쪽은 쳐다보지도 않고 자명에게로 가까이 걸어갔다. 그녀의 마음속에는 당장에라도 청성산에 오르고픈 조급함과 살심이 들끓고 있었다. 조금도 지체할 겨를이 없었지만, 자명에게 몇 가지 당부를 하고자 여태껏 기다리고 있었던 것이다.

"개잡종아! 저 위에 원수가 있다고 생각하면 나는 한시도 지체할 수가 없느니라! 그러니 잘 들어라!"

"예? 예."

자명은 얼른 고개를 끄덕였다.

"무슨 일이 있어도 너는 진 안에 들어서는 아니 되느니라. 여기 있는 잡놈들 모두의 목숨을 합쳐도 너의 목숨만큼은 되지 못하는 까닭이니라! 알아듣겠느냐?"

자명이 한 번 더 고개를 끄덕였다.

당노독파는 그래도 불안한지 카랑카랑한 목소리로 첨언했다.

"무림에 들었다면 독심을 품어라! 설혹 암천의 종자들을 만나거든 하나도 남김없이 죽여 버려라! 새하얀 세계라고 했더냐? 그 세계가 무엇이든, 골백번을 불러서라도 살아남아야 할 것이야! 네가 죽는다면 나는 이 자리에 있는 모두를 죽이고 말겠다! 암천이 아니라 너를 이 사지에 보낸 무림맹에 복수하고 말 것이야!"

그녀의 말에 무연 진인은 물론, 화산파 도사들과 남궁화란의 안색마저 어두워졌다. 그녀의 목소리에는 날카로운 살기가 배어 있었던 것이다. 자명은 주눅이 든 얼굴로 무어라고 반박하려 했다.

하지만 그때, 자명의 눈에 자그마한 흔적이 들어왔다. 자명은 그것을 보자마자 목이 메어 반박을 하지 못했다.

"예, 예……."

자명이 억눌린 목소리로 대답하자 당노독파의 미간이 좁혀졌다. 그녀는 부지불식간에 혀를 차고 말았다.

"쯧쯧."

눈이 없음에도 당노독파는 자명이 어디를 보고 있는지 알 것 같았다. 그것을 짐작하니 당노독파의 가슴도 무너져 내렸다. 그것은 무심코 남긴 흔적일 뿐인데, 아이는 그것을 보고 슬퍼하고 있었던 것이다.

평생 독심만을 품고 살아왔건만, 이 아이는 왜 호의로써 자신을 대하는 것일까. 삼십 년 전부터 누구를 좋아해 본 적이 없던 당노독파였지만, 자명만큼은 도저히 미워할 수가 없었다.

"개잡종아, 내 아가야. 너만은 나를 벗어나면 안 된다. 내 아들처럼 떠나가 버리면 안 돼."

자명이 눈물이 살짝 고인 얼굴로 고개를 끄덕였다. 당노독파는 그런 자명을 물끄러미 바라보다가 광소를 터뜨렸다.

"캬하하! 그렇다면 되었다! 이제 나는 가야겠다! 오래 참았지, 오래 참았어! 대산아, 릉(陵)아! 이 어미가 한을 풀어줄 테니, 염려하지 말려무나!"

마치 미친 사람 같았다. 무연 진인이나 남궁화란, 운곡 도고 등이 당노독파에게서 뿜어져 나오는 살기에 놀라 뒤로 몇 걸음이나 물러났다.

"이 어미가 한을 풀어주마, 이 어미가 그렇게 하마! 원수의 심장을 파내어 씹어 먹으리라! 그의 간을 잘라 개돼지의 먹이로 주고 그의 눈을 까마귀에게 던지리라! 캬하하!"

짧은 외침과 함께 당노독파의 신형이 하늘로 솟구쳐 오르더니, 이내 사라져 버렸다. 그녀는 눈에 보이지도 않을 만큼 빠른 속도로 경공을 펼쳐 청성산의 진법 속으로 들어가 버린 것이다.

그녀의 살기를 느낀 일행은 아무런 말도 하지 못했다.

자명은 그녀의 뒷모습을 바라보다가 다시 그녀가 남긴 흔적으로 고개를 돌렸다. 옆자리에 서 있던 남궁화란이 물었다.

"왜 그러십니까, 은인?"

자명은 여전히 한 방향만 바라보고 있었다. 남궁화란은 자명이 바라보는 쪽으로 시선을 돌렸다. 너른 바위에 그림이 하나 그려져 있었다.

"아는 그림입니까?"

선이 삐뚤빼뚤하였으나, 비교적 잘 그린 그림이라 할 수 있었다. 동백꽃이 그려져 있고, 그것을 따려는 사내아이가 보였다. 옆에서 동생인 듯한 계집아이가 제 오빠가 하는 양을 호기심 어린 눈으로 구경하고 있었다.

동백꽃 너머에는 집이 한 채 있었다. 집 안에는 한 명의 학사가 글을 읽고 있었고, 그 옆에는 아낙이 앉아 서투른 솜씨로 봉황을 수놓고 있었다.

"파파의… 가족입니다."

자명이 눈에 고인 눈물을 스윽 닦아내며 말했다. 언젠가 파파의 손가락을 잡고 그림을 그린 적이 있었다. 무학이 경지에 다른 그녀는 그때의 손놀림을 잊지 않고 그리울 때마다 그것을 따라 그려보며 허전한 마음을 달랬던 것이다.

파파의 그리움이 가슴 가득히 차올라 자명은 잠시 마음을 달래야 했다.

무연 진인이 사라져 버린 당노독파와 자명을 번갈아 바라보고는 헛기침을 내뱉으며 걸어왔다.

"너무 걱정 마시게, 소협. 당노태태께서는 무림의 기인으로 감히 상대할 자가 없으니, 제아무리 암천의 함정이라 하여도 무사하실 게야."

무연 진인은 자명이 당노독파를 걱정하는 줄로만 알았다. 그는 자명의 어깨를 두어 번 두드려 주고는 선언하듯 말했다.

"이 자리에서 오래 시간을 끌어 좋을 일이 없으니, 바로 화사를 시작하세. 준비해 주게."

"…예."

자명이 나직하게 대답하였다.

바야흐로 청성산의 산수화를 그릴 때가 온 것이다.

자명은 먼저 미리 준비해 둔 평직(平織)으로 짠 광목(廣木) 천을 꺼내 들었다. 혹여 그림이 훼손될까 저어되어 잘 찢어지는 화선지 대신 천에 그림을 그리게 된 것이다. 그냥 그렸다가는 광목 사이의 미세한 틈으로 먹이나 안료가 새어나가기 때문에 아교와 호분(胡粉)으로 미리 마름질을 해놓은 천이었다.

다음으로는 무연 진인이 미리 다듬어놓은 나뭇가지를 연결해 틀을 만들었다. 그리고 두터운 실로 광목천의 귀퉁이를 모조리 펜 다음, 나뭇가지에 단단히 묶었다. 실이 조여질 때마다 광목천이 팽팽하게 펴졌다.

무연 진인과 운곡 도고가 도우니, 화사를 준비하는 일은 금방 끝이 났다.

다음으로 자명은 안료를 개기 시작했다. 무림맹에서 얻은 안료였는데, 솜씨 좋은 조색공이 만들었는지 색이 곱기만 했다. 자갈을 갈아 얻은 회색 안료와 석록(石綠)을 갈아 얻은 안료에 물을 넣어 갠 자명은 다음으로 휘묵을 꺼내 들었다.

"으음……."

달이 담긴 물을 벼루에 붓고 나니, 바야흐로 먹을 갈 차례였다. 자명의 행동이 마침내 느려졌다. 먹을 가는 것은 곧 마음을 가는 것이라, 조금의 흐트러짐도 없어야 하는 것이다.

하지만 지금 자명의 마음이 어떠한가? 청성산의 공(쏯) 때문에 마음이 신산스럽고, 파파가 남기고 간 그리움이 아직도 가슴 깊숙한 곳에 남아 있었다. 그 모든 마음을 먹 속에 녹여 내려니 자명의 움직임 하나하나가 느려질 수밖에 없었다.

운곡 도고가 그 모습을 답답하게 바라보았다.

"무량수불. 고작 먹을 가는 데 저렇게 오랜 시간이 걸리다니."

솜씨가 좋은 화공이라더니, 둔하고 어수룩하게만 보이지 않는가! 먹을 가는 데 저처럼 오랜 시간이 걸린다면 화사를 진행하는 데에는 얼마나 오랜 시간이 걸릴지 모른다.

자명이 먹을 모두 갈아낸 것은 이각이 지난 후였다. 먹을 모두 갈아냄으로써 마음에 가득 차 있는 잡념들을 떨쳐 버린 자명의 표정은 평온했다.

"후우—"

자명은 호흡을 거두고는 천천히 장유필을 들어 올려 먹에 찍어갔다. 붓이 먹물을 흠뻑 받아들이는 모습에 자명의 눈이 깊어져만 갔다.

'아름답다 여기지 않았거든 그리지 말라 했던가? 이처럼 어려운 이야기가 없구나.'

청성산은 텅 비어 있을 뿐인데 어디서 아름다움을 찾아야 하는가! 경영하필(經營下筆)이라, 그림을 그리기 전에는 그 구상을 철저히 하여야 하건만 화사를 빨리 끝내야 한다는 생각에 깊이 궁리해 보지 못하고 준비부터 하고 말았다.

자명은 붓이 먹물 안을 휘젓도록 내버려 둔 채, 고개를 들어 청성산을 바라보았다.

'할아버지는 눈이 아니라 마음으로 보라고 하셨지.'

자명은 눈을 지그시 감았다. 청성산의 기세를 전신으로 받아들이려는 듯 자명의 호흡이 느려졌다. 자연스럽게 무명도원도의 호흡이 일어난 것이다.

그러자 처음 느꼈던 살기가 다시금 모습을 드러내었다. 아무것도 없어 보이나 그 뒤에는 감당치 못할 살기가 숨어 있었던 것이다. 신산자 제갈경이 바라는 것은 그 살기가 짙은 곳을 잡아내어 표현하는 것이었다.

'이 속에서 아름다움을 찾을 수 있을끼?'

살기 속에서 아름다움을 찾으라는 말은 가당치 않은 것이었다. 죽이기 위한 살기가 어찌 아름다울 수 있단 말인가! 자명의 이마에 식은땀이 배어 나왔다.

'할아버지, 저 속에도 아름다움이 있나요?'

눈을 감은 자명의 미간이 가득 좁혀졌다. 설혹 아름다움이 존재한다고 해도 자명은 이해할 수가 없었다. 파멸 속에 아름다움이 있음을 도저히 인정할 수가 없는 것이다.

하지만 무명도원도의 호흡은 계속해서 내쉬어지고 있었다. 아름답다 여기지 않았거늘, 그 기운이 생동하지 않거늘 어찌 무명도원도의 호흡이 쉬어진단 말인가!

'난 모르겠어요, 할아버지.'

"으흠, 너무 느리구먼. 서둘러 주시게, 화공."

운곡 도고뿐만이 아니라 무연 진인마저 자명을 재촉했다. 붓을 먹물에 담근 채 움직이지 않는 모습이 갑갑하게만 느껴진 탓이었다. 설마 큰일이야 나겠냐만, 이처럼 긴장되고 불편한 자리는 빨리 벗어나고 싶은 것이 곧 사람의 마음이다.

자명은 무명 진인의 재촉을 듣지 못했다. 그저 감고 있던 눈을 천천히 뜰 뿐이었다.

"아……!"

자명은 억눌린 산세가 비명을 지르는 것을 느끼곤 감탄을 터뜨렸다. 살기에 가려 보이지 않을 뿐, 청성산은 산기(山氣)를 짙게 드러내고 있었다. 사멸(死滅)의 직전에 몰린 청성산의 생명들은 마지막으로 생의 불꽃을 피워 올리고 있었던 것이다.

"내가 그려야 할 것은 바로 저것이로구나."

자명이 부지불식간에 중얼거렸다. 마지막으로 산기를 드러내는 청성산의 모습이 묘한 안타까움을 불러왔다. 서글프고 끔찍한 일이었지만, 감춰지고 억눌린 끝에 명멸해 가는 산기가 마침내 자명의 이해를 끌어내었다.

'알기도 어렵고, 알고 싶지도 않은 것이지만……'

파멸에도 아름다움이 있다면, 그것은 죽음 직전에 불태우는 마지막 생명 때문일 것이었다. 자명이 그려내야 할 것은 살기에 눌려 노랗게 말라가는 잡초가 마지막으로 피워낸 꽃의 아름다움이었다. 그 들꽃 같은 생명이 모이고 모여 이루어진 것이 청성산이라면, 곧 청성산 자체가 마지막으로 생명을 피워내는 것이나 마찬가지다.

마침내 자명은 붓을 들어 올렸다. 붓은 청성산의 완만한 산세를 따라 움직였다. 보통의 산수화가 아니라 진경산수화(眞景山水畵)이니, 자명은 가급적이면 산세를 정묘하게 그려낼 생각이었다.

흐름을 따라 산을 그려내던 자명의 손끝이 바르르 떨렸다. 요소요소마다 살기가 숨어 있다. 공교롭게도 생기가 가장 짙은 곳은 살기가 가장 짙은 곳이었다. 자명은 단 한순간에 진법의 살기의 어눌린 청성산의 생기를 동시에 그려내야 했다,

무연 진인이 헛기침을 내뱉었다.

"어흠, 흠. 화공이 화사를 시작했군. 부디 빠르게 그려내었으면 좋으련만."

하지만 화공의 손끝은 느리기만 하다. 무연 진인은 가급적이면 그를 방해하지 않으려는 듯, 두어 걸음을 뒤로 물러났다.

뒤에서 누군가의 인기척이 느껴진 것은 바로 그때였다. 몇 장 뒤에서 누군가가 열심히 자신들이 있는 곳으로 올라오고 있는 것이다.

'설마 암천의 졸자인가?'

고작 화사를 벌이는 것뿐인데 벌써부터 암천의 추적을 받게 되었다는 말인가! 무연 진인은 기감을 돋워 추적자의 면면을 훑었다. 그렇게 기세를 읽고 보니 허탈해진다.

"이런, 혜운 도우?"

"후아! 힘들다."

수풀을 뚫고 혜운의 얼굴이 쏙 튀어나왔다.

무연 진인이 얼굴을 잔뜩 일그러뜨렸다.

"혜운 도우! 도우께서 어찌……!"

"떼어놓는다 해도 쫓아오고 말 거라고 했잖아요, 진인."

일행이 사천의 성도에 도착했을 때, 혜운은 그간의 노력이 무색하게도 성도에 남겨지고 말았다. 시종일관 쾌활하게 사람들과 어울리던 그녀는 헤어질 때에도 아쉬운 기색은 조금도 보이지 않았다.

사람들은 그것을 기이하게 여겼지만, '웃는 얼굴과 다르게 정이 없는 성격인가 보다' 하고 짐작할 뿐이었다. 설마하니 또다시 끼어들 줄은 몰랐던 것이다.

하지만 그녀는 이렇게 쫓아오고 말았다.

"생각이 없어도 지나치게 없구려! 무량수불, 무량수불! 예가 어디라고 쫓아온 게요?"

처음 합류했을 때와 달리 무연 진인은 노기가 충천하는 것을 느꼈다. 여정에 잠시 합류하는 것과 청성산까지 따라오는 것은 이야기가 다른 것이다.

만약 암천이 이 사실을 알게 된다면 혜운은 물론, 나머지 일행까지 큰 위기에 처하고 말리라. 혜운은 천검의 손녀이니 천검을 이용하기 위한 미끼가 될 수도 있었던 것이다.

"도우께서는 지나치게 철이 없소, 철이 없어! 이럴 줄 알았으면 천검께 사죄하는 한이 있더라도 혈도를 점해놓는 것을! 내 지금 당장이라도⋯⋯!"

성정이 폭급한 무연 진인은 당장이라도 혜운의 혈도를 점해 버리려 했다.

하지만 그때, 운곡 도고가 끼어들어 질문을 던졌다.

"무연 사숙, 무턱대고 탓할 일이 아닌 것 같습니다. 도대체 어떻게 우리의 뒤를 쫓아온 것인가요, 혜운 도우?"

무연 진인이 혜운을 전혈하려다 말고 행동을 멈추었다. 암천의 졸자들을 피해 암행하다시피 했는데, 혜운은 용케도 그들의 뒤를 쫓아왔던 것이다. 이는 곧 일행이 부주의했거나 혜운의 재주가 예상보다 뛰어나다는 것, 만약 전자라면 큰일도 이런 큰일이 없다.

무연 진인은 고개를 돌려 혜운을 바라보았다.

혜운이 혀를 쏙 내밀며 대답했다.

"운곡 도고도 우리 할아버지가 누군지 알잖아요. 우리 할아버지는 아는 사람이 무지하게 많다고요. 그중에는 천리비마(千里飛馬) 소장음(蘇壯悟) 아저씨도 있지요."

"추종술(追從術)?"

운곡 도고 대신 무연 진인이 반문했다.

천리비마 소장음은 관(官)의 포쾌(捕快)였던 사람으로, 추종술과 경공술의 대가였다. 그는 사십 년 전에 야인이 되어 무림에 들었는데, 암천의 혈사가 벌어졌을 때에는 그들의 행적을 하나도 빠짐없이 읽어내었다 전해진다.

"믿을 수가 없군. 천리비마 본인이라 해도 이렇게 빨리 우리 뒤를 쫓아올 수는 없었을 터인데……."

무연 진인이 수염을 쓰다듬으며 의심스럽다는 시선을 보냈다.

"흥, 고작 소 아저씨의 재주가 뭐가 대단하다고. 몇몇 부분은 내가 소 아저씨보다도 낫다고요. 아저씨도 '장강의 뒷 물결이 앞 물결을 밀어낸다더니' 하고 매번 한탄하셨는데."

“허어, 도우께서는 강호초출이나 다름없지 않소.”

혜운이 뒷짐을 지고 어깨를 으쓱하여 보였다.

“강호초출은 아무것도 못하나, 뭐. 그거야 그렇다 치고, 그림은 왜 안 그려요? 화공이 그림 그리는 걸 보고 싶어서 왔는데.”

“도저히 말릴 수가 없군. 멸절 신니께서 골치 깨나 썩었으리라.”

무연 진인이 이를 질끈 깨물고는 혜운을 어찌해야 하나 고민했다. 운곡 도고가 쓸쓸한 미소를 지으며 말했다.

“화사가 끝나면 바로 돌아가게 될 터. 지금 인원을 나눌 필요는 없을 것 같습니다, 사숙. 잠시 혜운 도우와 함께하지요.”

“크흠, 흠!”

무연 진인이 못마땅하다는 듯 헛기침을 내뱉으며 혜운에게서 고개를 돌려 버렸다.

혜운은 깡충깡충 뛰어서 자명에게로 다가갔다.

“화공… 앗! 화공이 그림을 그리는구나!”

자명에게로 다가오던 혜운이 다급히 숨을 죽였다. 자명의 붓끝이 신묘하게 움직이는 것을 발견한 것이다. 과거 자명의 그림을 보고 수도 없이 감탄했던 혜운이 얼른 고개를 내밀어 화폭을 바라보았다.

“이게 뭐람? 꼭 북망산(北邙山) 같잖아.”

혜운의 얼굴이 대번에 구겨졌다. 언뜻 보면 평범한 산수화일 뿐인데, 조금만 더 집중하여 보면 망자가 머문다는 북망산이나 다름없다. 현실의 풍경이라기보다는 마치 요괴들이 살 것 같은 괴기스러운 풍경인 것이다.

자명은 혜운이 무어라고 말하는지는 아예 듣지도 못했다.

피마준법(披麻皴法 : 마(麻)의 올을 풀어서 늘어놓은 듯한 모양의 준법)으로 완만한 능선을 하나하나 그려 나가는데, 살기와 생기가 한데 어울린 기괴한 장소를 하나도 놓치지 않고 지나간다.

'이런, 산기가 바뀐다.'

청성산과 화폭을 번갈아 바라보던 자명의 미간이 좁혀졌다. 해가 저물며 음기(陰氣)가 동한 탓일까? 급작스레 산기가 바뀌었다.

'아무것도 없는 텅 빈 공간이 늘어가고 있어.'

마치 보이지 않은 요사스러운 기운이 확장을 하는 듯한 느낌이었다.

아직 안료를 칠하지도 않았거늘, 자명은 화사를 멈추고 붓을 내려놓았다. 다시금 산의 모습을 관찰하려는 것이다. 자명은 눈을 반개하듯 부드럽게 뜨고는 망부석처럼 꼿꼿이 앉아 움직이지 않았다.

광목천의 먹이 완전히 말랐을 때쯤이었다.

자명의 화사가 끝나기를 기다리던 일행 모두가 기괴한 느낌을 받았다. 마치 파도와 같은 것이 몸을 스치고 지나가는 듯한 감각이었다. 불편하지도, 이상하지도 않은 감각에 일행은 착각을 느꼈나, 하고 생각했다.

하지만 자명과 무연 진인만은 달랐다. 자명은 화들짝 놀란 듯 눈을 둥그렇게 뜨더니, 자리에서 벌떡 일어나 연신 주위를 둘러보았다.

안색이 급변한 무연 진인이 침중한 목소리로 자명을 불렀다.

"무량수불. 소협, 화사가 끝났는가?"

"왜 그러시는지요, 무연 사숙?"

운곡 도고가 의아한 듯 무연 진인을 바라보며 물었다.

"진법의 영향을 느낀 듯하다. 확신할 수는 없으나……."

무연 진인이 그렇게 말할 때였다.

산세만 바라보고 있던 자명이 새파랗게 질린 얼굴로 고개를 돌렸다.

"저, 저 역시 그러합니다, 무연 진인."

자명의 말이 끝남과 동시에 새하얀 안개가 몰려들었다.

한 치 앞도 보이지 않을 것 같은 짙은 안개였다.

2

당노독파는 나뭇가지를 하나 밟고서 무게를 실어 지그시

눌렀다. 나뭇가지가 휘어져 부러지기 직전, 이번에는 경신의 공부를 펼쳐 몸을 가볍게 한다. 나뭇가지가 화살처럼 튕겨 오르자 당노독파의 신형이 수십 장 너머로 쏘아져 갔다.

그렇게 몇 그루의 나무를 밟고 넘어갔을까. 당노독파의 기감이 흐트러졌다. 눈이 없어도 전후좌우를 짐작할 수 있는 당노독파였지만, 지금만큼은 한 치 앞도 가늠할 수가 없는 것이다.

"크헐헐! 참으로 오랜만이로다!"

당노독파는 가래 끓는 목소리로 크게 웃어넘기고는 혀를 끌끌 차기 시작했다. 한 번 혀를 튕길 때마다 천지사방으로 소리가 뻗어나갔다. 하지만 소리가 돌아오질 않는다. 진법이 소리마저 삼켜 버리고 만 것이다.

"힘으로 이 당노독파를 누를 수 있을 것 같더냐?"

당노독파가 싸늘하게 웃으며 청허심결을 이끌어 올렸다. 그녀가 다시 혀를 튕겼을 때에는 천지가 찢어지는 소리가 났다. 진법으로 끌어들인 지기(地氣)가 그녀의 내기를 이기지 못하고 귀곡성을 일으킨 것이다.

하지만 그것으로 충분했는지, 당노독파는 다시금 나뭇가지를 짓밟고 신형을 날렸다. 그녀는 계속해서 혀를 찼고, 혀가 튕겨질 때마다 귀곡성이 일어나 당노독파의 앞길을 안내했다.

"으음?"

한참을 달려나가던 당노독파가 의아한 듯 신음을 내뱉었다. 그녀가 찾아 헤매는 암천의 개종자들의 인기척은 느껴지지 않고, 오히려 익숙한 기도가 느껴졌던 것이다.

당노독파가 크게 웃음을 터뜨렸다.

"크헐헐! 암천의 함정에 제 발로 들어오는 아둔한 사람은 오직 나뿐일 줄 알았는데, 알고 보니 한 명이 더 있었군. 필시 '아득한 촉한에서 다시 만나세'라는 문구에 홀린 것이렷다!"

그녀가 느낀 인기척은 다름 아닌 신개 양비자의 것이었다.

그녀는 재빨리 몸을 놀려 신개 양비자에게로 쏘아져 갔다. 약 일각 동안 경공을 펼쳐 달려가니, 태연한 얼굴로 너럭바위에 앉아 술을 들이켜는 양비자가 보였다.

양비자가 태연한 얼굴로 당노독파를 바라보았다.

"왔느냐, 당 노괴?"

"캬하하! 양 노개(老丐)! 어디에 있나 했더니 여기서 술을 마시고 있었군!"

양비자가 호리병을 들어 입가로 가져갔다. 노송에 등을 기댄 양비자는 입즉사라는 천고의 진법에 들어온 것이 아니라 마치 유람을 나온 늙은 선비 같았다.

"크으, 친구가 불렀으니 아니 올 도리가 있나."

양비자가 수염 볕에 묻은 술을 닦아내며 말했다.

그는 당노독파가 자신의 옆자리에 착지하는 것을 보며 혀를 끌끌 찼다.

"쯧쯧, 당 노괴야, 당 노괴야. 내 짐작했느니라. 천검이나 지도(地刀), 은자(隱者)는 이 함정에 걸려들지 않을 것이라고 말이다. 하지만 당노괴만큼은 걸려들 줄 알았다. 지금도 미친 년처럼 원수를 찾아 헤매고 있을 테지?"

"흥! 그것은 네놈 역시 마찬가지가 아니냐?"

당노독파가 투덜거리듯 말하고는, 눈이 보이지 않음에도 마치 경치를 구경하듯 고개를 빼었다. 그녀가 아는 입즉사와 달리, 지금은 아무리 기감을 펼쳐도 아무것도 느껴지지 않았다.

당노독파가 싸늘하게 중얼거렸다.

"…이 진법도 많이 변한 게로군. 삼십 년 전과 달라."

"강산이 세 번 변했는데 암천 놈들이라고 아니 변했을까."

속이 타 죽겠다는 듯, 양비자가 다시금 술을 들이켰다.

한동안 진을 살피던 당노독파가 양비자에게로 얼굴을 돌렸다.

"지난 사정은 화공 놈에게 들었다. 그래, 양 노개 네놈은 옛 친구를 만났느냐?"

"진법에 들어온 것이 벌써 이틀 전이야. 하지만 아무리 찾아도 꼬리가 보이지 않더군. 혼자 있자니 영 심심해서 진이나 파괴해 볼까 했는데, 내공을 아무리 끌어올려도 지기(地氣)를 잡을 수가 없어. 예전에는 이삼 일이면 이 진을 파괴할 수 있었지만 이제는 칠 일은 족히 걸리게 생겼다."

“양 노개 네놈의 힘으로도?”

당노독파의 안색이 어두워졌다. 양비자의 힘으로도 파괴하지 못했다면 그녀의 힘으로도 마찬가지다. 천검이라면 모르겠지만, 당노독파나 양비자의 힘은 서로 비등비등한 것이다.

“헐헐헐! 하여 이틀간 보이는 대로 진을 깨부수고 다녔지. 그때에 이 술을 발견했다.”

당노독파의 얼굴이 구겨졌다.

“누가 주귀(酒鬼) 아니랄까 봐 술에는 환장을 하는구나. 그래, 그 술은 친구가 남긴 것이냐?”

양비자는 대답없이 어깨를 으쓱하여 보이고는 또다시 호리병을 들이켰다. 잠시 벌컥벌컥 술을 들이켜던 양비자는 크윽, 소리를 내며 입가를 닦았다.

“그래, 네 예상대로 내 친구가 준 거다. 그놈이 남긴 글귀에는 이 술을 다 마실 때쯤이면 자신의 얼굴을 볼 수 있을 거라더군. 무슨 뜻인지 몰랐는데, 이제 보니 당 노괴를 기다리라는 뜻이었던 것 같으이.”

당노독파가 아랫입술을 질끈 깨물었다. 설마하니 암천의 개종자들이 자신의 행적을 파악하고 있었을 줄이야! 조금 더 주의를 했었어야 했다는 후회가 그녀의 머릿속을 맴돌았다.

상념은 곧 다른 곳으로 이어졌다. 만약 암천이 자신의 행적을 파악하고 있다면, 무림맹에서 벌어진 일 역시 알고 있을지도 모른다. 그렇다면 진자명, 그 개잡종 역시 암천의 눈에 들었으리라.

당노독파가 새된 목소리로 다급히 질문했다.

"말해라! 청성 밖에도 암천의 개종자들이 많더냐?"

"호오, 초조해 보이는군. 왜 그러느냐? 밖에 당 노괴, 네 마음을 훔쳐 간 화화공자라도 있느냐?"

양비자의 눈에 이채가 떠올랐다. 당노독파의 걱정스러운 어투로 화공 진자명이 근처에 있을지도 모른다는 추측을 한 것이다. 그 소년 화공이라면 그 역시 관심을 가지고 지켜보는 바였다.

"잔말 말고 대답이나 해라! 많더냐?"

"당 노괴야, 당 노괴야. 저들이 진법을 펼쳐 놓고 오절을 부른 것은, 진법의 도움이 없다면 우리를 상대할 수 없다는 뜻이다. 설마하니 그놈들이 이만한 진법을 펼쳐 놓고 진법 밖에서 덤벼들겠느냐? 밖은 안전하다. 암천의 힘은 진법 안에 집중되어 있으니 화공은 진법 안에 들어오지만 않으면 안전할 게야."

양비자가 그렇게 말하며 또다시 호리병을 입가로 가져갔다. 그것이 마지막이었다. 그는 호리병에 있는 술을 남김없이 비워 버린 것이다.

양비자는 슬며시 자리에서 일어나며 호리병을 바닥에 내던져 깨뜨려 버렸다.

당노독파가 한숨을 내쉬며 고개를 절레절레 저었다.

"이 모든 것이 다 네놈 때문이다. 네놈이 중용이니 뭐니 하는 헛소리를 늘어놓는 바람에 내 아이가 무림에 들게 되어버렸어. 행걸패를 들이밀고 부탁까지 했거늘, 너는 내 부탁을 무시하고 말았다."

"그 아이가 자기가 원해서 벗어난 거야, 이 아둔한 당 노괴야."

"흥, 닥쳐라! 네놈이 그 아이를 현혹시킨 것이 아니냐? 설혹 그 아이가 자신의 의지로 벗어나고자 한다면 억지로라도 붙잡아두었어야지! 내 이 일은 생사를 걸고서라도 따지고 말겠다."

하지만 당노독파는 양비자를 공격하지 않았다. 그저 언젠가 자명이 사주었던, 눈가를 가리고 있던 천을 벗어 소매에 챙겨 넣고서 텅 비어버린 눈으로 오른쪽을 주시할 뿐이었다.

양비자 역시 당노독파와 같은 곳을 바라보았다.

"손님이 왔으니 더 이상은 이야기할 수 없겠군. 그 이야기는 나중에 하지, 당 노괴."

"허허허! 과연 대단하군. 두 분 모두 내가 근처에 있음을 알고 계셨구려."

양비자의 말에 대답한 것은 당노독파로서는 처음 들어보는 낯선 목소리였다. 양비자의 고개가 천천히, 아주 천천히 옆으로 돌아갔다. 그의 목소리에서 그리움이 가득 묻어났다.

“유장백(劉暲白), 장백이 왔는가.”
　양비자의 표정이 마치 풍화되어 버린 바위처럼 아무 감각 없는, 지쳐 버린 노인의 것으로 바뀌었다. 그의 앞에 서 있는 것은, 예전에 자명이 이름 모를 호수에서 보았던 중년인이었던 것이다.

第七章
들어가면 곧 죽는다[入卽死]

공
회
도
담

畵工
道談

1

　　양비자의 본래 이름은 양문지로, 한때 그는 황궁에서 벼슬을 한 적이 있었다. 양비자의 가문이 황상의 진노를 사지만 않았다면 그는 지금도 황궁에 거하고 있을 것이었다.

　　황상의 진노를 마주한 양비자는 스스로의 가문을 살리기 위해 상소를 올렸다. 그것이 어떤 결과를 가져올 줄도 모른 채, 그저 생존의 열의로 양비자는 문장을 만들어낸 것이다. 그로 인해 양비자의 가장 친한 친구는 가문을 잃어버리고 말았다. 그토록 친한 벗이었거늘, 양비자는 그와 생사대적이 되고 만 것이다.

　　바로 그 친구가 양비자의 앞에 나타나 있었다. 청수한 얼굴로 양비자를 바라보며 말이다.

양비자가 잔뜩 쉰 목소리로 말했다.

"오랜만이구먼."

"그래, 오랜만이지."

중년인, 아니, 유장백의 얼굴은 태평하였다. 그는 마치 우연히 나온 외유에서 벗을 만난 것마냥 담담하기만 했다. 너무나 평화로운 친구의 얼굴에 양비자가 신음처럼 입을 열었다.

"자네는, 자네는 어찌하여 암천에 들었는가."

"자네와 반대되는 집단이기 때문이지. 비록 야인이 되었지만 자네와 같은 무림에서는 살기 싫었다네."

유장백이 미소를 지어 보였다. 그 미소 속에도 살기라고는 없었다.

양비자는 입을 꾸욱 다물었다.

"차라리 나를 찾아왔더라면 나는 언제든지 내 목을 주었을 걸세. 자네의 가랑이 사이를 기라면 그리했을 걸세."

"자네와 내게도 좋은 시절이 있었지."

유장백이 시선을 돌렸다. 놀랍게도 그의 얼굴에는 그리움의 흔적이 묻어 있었다.

"이백(李白)을 읊으며 술을 마시던 날이 아직도 기억나네. 자네는 기억하는가? 나는 한 잔 술을 마셨지만 엉망으로 취해 버렸고, 자네는 말술을 들이켜고도 멀쩡했지."

“…기억하네.”

“믿을지 모르겠지만, 나는 자네를 이해한다네.”

유장백이 서글픈 눈으로 양비자를 바라보았다.

양비자는 할 말을 잃고 아랫입술을 질끈 깨물었다.

“자네는 살고자 했을 뿐이었네. 자네의 가족을 살리고 싶었을 뿐이었지. 상소를 올린 것은, 나의 가문을 멸문케 한 것은 그래서일 테지. 아마 나였더라도 그리하고 말았을 게야.”

유장백이 고개를 절레절레 저었다.

“하지만 나는 아직도 내 아내의, 내 아들의 눈물을 잊지 못하였다네. 나는 자네에게 복수할 걸세. 그것은 자네가 시대의 희생자였지만, 가해자이기도 한 까닭일세. 하지만 그 방식은 달라. 나는 자네에게 수모를 입히려는 것이 아니야. 자네와 대등한 위치에 올라 내 힘으로 자네의 목을 취하고자 하네. 그것은 자네가 내 원수면서도 내 친구인 까닭일세.”

“그래서… 그래서 암천에 들었는가?”

양비자가 억눌린 목소리로 되묻자, 유장백이 말을 이어나갔다.

“예전에는 그러했지. 하지만 훗날 하나의 이유가 더 생겨났네.”

“그것이 무엇인가?”

유장백이 가만히 서서 눈을 감았다.

“자네와 내게 벌어진 비극이 또다시 벌어지지 않길 바라기 때문일세. 세상에 이유없는 눈물이 또다시 흘리지 않기를 바라기 때문일세."

"그 길이 어찌 암천이란 말인가!"

양비자가 참지 못하고 소리를 버럭 질렀다.

"암천은 예와 법으로 세상을 강제하려 하네. 강력한 법치, 법과 원칙으로 사람들을 강제하겠다는 것일세. 횡음무도한 자들에게 예와 법의 두려움을 알려주고, 오만한 권력자들에게 제 권력보다도 법과 원칙이 더 두려운 것임을 알려주려 하네."

유장백이 차분한 목소리로 말했다. 양비자가 고개를 절레절레 저었다.

"말도 되지 않는 소리. 지금도 대명률이 있네. 법이나 원칙은 이미 세워져 있어! 하지만 그 결과가 어떻던가? 백성들은 초근목피로 연명하고 있고, 벼슬하는 이들은 법과 원칙의 빈틈을 이용해서 제 배를 불리고 있네. 암천의 예와 법이라고 다르겠는가? 곧 그것을 이용해서 배를 불리려는 세력이 나타날 걸세."

"달라. 우리의 예와 법은 지금까지의 것과 체계부터가 다르다네."

유장백이 그렇게 말할 때였다.

당노독파가 클클, 웃음을 터뜨렸다.

"이 벌레 같은 종자아! 나는 암천의 헛소리를 듣고 있을 생각이 없느니라! 내가 알고 싶은 것은 단 한 가지이니, 그것을 말한다면 고통없이 귀천시켜 주마. 말해라! 철혈신장(鐵血神掌) 화무백(花武伯), 그 두꺼비는 어디에 있느냐?”

철혈신장 화무백은 정사지간(正邪之間)의 인물로, 삼십 년 전에도, 지금에도 암천과는 관계가 없는 자였다. 그런데 당노독파는 왜 암천의 인물에게 화무백의 종적을 묻는단 말인가!

유장백은 실소를 머금은 채 대답했다.

“기억해 내셨소, 당노태태?”

“화무백, 그 두꺼비 놈의 또 다른 절기가 환술이라는 것을 알고 있다! 청허심결을 얻기 전까지 나의 무위는 보잘것없었으니, 그 두꺼비의 환술에 걸리는 것도 무리는 아닐 테지! 하지만 이제는 떠올랐다, 떠올랐어! 그 두꺼비가 내 아들과 내 딸이 죽는 자리에 있었음을!”

당노독파의 원수들은 먼저 그녀의 아들과 딸을 인질로 삼았다. 스스로 눈을 파내면 아들과 딸을 살려준다는 말에 그녀는 자신의 손으로 직접 눈을 후벼 파냈었다.

훗날 청허심결로 무공을 회복한 그녀는 암천의 혈사에 참여해 원수들을 찾아다녔다. 그녀는 기나긴 시간 끝에 한 명, 한 명을 찾아내어 진실을 알아낸 다음 처절하게 죽였다.

“그들은 내 아들과 딸을 죽이지 않았어! 그저 나를 협박해 내 눈을 가져간 다음, 한 명의 무인에게 남은 일을 맡겼을 뿐이다! 연 가가와 대산이, 릉이를 죽인 것은 바로 그놈이었어!

크헐헐! 그래, 얼마 전에야 알게 되었다! 그놈이 바로 화무백,
그 두꺼비였음을! 이제 말해라! 그는 어디에 있느냐?"

"당노태태의 짐작대로요. 그는 청성산에 있소이다. 하지만
당노태태께서는 그를 찾아갈 수 없을 것이요."

유장백이 무심한 눈으로 고개를 돌렸다. 그러자 유장백의
뒤쪽에서 세 명의 늙은이가 모습을 드러냈다. 하나같이 신선
처럼 청수한 늙은이들이었다.

"삼마존(三魔尊)? 살아 있었나."

양비자가 신음처럼 중얼거렸다.

천하오절이라는 이름이 존재하지 않았던 삼십 년 전의 일
이다. 암천에서도 특히 무공이 고강한 세 명의 무인이 있었
다. 그들은 혈전이 벌어지는 곳을 무인지경마냥 휩쓸고 다녔
는데, 정도무림의 누구도 그들을 당해내지 못했다.

그들의 행보가 꺾인 곳은 섬서였다. 훗날 지도라고 불리게
될 소양극(蘇陽極)과 신개 양비자가 그들을 막아낸 것이다.
비록 지도와 신개의 무위가 조금 더 높았지만, 삼마존은 그들
과 동수라고 말해도 좋을 만큼 높은 무공을 지니고 있었다.

이 자리에 나타난 세 명의 노인이 바로 그들이었다.

"허허, 오랜만이오, 양 도우."

세 명의 노인 중 검을 든 노인이 한 걸음 앞으로 나서서 말
했다.

"살아 있었을 줄은 몰랐구려, 검마(劍魔)."

“내상이 심했지. 회주께 구함받지 못했더라면 필시 목숨을 잃고 말았을 거요.”

“그때 내가 술을 너무 먹었던 게지요, 그대와 같은 악인을 살려둔 걸 보니.”

“과찬이시오. 허허허! 내 그때와 같이 양 도우와 통쾌하게 겨뤄볼 마음이 없는 것은 아니나, 유 노사(老師)께서 계시니 어렵겠소. 대신 우리 삼마존은 당노태태를 상대하려 하오.”

그렇게 말한 검마가 고개를 돌려 당노독파에게 포권해 보였다. 그와 동시에 도를 든 노인도, 권을 절기 삼은 노인도 하나같이 당노독파에게 포권했다.

“우리 삼마존은 천 명을 상대할 때도 셋이고, 한 명을 상대할 때도 셋이라오. 또한 부끄러우나, 당노태태의 무위가 범상치 않으니 우리는 입즉사를 이용하려 하오.”

“캬하하! 좋다, 좋아!”

당노독파의 입에서 광소가 터져 나왔다. 태도만 정중할 뿐, 이용해 먹을 것은 다 이용해 먹는다는 소리가 아닌가! 이는 곧 반드시 자신을 죽이겠다는 뜻이었다.

본래 암천이 입즉사에 인질을 잡아둔 것은 천하오절을 유인하기 위함이었다. 양비자도, 당노독파도 인질들에게는 접근하지 않았으나, 이미 입즉사에 든 것만으로도 그들은 암천의 함정에 걸린 것이나 다름없었다.

당노독파가 웃는 것을 물끄러미 바라보던 유장백이 양비

자에게로 시선을 돌렸다.

"나는, 나는……."

양비자는 입을 열고도 말을 이어나가지 못하였다. 그저 입을 꾸욱 다물고 눈을 지그시 감을 뿐이었다. 그때, 당노독파가 앙천광소를 터뜨렸다.

"캬하하! 그래, 좋다! 그렇다면 더 말할 것이 있겠느냐? 너희들이 내 원수에게 가는 길을 막는다면 내 너희들을 짓밟고 가리라!"

말이 채 끝나기도 전에 당노독파의 신형이 사라졌다.

2

안개는 마치 살아 있는 생물 같았다. 짙고도 뭉클뭉클 피어나 시야를 가리는 것이, 흐리고 형태가 없는 보통의 안개와 달랐다. 무엇보다 보통의 안개라면 사방에서 좁혀오듯 동시에 접근할 리가 없다.

무연 진인이 불호를 터뜨렸다.

"무량수불!"

무연 진인이 암향표를 펼쳐 자명의 산수화로 달려갔다. 그림을 집어 든 무연 진인은 그림을 감싼 나무틀을 부숴 버린 다음, 빠르게 손을 놀려 그림을 꿰어둔 실을 빼내었다. 모두 순가의 시간에 벌어진 일이었다. 그다음으로 그림을 바으로 포개어 가장 가까이 서 있는 화산파의 제자의 품에 던지듯 안겼다.

"받아라, 청경(淸鏡)!"

"예?"

부지불식간에 자명의 그림을 품에 안은 청경이라는 도사가 눈을 둥그렇게 떴다.

그와 동시에 무연 진인이 호통처럼 외쳤다.

"내기를 끌어올려 충격을 대비하라! 너는 그 그림을 무림맹에 전해야 할 것이야!"

청경자가 반문하기 직전이었다. 무연 진인이 쌍장을 펼쳐 청경자의 등을 부드럽게 밀었다. 사람을 상케 할 목적이 아니었기에 무연 진인의 장법에는 대부분의 경력이 해소되어 있었다. 그저 순수한 내기의 힘으로 청경자를 밀어낸 것이다.

청경자의 신형이 안개 너머로 빠르게 사라져 갔다.

무연 진인이 크게 외쳤다.

"한시의 시간도 지체하지 말고 이 자리를 떠나 그 그림을 무림맹에 전달해라! 비록 미완성이지만 신산자라면 능히 알아볼 것이다!"

"사조! 사조께서 안개에 보여 보이지 않습니다!"

"갈! 어서 가라지 않더냐!"

청경자가 외쳤지만, 무연 진인은 되레 호통을 칠 뿐이었다.

이미 무연 진인과 일행을 조여오던 안개는 다섯 보 거리까지 좁혀져 있었다.

"뜻을 받자옵니다! 무연 사조, 부디 보중하……."

청경자의 외침이 더 이상 들리지 않았다. 안개가 마침내 일행을 감싸며 소리마저 삼켜 버린 것이다.

무연 진인이 다급히 남궁화란을 돌아보았다.

"무량수불! 상황이 시급하니 지휘를 내가 맡았으면 하오만."

"무연 진인께 창궁무애단을 맡깁니다."

남궁화란이 고개를 끄덕였다. 상황이 다급할 때에 지휘계통이 얽히면 큰 문제가 생기는 것이다. 무연 진인은 고개를 한 번 끄덕이고는 우렁차게 외쳤다.

"모두 한군데로 모이시오! 화산과 창궁무애단은 흩어져서는 아니 될 것이오!"

그 말과 동시에 사람들이 서로에게 모여들었다.

바랑은 챙기지도 못한 채 사람들에게 다가간 자명은 긴장한 듯 침을 꿀꺽 삼킬 때였다. 따듯하고 보드라운 손이 자명의 손을 맞잡았다. 남궁화란의 손이었다.

자명이 조그맣게 속삭였다.

"화란 아가씨."

"손을 놓지 마십시오, 은인. 위험할지도 모릅니다."

자명은 고개를 두어 번 끄덕이고는 남궁화란의 손을 힘주어 꽈악 잡았다.

마침내 남궁화란의 얼굴마저 보이지 않게 되었다.

입즉사! 들어서면 곧 죽는다는 천고의 기진이 마침내 발동하고 만 것이다.

"이 안개는 필시 실제가 아니라 환상일 것이오! 화산파의 도사들과 창궁무애단은 청심을 잃지 마시오! 이 자리에서 뒤로 조금씩 물러나겠소!"

무연 진인의 목소리만이 들려왔다.

운이 좋다면 왔던 길을 거꾸로 되짚어 진에서 탈출할 수도 있을 것이었다. 사람들은 저마다 패검한 검을 힘껏 움켜쥔 채 천천히 뒤로 걸음을 옮겼다. 오직 남궁화란과 자명만이 검 대신 서로 손을 마주 잡은 채 뒤로 물러날 뿐이었다.

아무런 소리도, 심지어 자신이 내딛는 발걸음 소리마저도 들리지 않았다. 기묘한 침묵이었다. 소리가 없어 고요한 것이 아니라 솜으로 귀를 틀어막은 듯했다.

일행은 그렇게 한참을 뒤로 물러났다.

하지만 일각이 지났는데도 길은 보이지 않았다.

"우리가 이렇게 멀리 올라왔을 리가 없습니다, 사숙. 벌써 진의 영향력 밖에 있어야 할 터인데……."

운곡 도고의 목소리였다. 하지만 기이하게도 그 목소리가 멀찍이서 들리는 것처럼 느껴지는 것이 아닌가? 심지어 메아리까지 울릴 정도였다.

"운곡! 너는 지금 어디에 있는 게냐? 가까이 붙어 함께 행동하라 했거늘!"

그것은 무연 진인의 목소리마저 마찬가지였다.

자명은 긴장한 듯, 남궁화란의 손을 꼬옥 잡았다. 아무것도 보이지 않더니, 마침내 소리마저 흩어지고 말았다. 그다음으로 어떤 일이 벌어질지 상상도 가지 않는다.

"그쪽으로 가지 마라! 그곳은 사지이니라!"

누가 잘못 움직였던 것일까? 무연 진인이 경호성을 터뜨렸다. 하지만 알고 보면 그것은 무연 진인의 목소리가 아니었을지도 모른다. 곧이어 또 다른 무연 진인이 크게 외친 것이다.

"누구냐! 누가 감히 이 열화검을 흉내 내느냐!"

"흉내 내는 것은 네가 아니냐! 화산파와 창궁무애단은 목소리에 현혹되지 마시오!"

도대체 누가 가짜이고, 누가 진짜일까? 자명은 도저히 가늠할 수가 없었다.

"이런! 적의 암계다! 화산파의 창궁무애단은 혼란스러워하지 말고 목소리가 들리는 쪽으로 따라오시오!"

"저 사람의 목소리를 따라서는 아니 되오! 저것이야말로 적의……."

또 다른 무연 진인이 크게 외칠 때였다.

"꺄아악!"

챙, 하고 병장기가 부딪치는 소리가 나더니 누군가가 찢어질 듯이 비명을 질렀다. 혜유의 목소리였다.

“누, 누가 나를 공격했어요! 후, 후아! 검이 없었으면 큰일 날 뻔했네!”

“혜운 소저!”

자명이 걱정스러운 목소리로 외쳤다. 혜운의 목소리가 반색하며 자명을 불렀다.

“화공, 화공! 나 무서워요! 엄마야! 혜징 사저? 혜징 사저가 왜 여기에……!”

그와 동시에 혜운의 목소리마저 사라졌다. 대신 누군가가 빠르게 달려가는 소리가 들렸을 뿐이다. 자명은 움켜쥔 남궁 화란의 손을 꼬옥 잡고 눈을 부릅떠 보았지만, 보이는 것은 하나도 없었다.

‘이, 이러면 안 돼.’

자명은 아예 눈을 질끈 감아버렸다. 무연 진인은 이 모든 것이 환상일 것이라고 했다. 안개가 환상이라면, 그것을 보아야 현혹되기만 할 뿐이다.

그렇게 눈을 감으니 기묘한 침묵이 자명을 감쌌다. 무슨 뜻인지 모를 무연 진인의 외침만이 꿈결의 목소리처럼 아련하게 들려올 뿐이었다.

침묵 속에서 마음을 다독인 자명은 각오 어린 표정으로 천천히 눈을 떴다.

하지만 자명의 각오 어린 표정은 이내 무너지고 말았다.

“아아…….”

자명의 눈앞에는 오채문 할아버지가 부드러운 미소를 지으며 서 있었던 것이다.

"할아버지."

자명이 나지막한 목소리로 중얼거렸다. 오채문 할아버지는 미소를 거두지 않은 채 가만히 서 있기만 했다. 그리웠던, 하지만 다시는 볼 수 없으리라 했던 할아버지의 모습에 눈물이 절로 솟아올랐다. 이것 역시 환상인 것일까? 무연 진인의 말처럼 현실이 아닌 것일까?

"할아버지……."

"그간 잘 지냈느냐?"

오랜만에 다시 만난 사람처럼 할아버지가 말했다. 할아버지의 안색은 마치 아프기 전처럼 평화로웠다. 가슴이 두근두근 뛰었다가 철렁 내려앉기를 반복했다.

자명은 눈물이 고인 얼굴로 고개를 두어 번 끄덕였다.

"네, 네……."

"그 녀석, 오랜만에 보았는데 눈물만 한가득이로구나. 좀 웃어 보이지 않고서."

자명은 한 손을 들어 눈가를 스윽 훔쳤다. 시야가 조금이나마 맑아지더니, 다시금 눈물이 차올라 흐릿하게 변하고 말았다. 그래도 자명은 웃었다. 눈물이 가득 고인 얼굴로 억지로 웃음을 지어 보였다.

"이 할아버지는 괜찮으니 울지 말렴. 보아라, 예전에 못된

의원에게 진찰을 받던 때보다 훨씬 나아지지 않았느냐."

"다행… 다행이에요."

자명은 고개도 들지 못하고 눈물을 훔치기에 바빴다. 할아버지는 은은한 미소를 지으며 그런 자명을 바라보았다.

자명은 그것이 환상이라는 것을 알았다. 돌아가신 할아버지가 저처럼 멀쩡한 얼굴로 나타날 리가 없는 것이다. 그런데도 자명은 그 얼굴이 보고 싶었다. 그 주름진 손이 자신의 머리를 쓰다듬어 주길 바랐다.

"보고 싶었어요, 할아버지."

자명이 목이 메어 제대로 나오지 않는 목소리를 억지로 내어 말했다. 자명의 목소리가 부르르 떨렸다.

"그간 평안하셨나요? 할아버지는 이제 괜찮나요?"

자명의 가슴 깊숙한 곳에서 할아버지에 대한 그리움이 솟아올랐다.

할아버지는 은은한 미소를 지으며 고개를 끄덕였다.

"봄이 지나가면 여름이 되고, 겨울이 끝나면 봄이 온다지 않던. 보렴, 나는 이렇게 봄이 되었단다."

자명은 마침내 참지 못하고 끅끅, 소리를 내어 울었다. 가슴 깊숙한 곳에서 새어 나온 눈물은 투명하였으나 또한 짙은 감정을 품고 있었다.

영원과도 같은 순간이 자명과 할아버지 사이를 스치고 지나갔다.

할아버지가 부드러운 목소리로 자명을 달랬다.

"괜찮느니, 괜찮느니. 울지 않아도 괜찮느니. 그래, 이렇게 오랜만에 만났으니, 이 할아비와 그림이나 그리며 놀자꾸나."

할아버지는 그렇게 말하고는 천천히 몸을 돌리더니, 느릿하게 한 걸음씩을 걸어갔다. 자명은 당장에라도 남궁화란의 손을 놓고 할아버지의 뒤를 쫓고 싶었다. 그것은 너무나 달콤한 유혹이었고, 세상에서 제일 슬픈 선물이었다.

동시에 그것은 환상이었다. 현실이 아니라 그리움일 뿐이었다.

"하지만 할아버지는 봄이 되셨잖아요."

조금 전에 할아버지가 하신 말씀이었다. 자명은 눈물을 닦을 생각도 하지 못하고 천천히, 고개를 들어 할아버지를 바라보았다.

할아버지는 아무런 말없이 환한 미소를 짓고 있었다. 마치 대견하다는 듯 미소 지으며 고개를 두어 번 끄덕인 할아버지는 홀로 쓸쓸히 몸을 돌려 걸어갔다. 또다시 할아버지를 쫓고 싶었다. 자명의 발이 들썩였다. 유혹이 또다시 자명의 마음을 휘감은 것이다.

하지만 자명은 쫓지 않았다. 그저 울먹거리며 고개를 푹 숙였을 뿐이었다.

"평안하셔야… 평안하셔야 해요, 할아버지."

자명은 이제는 세상에 없는, 봄이 되어버린 할아버지가 평안하기를 빌었다. 부디 당신의 그림처럼 평안하기를 말이다.

"…부디 평안하셔야 해요."

할아버지는 그렇게 어딘지 모를 길을 따라 걸어갔다.

마침내는 할아버지의 모습도 보이지 않게 되었다.

자명은 그 모습을 망연자실 지켜보았다. 한참 동안 그렇게 할아버지의 빈자리를 바라보던 자명은 고개를 숙이고 소매로 눈을 몇 번이나 훔쳤다.

'할아버지께서는 눈이 아니라 마음으로 보라고 하셨지. 그 말씀을 지켜야 해.'

자명은 눈물을 거두려 애쓰며 그렇게 생각했다. 동시에 심호흡을 했다. 잠시 마음을 다독인 자명은 눈을 지그시 감고 호흡을 멈추었다.

'환상은 마음의 문제이니, 마음만 바로 선다면 환상을 보지 않을 수도 있을 거야.'

자명이 천천히 눈을 떴다. 그 호흡도 쉬지 않는 것처럼 느리게 변해갔다. 무명도원도의 호흡이 일어난 것이다. 잠시 죽음처럼 정지된 시간이 흘렀다.

'마음으로 본다면 세상천지에 아름답지 않은 것이 없다.'

자명이 그렇게 생각할 때였다. 시야를 가리고 있던 안개가 서서히 사라졌다. 마치 연기처럼 안개가 흩어져 제각기 공중으로 사라져 가는 것이다.

자명은 눈물이 가득 고인 얼굴로 시선을 돌려 남궁화란을 돌아보았다.

남궁화란은 멍한 눈으로 바닥에 주저앉아 있었다. 할아버지의 환상 때문에 자명은 남궁화란이 주저앉아 있었던 것도 몰랐던 것이다.

"화, 화란 아가씨!"

자명이 재빨리 남궁화란의 얼굴을 들여다보았다. 그녀의 눈은 마치 먼 곳을 보듯 동공이 풀려 있었다. 자명의 가슴이 철렁 내려앉았다.

화란 아가씨 역시 환상을 보고 있는 것이다.

남궁화란이 알 수 없는 소리를 중얼거렸다.

"은인, 진 화공! 아버님! 제왕, 제왕검형이, 암천이……."

"저는 여기에 있어요, 화란 아가씨! 화란 아가씨?"

"아니야, 진 화공은 죽었어. 은인께서 귀천하고 말았어! 아버님, 아버님……."

남궁화란이 도리질을 쳤다.

자명은 그녀의 손을 놓고 어깨를 꼬옥 움켜쥐었다.

"저는 화란 아가씨의 앞에 있어요! 나를 봐요, 화란 아가씨!"

남궁화란은 눈은 뜨고 있되, 앞을 볼 수가 없었다. 오로지 환상에 빠진 채로 허우적대고 있을 뿐이었다.

"노리개가, 은인께서 주신 노리개가… 우이, 진 화공

이……."

　자명이 고개를 내려보고는, 그녀의 소매가 불룩해져 있다는 것을 발견했다. 자명은 재빨리 소매 속에 손을 넣어 잡히는 것을 꺼내었다.

　"노리개는 여기에 있습니다!"

　"아니야, 아니야!"

　남궁화란이 그것을 떨어뜨리며 외쳤다.

　자명은 얼른 그것을 다시 쥐어 남궁화란의 손에 쥐어주었다.

　"나를 봐요, 화란 아가씨."

　자명의 목소리가 차분해졌다. 간헐적으로 부르르 떨리던 남궁화란의 몸이 멈추었다. 자명은 노리개를 쥔 남궁화란의 손을 꼬옥 잡았다. 그리고 다시 한 번 나직하게 중얼거렸다.

　"나는 여기에 있어요, 화란 아가씨. 이렇게, 화란 아가씨의 눈앞에."

　남궁화란의 몸이 완전히 멈추었다. 그녀의 흐릿한 동공에도 초점이 돌아왔다. 아주 조금씩, 그녀는 환상에서 벗어나기 시작한 것이다.

　본래 지금 자명이 마주친 진은 환상미로진(幻想迷路陣)으로, 사람의 가장 깊숙한 곳에 숨어 있는 그리움이나 공포를 마주치게 하는 진법이었다. 남궁화란은 은인의 죽음과 남궁세가의 멸문을 환상으로 보고 괴로워하고 있었던 것이다.

“으, 은인······?”

“예, 화란 아가씨.”

남궁화란의 눈동자가 정상으로 돌아온 것을 확인한 자명이 기운이 몽땅 빠진 얼굴로 안도의 한숨을 내쉬었다. 남궁화란이 질문했다.

“모두, 모두 꿈이었나요?”

자명은 고개를 두어 번 끄덕였다. 남궁화란이 희미한 미소를 지었다. 전신의 심력을 모두 소모했는지, 그녀는 기운이라고는 조금도 없이 자명의 품에 누워 있었다.

“···다행입니다. 은인께서 돌아가신 줄로만 알았습니다.”

자명이 다시 ‘나는 여기에 있습니다’라고 말하니, 남궁화란이 고개를 두어 번 끄덕였다. 자명은 남궁화란의 얼굴을 물끄러미 바라보다가 주변으로 시선을 돌렸다.

주위에는 아무도 없었다. 무연 진인도, 운곡 도고도, 화산파의 도사들과 창궁무애단원들도 없었다.

“어떻게 된 거지?”

자명이 조그맣게 중얼거릴 때였다. 누워 있던 남궁화란이 천천히 자리에서 일어나 앉았다. 하지만 그녀에게는 여전히 새하얀 안개만이 가득한 것으로 보일 뿐이었다.

“제게는 안개밖에 보이지 않습니다, 은인.”

“바닥에 검이 떨어져 있어요. 피도 튀어 있고요.”

자명이 울적한 목소리로 말하였다. 바닥에는 화산의 것이 분명한, 매화가 그려진 고검이 몇 자루 놓여 있었다. 고검에 매달린 수실 주위로 몇 방울의 피도 떨어져 있다. 하지만 시체나 다른 흔적은 보이지 않았다.

입즉사, 들어오면 곧 죽는 진법이라고 했다. 암천은 도대체 왜 이러한 진법을 만들었단 말인가! 천지간에 아름답지 않은 것이 없는데, 그리움 역시 아름다움일진대 암천은 생명을 취하려고만 하고 있었다.

남궁화란이 자명에게 질문했다.

"은인, 은인께서는 길이 보이십니까?"

"예? 예……."

자명이 슬픈 얼굴로 중얼거렸다.

이제 완전히 침착을 되찾은 남궁화란이 차분하게 말하였다.

"그렇다면 이 자리를 피해야 할 듯싶습니다."

자명은 고개를 두어 번 끄덕이고는 남궁화란을 부축해 일으킨 다음, 그녀의 손을 꼬옥 움켜쥐었다.

두 남녀는 그렇게 서로를 의지해 길이 이어지는 곳으로 걸음을 옮겼다.

자명은 남궁화란의 손을 잡고 한참을 걸어갔다. 어느새 노을마저도 사라지고 어둠이 내려앉아 있었다. 달빛이나 별빛에라도 의존했으면 좋으련만, 우거진 나무에 가려 빛이 잘 들어오지 않았다.

"이제 안개가 보이지 않습니다, 은인."

문득 남궁화란이 걸음을 멈추었다. 그녀는 앞과 뒤를 번갈아가며 바라보고는 내심 감탄을 터뜨렸다. 몇 걸음 뒤에는 어둠 속에서도 새하얀 안개가 선명하게 보이는데, 바로 앞에는 안개라고는 한 점도 보이지 않는 것이다.

"다행입니다, 화란 아가씨."

자명이 반색하며 웃었지만, 남궁화란의 표정은 더욱 딱딱해졌다. 이제부터는 앞에 어떠한 진이 펼쳐져 있는지 모르는 것이다.

"아닙니다, 은인. 오히려 이제부터 더욱 조심해야 할 것입니다."

남궁화란은 그렇게 말하며 검을 뽑아 들었다. 그리고 자명보다 앞서 천천히 길을 걸었다. 만약에 기관이 설치되어 있다면 자명보다 앞서 그것을 맞이하려는 것이다.

하지만 그녀의 걸음은 이내 멈춰지고 말았다. 자명이 남궁화란의 팔을 잡은 것이다.

"멈추세요."

"왜 그러십니까, 은인?"

남궁화란이 고개를 돌려보니, 자명이 놀란 얼굴로 어딘가를 주시하는 것이 보였다. 남궁화란은 자명의 시선을 따라 길목을 살펴보았지만 어두컴컴한 산길만이 있을 뿐, 이상한 점은 찾지 못했다.

"길이 이상해요, 화란 아가씨."

자명은 먼 곳을 바라보며 더듬더듬 중얼거렸다. 살기와 생기가 얼룩진 곳이 시시때때로 변하고 있었던 것이다. 이 길은 조금 전만 해도 안전했지만, 지금 따라가면 큰일이 날 것만 같았다.

"이 길로는 가면 안 됩니다. 돌아서 가야 해요."

"혹시 무엇인가를 보신 것입니까?"

"예. 무엇인지는 모르겠지만……."

남궁화란이 놀란 얼굴로 질문하자 자명이 고개를 끄덕였다. 남궁화란은 어두운 길가와 자명을 번갈아 바라보고는 고개를 두어 번 끄덕였다.

"알겠습니다, 은인. 그러면 다른 길을 찾아보겠습니다."

"아니, 더 이상은 움직일 필요가 없네."

카랑카랑한 목소리에 자명과 남궁화란의 고개가 뒤로 돌아갔다.

그들의 뒤에 흑의 무복을 입은 청수한 노인이 뒷짐을 지고 서 있었다. 선자불래(善者不來) 내자불선(來者不善)이라! 입즉사라 불리는 위험한 진에서 저처럼 태평하게 서 있는 것을 보면 필시 아군은 아닐 것이었다.

남궁화란이 침을 꿀꺽 삼켰다.

"말학 남궁화란이 선배를 뵈옵니다. 후학이 불민하여 선배

의 존성대명을 모르오니, 부디 후학이 인사조차 드리지 못하
는 무례를 저지르지 않도록……."

"길게 예의 따질 것 없네. 그냥 화노(花老)라고 부르시게
나."

노인은 그렇게 말하고는 소매를 크게 떨쳤다. 드러난 노인
의 손의 색은 사람의 것이 아닌 듯했다. 마치 재를 묻힌 것마
냥 새카만 색이었던 것이다.

남궁화란의 안색이 급변했다.

'독공(毒功)?'

강호에서 손의 색이 남다르다는 것은 곧 독공을 익혔다는
뜻이나 다름없다. 독물을 많이 만지다 보면 손의 색이 변색되
기 십상인 것이다. 때문에 독공의 고수들은 하나같이 수투를
끼고는 한다.

'아니, 아니야.'

하지만 강호에는 독을 쓰지 않고도 검은색의 손을 가진 자
가 있다. 정사지간을 걷는 인물로, 이십 년 전부터 사라져 버
린 권사가 있었던 것이다.

"알고 보니 철혈신장 화무백, 화 노사셨군요."

"눈이 좋은 소저로군. 하지만 난 소저에게 관심이 있는 것
이 아닐세. 이보게, 소년 학사."

노인, 아니, 화무백이 자명을 바라보며 말했다.

"이보시게. 내 하나만 묻겠네. 혹시 자네의 성이 진 가로,

이름은 자명이라 하는가?"

자명이 떨떠름한 얼굴로 고개를 끄덕였다. 저 노인은 도대체 어떻게 자신의 이름을 알고 있을까?

"그러합니다만……."

"다시 묻겠네. 자네가 당설련(唐雪蓮), 그 마녀의 비호를 받는다는 그 화공이 틀림없는가?"

"분명히 그러합니다."

"그렇군. 자네가 바로 당 마녀의 소중한 사람이었어. 그렇다면 나는 자네를 죽일 수밖에 없겠네."

노인의 몸에서 살기가 일어나자 자명의 눈이 의아함으로 커졌다.

"왜, 왜지요?"

"당 마녀가 나의 소중한 사람을 죽였으니 응당 복수를 해야 하지 않겠는가? 나는 당 마녀의 소중한 사람은 모조리 죽이기로 마음을 먹었다네."

자명과 일행이 입즉사에 들게 된 것은 바로 노인, 화무백의 탓이었다. 화무백은 자명 한 명을 불러들이기 위해 진을 발동시켰던 것이다. 신개 양비자의 원수이자 친구인 유정백은 '기왕이면 죽이지 말고 생포해서 데려오라' 고 주의를 주었을 뿐, 진의 발동을 막지는 않았다.

"유 노사는 살려오라 했지만, 복수를 위해서라면 어쩔 수 없지, 어쩔 수 없어."

자명이 이해하지 못하겠다는 표정을 지을 때였다. 자명 대신 남궁화란이 다급히 외쳤다.

"말학 남궁화란이 화 노사께 고합니다. 이분께서는 당노태태의 비호를 받을 뿐, 화 노사께는 득죄한 적이 없습니다. 화 노사께서는 비록 정사지간을 걸을지언정 도리에 어긋나는 일은 하지 않으시니……."

"하하하!"

화무백이 크게 웃음을 터뜨렸다.

"잘못 알고 있구먼. 소저, 나는 당 마녀의 일에 관해서라면 도리에 어긋나는 짓도 능히 할 수 있는 사람일세."

"은인, 은인께서는 환상을 피할 수 있으니 최대한 빨리 이 자리를 피하십시오."

남궁화란이 아랫입술을 질끈 깨물더니 자명을 가리고 서서 화무백에게 검을 겨누었다. 자명이 침을 꿀꺽 삼키고 말했다.

"화, 화란 아가씨는요?"

남궁화란이 고개를 홱 돌리더니, 크게 외쳤다.

"피하셔야 합니다! 곧 뒤쫓을 테니……!"

남궁화란의 말이 채 끝나기도 전에 화무백의 신형이 솟구쳐 올랐다. 한참 높이 떠오른 화무백은 눈 깜짝할 새에 남궁화란의 앞에 나타나 양주먹을 내리꽂았다. 철령장법(鐵靈掌法) 중 철령과해(鐵靈過海)의 초식으로 남궁화란을 후려친 것이다.

"흡!"

남궁화란이 검을 떨쳐 화무백의 손목을 잘라갔다. 화무백의 일권과 남궁화란의 검이 마주치자 챙! 하고 병장이 부딪치는 소리가 났다.

"으음……."

남궁화란의 신형이 뒤로 튕겨났다. 그녀는 흘끗 손을 내려다보았다. 단 일 합만으로 손이 부르르 떨리고 있었다. 반탄력으로 인해 오른손의 기혈이 손상당한 것이다.

"하하하! 제법이로군!"

단 일 합만 나누었을 뿐이었는데도 철혈신장 화무백은 재미있다는 듯 크게 웃어 보였다. 본래 화무백과 남궁화란의 무위는 태양과 반딧불만큼의 차이가 난다. 비록 삼성의 공력만으로 내려친 것이지만, 그것을 막아낸 남궁화란의 무위는 또래 중에서도 발군이라 할 수 있는 것이다.

"나를 막겠다면 소저의 목숨도 가져갈 수밖에. 빼어난 후학의 목숨을 취함을 미안하게 생각하네. 부디 용서하시게!"

"화란 아가씨!"

뒤로 물러나던 자명이 비명을 토해내며 다시 남궁화란에게로 달려들었다. 하지만 자명의 느린 걸음과 화무백의 보법을 비교할 수는 없었다.

"크흑!"

결국 화무백의 쌍장에 단전을 얻어맞은 남궁화란이 붉은 선혈을 토해내며 뒤로 튕겨났다. 달려오던 자명은 자신을 향해 날아오는 남궁화란을 받아내며 뒤로 몇 발자국이나 물러나야 했다.

그때, 자명의 귓가에 틱, 하고 무엇인가가 움직이는 소리가 났다.

"이, 이런!"

소리가 채 사라지지도 않았는데 날카로운 무엇인가가 쏟아져 오는 것이 느껴졌다. 칼날 세 개가 목과 가슴, 배를 노리고 쏟아져 나온 것이다. 자명은 문득 파파에게서 배웠던 돌멩이 피하는 법을 떠올렸다.

'고요함 속에 움직임이 있고[靜中動], 움직임 속에 고요함이 있다[動中靜]!'

그와 동시에 남궁화란과 자명의 신형이 사라졌다.

철혈신장 화무백이 신음성을 내뱉었다.

"이형환위!"

하지만 화무백의 놀란 표정은 이내 사라졌다. 그는 발을 가볍게 튕김으로써 자명에게로 쏟아져 들어왔다. 그가 쌍장을 복잡하게 휘두르니, 수십 개의 장영(掌影)이 자명을 향해 날아들었다.

'너무 많구나.'

자명은 부지불식간에 눈을 질끈 감았다. 눈을 감으니, 과거 신개 양비자의 기세를 그림으로 바꾸었던 것처럼 또다시 그림 하나가 떠올랐다.

"어?"

폭풍도(暴風圖)라 할 만한 것이었는데, 흉포한 바다가 조각배에 탄 자신과 남궁화란을 뒤집으려 하고 있었다. 집채만 한 파도가 자신들이 탄 배를 뒤엎으러 달려들고 있는 것이다.

자명은 아랫입술을 깨물었다.

'암초, 암초라도……!'

자명은 필사적으로 마음속의 그림에 점경을 시작했다. 마음이 붓이 되어 파도와 조각배 사이에 암초를 그려내었다. 울퉁불퉁 커다란 암초는 흔들리는 조각배를 붙들어주고 파도까지 막아주리라.

자명의 마음이 점경을 마치자 몸도 따라서 움직였다. 무명도원도의 호흡이 일어나더니, 음기(陰氣)와 양기(陽氣)로 쪼개졌다. 두 개로 쪼개진 기운이 순차적으로 자명의 오른손으로 건너가 꼬리를 물고 아랫배와 손을 왕복했다. 자명은 무심코 청허심결을 일으켜 오른손으로 보내었던 것이다. 의도한 바는 아니었지만, 그것은 청허심결의 벽자결(壁字訣)이나 다름없는 것이었다.

어디 그뿐이랴? 그림의 기운을 화공에게도 옮겨놓는 무명도원도의 이능마저 자명의 손으로 건너갔다.

마침내 철혈신장 화무백의 손과 무의식중에 내뻗은 자명

의 손이 마주쳤다.

쾅—!

"청허심결? 알고 보니 화공은 당 마녀의 후신이었던 게로구나!"

귀청이 찢어질 것 같은 폭음과 함께 화무백이 경호성을 내뱉으며 뒤로 물러났다. 오성의 공력을 사용했거늘, 그는 화공의 반탄력을 이겨내지 못한 것이다. 그는 이번에는 칠성의 공력을 돋워 자명에게로 쏘아져 갔다.

한편, 자명은 폭풍도가 사라지자 눈을 번쩍 떴다. 폭풍도가 사라지자마자 오른쪽에서 기다란 막대기가 수십 개가 날아오는 것이 느껴졌다. 자명이 고개를 돌려보니 수백, 아니, 수천 개가 넘을 듯한 화살비가 자신을 향해 쏘아져 오고 있었다.

자명은 그만 깜짝 놀라고 말았다.

'이, 이런……!'

자명은 화살을 피해본 적은 없었다. 아니, 화살이 날아가는 것조차 처음 보는 일이었다.

'도, 돌멩이 피하는 법으로 되, 될까?'

자명은 침을 꿀꺽 삼킬 때였다. 자명을 의지하고 있던 남궁화란이 아랫입술을 질끈 깨물었다. 그녀는 자명을 슬쩍 밀어내어 뒤로 물러나게 한 다음, 검을 든 채로 한바탕 검을 휘둘렀다.

창궁(蒼穹)은 무애(無涯)하다던가? 그녀의 검로는 끊어질 듯 끊어지지 않고 푸르른 하늘을 만들어냈다. 그녀의 검이 지나가는 곳마다 화살이 하나씩 튕겨져 나갔다.

"철령만천(鐵靈滿天)에 맞고도……!"

가까이 다가가던 화무백의 안색이 어두워졌다. 화공의 재주가 예상외로 뛰어나다. 거기에 더불어 쓰러뜨렸던 남궁가의 계집까지 일어나고 보니, 저들의 목숨을 거두는 데 제법 시간이 걸리게 생겼다.

"흥, 까짓, 못할 것은 없지!"

화무백이 노호성을 터뜨리며 자신에게 근접한 화살들을 한 손에 잡아채었다. 그리고 그것을 마치 단검처럼 쥐고 남궁화란을 찔러 나갔다. 남궁화란이 잇소리를 내며 검으로 그것들을 하나하나 쳐내었다.

화무백은 내심 감탄을 터뜨렸다.

'무학 자체는 높다 할 수 없으나, 철령만천에 맞고도 이처럼 멀쩡한 것을 보니 내공만큼은 충만하구나.'

화무백과 남궁화란 사이에 검광이 번쩍였다. 눈 깜짝할 사이에 네 합을 겨룬 것이다. 화무백은 그제야 남궁화란의 내공이 높지 않음을 알아차렸다.

'아니, 내가 틀렸던 것이로군. 이 계집이 잠력(潛力)을 끌어낸 것이었어.'

화무백이 슬그머니 웃음을 지었다. 잠력을 끌어낸 것이라면, 그녀는 오래 지나지 않아 스스로 자멸하리라. 그렇다면 남궁화란을 해치우고 난 다음 화공을 물리치면 될 일이었다.

한편, 자명은 이상한 눈으로 남궁화란의 검로를 바라보고 있었다. 하늘을 닮은 검로를 보니 이토록 다급한 상황에서도 가슴 한구석이 시원해진다.

하늘을 닮은 검로는 곧 또 다른 심상마저 불러왔다.

'이, 이건……'

자명은 눈앞이 보이지 않음을 깨달았다. 갑자기 세계가 새하얗게 변하더니, 예전에 보았던 무신과도 같은 노인이 모습을 드러낸 것이다.

노인은 몇 걸음을 걸어와 검을 하늘로 곧게 뻗어 보였다. 위기의 순간에서, 자명이 얻었던 제왕검형(帝王劍形)의 본질이 일어난 것이다. 자명의 학사의가 부풀어 올랐다. 무명도원도의 호흡도 그 어느 때보다도 강렬하게 일어났다.

'아, 안 돼……!'

아니 된다. 그랬다가는 화란 아가씨마저 다치고 말리라. 자명은 필사적으로 새하얀 세계에서 벗어나려고 애썼다. 부지불식간에 새하얀 세계를 따라 했던 예전과 달리, 이번에는 아예 따라 하지도 않았다.

'안 돼. 무명도원도야, 그러면 안 돼!'

자명이 눈물이 날 것 같은 기분을 애써 삼켰다. 화란 아가씨가 위험했다. 이대로라면 화란 아가씨가 목숨을 잃고 말리

라. 자명의 귓가에 남궁화란의 비명이 들려왔다.

"크윽!"

챙, 소리와 함께 남궁화란의 검이 바닥에 떨어지는 소리도 들렸다. 남궁화란이 마침내 화무백의 반탄지기를 이겨내지 못하고 검을 떨어뜨리고 만 것이다.

"하하하, 이제 가거라!"

"으, 은인······."

화무백이 크게 웃으며 남궁화란의 이마로 쌍장을 내리뻗었다. 하지만 그는 남궁화란의 골을 바수어 버리지 못했다. 갑자기 그의 신형이 한쪽으로 쏠린 것이다.

"으음?"

화무백의 전신에 소름이 돋아 올랐다. 갑자기 그의 모든 내기가 일어나 진탕을 친 것이다. 무인으로서 단련된 그의 본능이 자리를 피하라고 말하고 있었다.

화무백이 본능적으로 고개를 돌렸다. 그러자 눈을 감은 채 아랫입술을 질끈 깨물고 있는 자명이 보였다. 화무백의 안색이 급변했다.

"이놈!"

자명이 한 걸음을 앞으로 내딛었다. 화무백이 다급히 뒤로 두어 걸음 물러났다. 그의 내기가 더욱 더 크게 준동하였다. 화무백은 이를 질끈 악물었다.

'이놈이 이처럼 뛰어난 재주를 숨겨주고 있었을 줄이야!'

내기를 끌어올리는 모양인데 그 모양새가 범상치 않다. 십성 공력을 다해야 겨우 상대가 가능할 지경이었다. 화무백의 머리에 수십 가지 생각이 일어났다 사라졌다.

'지금이라면……'

무인의 호승심이 먼저 화무백을 이끌었다. 생사를 건다면 까짓 못할 것도 없으리라. 화무백은 내심 내기를 끌어올리며 자명을 노려보았다. 하지만 쌍장을 들어 올리기 직전, 또 다른 생각이 화무백을 감쌌다.

'아니, 안 된다. 나는 이 화공을 죽이려는 것이지, 싸우려는 게 아니야. 당설련, 당 마녀가 소중히 여기는 자는 모조리 죽여 버리겠다 서원하지 않았던가.'

당노독파에 대한 분노가 화무백을 감싸 안았다.

화무백은 잠시 자명을 노려보다가 뒤로 물러났다.

'잠시 뒤에 보지.'

나타났던 때와 달리, 아무런 소리 없이 화무백의 신형이 사라졌다. 극성의 경공을 발휘해 자명과 마주하기를 피한 것이다.

하지만 자명은 여전히 날카로운 기세를 일으키고 있었다.

'안 돼. 화란 아가씨까지 다치고 말 거야. 그래서는 안 돼.'

자명은 새하얀 세계에 서 있는 노인을 따라 하기를 거부했다. 노인의 움직임이 한층 느려졌다. 어서 따라 하라는 듯이,

왜 따라 하지 않느냐는 듯이.

'아니 됩니다. 따라 할 수 없어요.'

자명은 그렇게 생각하며 마음을 일으켰다. 자명의 마음이 일어나는 것과 동시에 노인의 움직임이 한층 더 느려지더니, 종국에는 멈춰지고 만다. 노인은 자명을 물끄러미 바라보다가 검을 돌려 등에 지듯 하고는 천천히 사라져 갔다.

자명의 전신에서 힘이 빠져나갔다.

"후, 후우—"

자명이 호흡을 길게 골랐다. 새하얀 세계가 서서히 사라지기 시작한 것이다. 사라져 가던 새하얀 세계는 환한 빛을 발하더니, 마침내는 사라지고 말았다. 그리고 자명의 시야가 돌아왔다.

남궁화란이 입가로 검은 피를 흘리고 있었다.

"화란 아가씨!"

자명이 다급히 남궁화란에게로 달려갔다.

남궁화란이 흐릿한 미소를 지으며 자명을 돌아보았다.

"은인."

"괜찮으십니까? 안색이 편치 않으십니다."

자명이 걱정스러운 듯 말하자, 남궁화란이 피곤한 듯 웃으며 고개를 저었다.

"아니, 저는 괜찮습니다."

남궁화란은 그렇게 대답하며 옛 기억 하나를 떠올렸다. 세가의 정보를 훑어보던 중, 철혈신장 화무백에 관한 자료를 본 적이 있다. 철혈신장 화무백은 정사를 막론하고 수많은 적과 싸워왔는데, 그때에 주로 사용했던 초식이 철령만천이라고 했다. 남궁화란의 머릿속에 한 가지 질문이 떠올랐다.

그것을 맞고 살아난 사람이 있던가?

'…없어.'

남궁화란은 어두워진 안색으로 가볍게 운기해 보았다. 잠력까지 끌어내었으니 남아 있는 내기가 있을 리가 없다. 이대로라면 머지않아 목숨을 잃게 생긴 것이다.

그녀는 본능적인 두려움을 느끼고는 몸을 부르르 떨었다. 철령만천을 맞고 살아 있는 자는 아무도 없었다. 스스로도 살아나지 못했고 그 누구도 살려내지 못했다. 남궁화란은 저도 모르게 주먹을 꼬옥 쥐었다.

그런 남궁화란의 귓가에 자명의 목소리가 들려왔다.

"정말 괜찮으신 겁니까?"

"예, 예……."

남궁화란이 내기를 일으켜 평소처럼 보이려 애쓰며 자명을 돌아보았다. 그녀의 노력이 하늘에 닿았음일까? 남궁화란의 혈색이 돌아오는 것을 본 자명이 다행이라는 듯 환한 미소를 지었다.

"다행입니다. 또다시 누군가를 잃게 되는 줄 알았어요."

안도한 목소리 속에 숨어 있는 그리움을 느낀 남궁화란의 몸이 흠칫 멈추었다. 본능적인 두려움보다 화공의 말이 먼저 가슴을 울린 것이다. 남궁화란은 정신없이 자명의 얼굴을 살펴보았다. 자명의 표정 속 깊숙이 그리움이 숨어 있었다.

'그는… 그는 부모님도, 할아버지도 잃었다 했지.'

남궁화란이 차마 화공과 시선을 마주치지 못하고 눈을 지그시 감았다. 어쩌면 자신은 죽게 될지도 모른다. 아니, 철령만천이 기록대로 죽음의 장법이라면 살아날 길이 없는 셈이다. 그녀 역시 화공의 친인(親人)들처럼 떠나가게 된 것이다.

하지만 그녀는 스스로의 죽음보다 다른 것을 먼저 생각했다. 수만 가지 생각이 남궁화란의 머릿속을 떠돌았다. 잠시 혼란스러운 듯한 표정으로 앉아 있던 남궁화란은 이내 고운 입술을 질끈 깨물었다.

'지금은 아니야, 지금은……'

남궁화란은 고개를 들고 자명을 바라보았다. 남궁화란은 희미하게 웃어 보였다.

"저는 괜찮으니 걱정하지 마십시오. 실례가 아니라면 한 가지 묻고 싶습니다만. 방금 전, 은인의 기세는 무엇이었습니까?"

"저도 잘은 모릅니다. 그저, 예전에 그렸던 그림이 떠올랐다고밖에는……."

남궁화란은 자명에게서 시선을 돌렸다. 방금 전의 질문은

실제로 궁금한 것이기도 했지만, 사실은 자명을 안심시키기
위함이었던 것이다.

'은인은 무공을 모른다.'

하지만 청성산에는 수많은 적이 남아 있을 것이었다. 은인
에게 이능(異能)이 있음을 알고 있지만, 그것만으로는 생존을
보장할 수 없었다. 그녀는 은인을 도와야 했다. 비록 아주 작
은 도움밖에 되지 못할지언정 그렇게 해야 했다. 은인은 살아
남아야 했다.

"알겠습니다, 은인. 이만 출발해야겠습니다."

남아 있는 내기를 억지로 쥐어짠 남궁화란이 몸을 일으켰
다.

第八章
청성산에 갇힌 무인(武人)들

화공
도담

畵工
道談

1

　남궁화란은 후기지수 중에서도 발군의 실력을 가진 무인이었다. 빙설화(氷雪花)라는 이름에는 그녀의 미모에 대한 찬탄도 있었지만, 그녀의 검에 대한 찬탄도 있었던 것이다.

　하지만 그녀가 가진 것 중 가장 훌륭한 점은 바로 노강호와 같은 경험이라 할 수 있었다. 아버지 대신 세가를 관리했던 그녀는 수많은 정보를 접함으로써 간접적으로나마 경험을 쌓을 수 있었던 것이다. 천만다행히 그중에는 기관에 관한 지식도 있었다.

　남궁화란이 무거운 얼굴로 생각에 잠겨들었다.

　'이상한 일이로구나. 이 진은 삼십 년 전부터 악명을 떨쳐

왔던 무서운 진인데, 철혈신장과 마주한 후로 특별히 어려운
점은 보이지 않는다.'

제아무리 그녀의 지식이 높다 한들, 어찌 입즉사를 파훼할
정도에 비하겠는가? 고작 그녀의 지식만으로 이처럼 쉽게 진
법을 헤쳐 나간다는 것은 오히려 불길한 징조라 할 수 있었
다.

'무언가 잘못됐어.'

남궁화란이 아랫입술을 살짝 깨물었다.

그녀의 예상대로 청성산의 진식 속에는 기관이 있었다. 암
천은 천하오절이 한낱 기관 따위에 당할 리 없다 생각했기에
강력한 수준의 것을 설치하지는 않았지만, 그것은 어디까지
나 천하오절이 상대일 때의 이야기일 뿐이었다.

암천의 입장에서는 미약하다 해도 알고 보면 청성산의 기
관은 무림의 최고수가 아니면 살아나가기 어려울 정도의 수
준의 것이라 할 수 있었다.

하지만 지금은 너무 깨끗했다. 마치 누군가가 일부러 길을
열어준 것처럼 말이다. 기관을 만나지 않은 것은 아니나 고작
남궁화란의 수준으로도 파훼가 가능한 수준의 기관만 만났을
뿐이다.

남궁화란의 고민이 점점 깊어져 갈 때였다.

"화란 아가씨, 앞에 도관이 보입니다."

자명이 손가락을 들어 잎을 가리키며 말했다.

남궁화란이 안력을 돋워 앞을 바라보았다. 비록 청성산의 중심인 상청궁(上淸宮)은 아니었지만, 흐릿하게 도관이 보였다. 혹시 도관에 암천의 무리가 있을지도 모른다고 짐작한 남궁화란의 안색이 급격하게 어두워졌다.

"접근해서는 아니 될 것입니다, 은인. 암천의 무리가 있을지 모르는 까닭입니다."

남궁화란이 커다란 나무 뒤로 몸을 숨기며 말했다.

자명 역시 남궁화란처럼 몸을 숨기고는 고개를 두어 번 끄덕였다. 문득 조금 전에 만났던 철혈신장이라는 사내가 떠올랐다. 그는 파파와 무슨 원한을 나눈 것일까. 어쩌다가 서로가 서로에게 원한을 품게 된 것일까. 그 생각을 하니 가슴이 답답해지고 한숨이 절로 새어 나온다.

"하아—"

자명이 저도 모르게 한숨을 내쉴 때였다. 이름 모를 도관에서 한 명의 사람이 초췌한 얼굴로 걸어나왔다. 경계심을 품은 자명이 한층 더 소리를 죽일 때, 남궁화란이 자그맣게 탄성을 내뱉었다.

도관에서 걸어나온 사람은 바로 하남 사자림의 소주, 곽운상(郭雲翔)이었던 것이다.

"사자림의 소주!"

남궁화란은 그렇게 말하고도 자신의 눈을 의심했다. 사자림의 소주가 청성산에 고립되어 있다는 것은 들어 알고 있었지만, 이렇게 만나게 될 줄은 몰랐던 것이다. 그녀는 미간을 찌푸리고 도관의 모습을 훑어보았다.

'그렇다면 저 도관에 고립된 사람들이 있단 말인가?'

남궁화란의 추측은 정확했다. 입즉사에 휘말려 두어 시진을 떠돌던 남궁화란과 자명은 다름 아닌 암천에 억류당한 무림인들이 있는 곳에까지 오게 되었던 것이다.

남궁화란은 싸늘한 시선으로 주위를 둘러보았다.

'불길하구나. 갑자기 위험이 작아진 것도, 이곳까지 오게 된 것도 모두 기이한 일이니……'

마치 누군가가 일부러 일을 이렇게 꾸며놓은 듯한 느낌이 들었다. 우연히 진법이 사그라 들 리가, 우연히 고립된 사람들이 있는 곳에 도착할 리가 없는 것이다. 하지만 근처를 아무리 경계해 보아도 사자림의 소주를 제외한 다른 이의 기척은 느껴지지 않았다.

그때였다. 곽운상이 남궁화란 쪽을 돌아보더니 크게 외쳤다.

"암천의 개인가? 흥! 나, 사자림의 소주 곽운상은 결코 그대들의 예와 법에 포섭되지 않는다! 가서 너희 상전에게 그리 고하여라!"

그렇게 말하고 곽운상은 크게 침을 뱉었다. 남궁화란과 자명의 기척을 느낀 곽운상이 그것을 암천의 것으로 착각하고 그게 모욕을 가한 것이다.

남궁화란은 잠시 무언가를 생각하는 듯하더니, 이내 내기를 끌어올렸다. 내상이 다시 그녀의 단전을 할퀴었지만, 그녀는 아무렇지도 않다는 표정으로 그것을 참아내었다.

[오랜만에 뵙습니다, 곽 소협.]

걸어가던 곽운상의 몸이 흠칫 멈춰졌다. 그는 천천히 뒤를 돌아보았다.

"이 목소리는⋯⋯."

[육성을 내지는 마십시오. 저는 남궁세가의 남궁화란입니다.]

"드디어, 드디어 무림맹이 온 것이로군! 오랜만에 뵙소이다, 남궁 소저! 하하하!"

[근처에 암천의 졸자들이 있을지도 모르니, 육성으로는⋯⋯.]

"걱정하지 마십시오, 남궁 소저! 이 안에는 암천의 개들이 없으니!"

남궁화란이 아랫입술을 질끈 깨물었다. 전음을 펼칠 내기마저도 소진되어 가는 까닭이었다. 일이 이렇게 되었으니, 어찌할 도리가 없다.

그녀는 천천히 나무 그림자에서 벗어나 곽운상의 앞에 모습을 드러내었다.

"그 말이 사실이기를 바랍니다. 확신하실 수 있는지요?"

"하하, 우리가 탈출을 몇 번이나 시도했는지 소저는 모르실 것입니다. 그 시도 끝에 이 근처에는 암천의 무리가 없으며, 기진(奇陣) 또한 설치되어 있지 않다는 것을 알게 되었지요. 더군다나 소저는 무림맹의 본대와 함께 있을 테니 걱정할 일이 없을 것 아닙니까?"

"죄송합니다만, 무림맹의 본대는 없습니다."

남궁화란이 흘끗 주위를 바라보며 말했다. 곽운상의 얼굴이 구겨졌다.

"그게 무슨 소리입니까, 남궁 소저?"

"곽 소협의 말을 의심하는 것은 아닙니다만, 혹시 암천의 졸개가 부근에 있을지 모르니……."

남궁화란이 근심스러운 얼굴로 그렇게 말할 때쯤, 자명도 천천히 나무 아래에서 걸어나왔다. 곽운상은 피가 튄 옷을 입고 있는 남궁화란과 자명을 번갈아 바라보고는 고개를 끄덕였다.

"알았습니다. 일단은 안으로 들어가시지요."

그렇게 말한 곽운상이 몸을 돌려 빠르게 도관 안으로 걸어들어갔다. 자명과 남궁화란이 그 뒤를 따라 도관 안으로 들어갔다.

"으음."

도관에 들어선 남궁화란이 어두운 안색으로 신음을 내뱉었다.

청진궁(淸眞宮)이라 적힌 현판이 걸려 있는 도관 안에는 서른 명 남짓한 사람들이 있었는데, 그중 십여 명 정도는 피가 묻어 있는 붕대를 묶고 있었다. 청성산의 문도들과 주가장의 사람들, 사자림의 사람들이었다.

곽운상이 흘끗 남궁화란의 시선이 향하는 방향을 따라 고개를 돌리고는 한탄하듯 말했다. 그녀에게 자신들의 상황을 설명해 주려는 것이다.

"주가장과 사자림이 청성산을 찾았을 때에는 평소처럼 청성의 장문 진인과 장로분들, 전대 기인들께서 자리해 계셨습니다. 하지만 저희들이 방문한 지 이틀도 채 되지 않아 장문인과 전대 기인들께서 한 분씩 사라지시더니, 오 일이 되던 날에는 단 한 분도 남지 않으셨지요."

곽운상의 안색이 어두워졌다. 그때 스스로의 실력으로는 해결할 수 없음을 알고 바로 청성산을 떠났어야 했는데, 한순간의 혈기로 청성을 돕겠다며 나섰던 것이다.

"칠 일째 되던 날 동서남북을 짐작할 수 없게 되더니, 길이 보이지 않게 되었습니다. 그리고 삼마존이라는 자들을 만나게 되었지요. 재주껏 덤벼보았습니다만, 그들의 무공은 무서운 것이었습니다. 결국 이렇게 포로로 잡히고 말았지요."

곽운상은 몰랐지만, 기관과 진법의 형상이 완벽히 자리를 잡은 것은 그로부터 며칠이 더 지난 후였다. 외형을 먼저 펼쳐놓고 그 뒤에 내부를 채운 셈이었다.

"몇 번을 탈출하려 했으나 오히려 큰 상처를 얻었을 뿐입니다. 부끄러운 말이지만 자력으로는 탈출할 수가 없었던 것이지요. 하여 무림맹의 구원대를 기다리고 있었습니다만……."

"말씀드렸듯, 무림맹의 본대는 오지 않습니다."

"그게 무슨 소리입니까, 남궁 소저? 또 소저와 함께 온 저 사람은 누구입니까?"

곽운상이 얼굴을 잔뜩 구기며 말할 때였다.

한 명의 청년이 나직한 목소리로 말했다.

"저자는 나 역시 알고 있는 사람일세, 운상."

청년은 남궁화란에게 먼저 포권의 예를 취해 보였다.

"저는 주가장의 소장주로, 태인이라 합니다. 이런 곳에서 뵙게 될 줄은 몰랐습니다만, 천하의 재녀라고 소문난 남궁화란, 남궁 소저를 만나니 반갑기 짝이 없군요."

남궁화란이 마주 예를 취해 보일 무렵이었다. 조급하게 서 있던 곽운상이 질문을 던졌다.

"지금의 상황이 급하다는 것은 알고 있으리라 믿네. 자네가 저 사람을 어찌 아는가?"

"흥, 저자는 무림맹의 사람이 아니니 크게 신경 쓸 것 없네. 저자는 한낱 화공일 뿐이야."

주가장의 소장주, 주태인과 자명의 눈이 마주쳤다. 자명이 쓸쓸한 미소를 지으며 장읍하였지만, 주태인은 아예 거들떠 보지도 않았다.

"그리고 지나치게 건방진 자이기도 하네."

저 화공, 그리고 문성 장주랑 때문에 모든 것이 엉망이 되고 말았다. 저 화공 때문에 문성 장주랑에게 모욕을 받았고, 분기를 참지 못하고 연회장에서 문성 장주랑에게 대들고 말았다.

그 결과, 위임받았던 권력을 다시 아버지께 빼앗기고 말았다. 아버지가 문성 장주랑을 모욕한 일을 트집 잡아 주가장의 실권을 다시 가져간 것이다. 아버지는 그것으로도 부족했는지 오만한 마음가짐을 고쳐야겠다며 자신을 이 청성산까지 보내고 말았다.

청성산에서 이처럼 포로가 되어 생활하던 중에 화공을 만나니 새삼 노기가 치밀어 올랐다.

"말해보아라, 화공. 왜 이곳까지 오게 되었느냐? 사실대로 고하지 않으면 큰 낭패를 보게 될 것이다."

주태인의 말에 자명이 씁쓸하게 웃으며 한숨을 내쉬었다. 아직도 주가장의 소장주는 남을 무시하고 조롱하기를 즐겨하고 있었던 것이다.

자명의 씁쓸한 웃음이 자신을 비웃는 것이라 여긴 주태인이 이를 드러내었다.

"이놈이 끝까지 하늘 무서운 줄 모르는구나. 네가 정녕……."

"그 입 조심하십시오, 주 소협."

자명 대신 남궁화란이 싸늘한 눈으로 주태인을 바라보았다. 그녀는 주태인과 자명 사이에 얽힌 악연을 몰랐지만, 감히 자신의 앞에서 은인을 모욕하는 이를 내버려 둘 수가 없었던 것이다.

주태인이 의아한 눈으로 남궁화란을 바라보았다.

"왜 그러십니까, 남궁 소저. 저자는……."

"듣지 못하셨습니까? 그 입을 조심하라 했습니다."

남궁화란에게서 살기마저도 느껴졌다. 화공은 남궁세가의 은인이기도 했지만, 외로움을 알면서도 늘 웃으며 다른 이의 마음을 살피던 순수한 사람이기도 했다. 한낱 주가장 따위의 소장주에게 모욕을 받을 사람이 아닌 것이다.

"저분은 남궁세가의 은인이니, 주 소협께서 더 이상 실언을 하신다면 남궁세가와 주가장은 같은 하늘 아래 있지 못하게 될 것입니다."

"그게 무슨……."

주태인의 얼굴이 붉어졌다. 문성 장주랑은 개인이나 남궁세가는 단체였다. 적으로 삼기 꺼려지는 것은 장주랑보다도 남궁세가였던 것이다. 하지만 저 화공이 남궁세가의 은인이라는 것은 도대체 무슨 소리인가!

"그만하세, 태인. 우리가 알지 못할 사정이 있는 듯하니……."

곽운상이 얼른 끼어들어 주태인을 말렸다. 그리고는 헛기침을 두어 번 내뱉고 남궁화란을 돌아보았다.

"이제 말씀해 주십시오, 남궁 소저. 무림맹의 본대가 오지 않았다면, 소저는 왜 이곳에 계신 것입니까?"

싸늘한 눈으로 주태인을 바라보던 남궁화란이 시선을 돌려 곽운상을 바라보았다. 그녀의 입에서 고운 한숨이 배어 나왔다.

"이 진법을 파훼할 수 있는 사람은 천하오절을 제외하고 한 명뿐입니다. 신산자 제갈경, 제갈 노사께서 바로 그분이시지요. 하지만 제갈 노사께서는 몸이 불편하시어 청성산까지 발걸음을 하실 수가 없습니다. 때문에 무림맹의 명숙들은 제갈 노사 대신 화공을 보내어 그림을 그리게 한 후, 제갈 노사께 보여 파훼법을 얻는다는 계획을 세웠습니다."

"으음."

곽운상이 이채로운 눈으로 자명을 돌아보았다. 이는 천고에 드문 기사라 할 만한 일이었다. 고작 그림만으로 파훼법을 얻을 수 있던가? 도무지 알 수가 없는 노릇이다.

"화산파와 남궁세가가 그 일을 맡기로 결정하여 이곳 청성산까지 오게 되었습니다. 오늘에야 도착하여 곧바로 화사를 벌였습니다만, 날이 저묾과 동시에 진법이 확장을 시작하더군요. 그렇게 진법에 휘말린 저희는 여러 위험을 겪은 끝에 이렇게 여러분에게까지 오게 된 것입니다."

"진법이 확장했다? 그럴 리가 없습니다!"

곽운상이 믿을 수 없다는 얼굴로 반문했다. 청성산의 진법이 입즉사라는 것을, 그것도 완전히 발동된 것이 아니라는 말을 들었을 때, 곽운상은 경악을 금치 못했었다. 과연 입즉사! 고작 절반만 발동된 진법만으로도 그들은 온갖 고초를 다 겪어야 했었다.

하지만 남궁화란은 '진법이 확장했다'고 말했다. 그것은 진법이 완전히 발동되었다는 뜻, 이제는 들어올 수도 나갈 수도 없다는 뜻이다.

"이 진은 들어오면 죽는다는 무서운 진법입니다. 소저의 무위를 무시하는 것은 아니오나 완전히 발동된 것이 분명하다면 소저는 이미 크게 다치거나……."

"저도 그것을 이상하게 생각하던 중입니다."

남궁화란이 고개를 끄덕였다. 그녀와 자명은 철혈신장을 만난 이후로 어렵지 않게 위기를 피해왔다. 그것은 틀림없이 입즉사라는 이름에는 어울리지 않는 일이었다.

남궁화란이 말을 이어나갔다.

"자세한 사정은 설명할 수 없으나, 저희보다 먼저 독괴, 당노태께서도 진 안에 드셨습니다. 저희가 이토록 무사한 것은 아마 그분의 영향이 아닐까 합니다."

"아!"

곽운상의 얼굴이 희망으로 물들었다. 천하오절이라면 능히 진을 파훼, 아니, 파괴할 수 있음을 짐작한 탓이었다. 하지만 희망은 그리 길게 이어지지 않았다.

곽운상이 나직한 목소리로 입을 열었다.

"내 비록 강호의 지자는 아니지만, 식견이 없는 편도 아닙니다. 천하오절과 신산자 제갈 노사가 아니면 이 진을 파훼할 수 없다 했던가요? 제갈 노사께서는 움직일 수 없으니 이 진은 천하오절을 유인하기 위한 것일 터, 우리는 틀림없이 인질일 것입니다."

남궁화란이 고개를 두어 번 끄덕였다.

자신의 추측이 맞았음에도 곽운상의 안색이 어두워졌다.

"우리가 여태껏 살아 있는 것은, 아직까지는 우리가 그들에게 필요했기 때문일 것입니다. 하지만 이제 저들의 뜻대로 오절이 청성산에 들었으니……."

더 이상 인질을 살려둘 필요가 없다.

곽운상은 말을 끝맺지 않았지만, 좌중의 모든 사람들은 그 뜻을 알 수 있었다.

남궁화란은 눈을 지그시 감고 차라리 잘되었다고 생각했다. 철혈신장 화무백이 당노태태에 대한 원한으로 화공을 쫓고 있었다. 화공의 안위를 생각하면 한시라도 빨리 청성산을 벗어나야 하는 것이다. 이렇게 고립된 무림인들과 합류하게 되었지만 화공의 안위를 생각한다면 인원이 많아진 것 역시 다행인 일이다. 한 손보다는 두 손이 나은 것이 당연한 이치가 아니겠는가!

“서둘러 움직여야겠군요.”

남궁화란이 나직하게 중얼거렸다.

그녀의 말이 끝나자 사람들이 바쁘게 몸을 일으키기 시작했다.

2

청진궁을 벗어난 지 한 시진이 지났다. 탈출을 시도했다가 여러 번 실패했던 일행이 크게 긴장했으나, 암천의 졸개들은 나타나지 않았다. 마치 누군가의 명령을 받은 것처럼 말이다. 곽운상과 남궁화란은 그 이유가 천하오절 때문일 것이라 짐작했다.

이유야 어찌 되었든 이런 천재일우의 기회를 놓칠 수 없었다. 길을 잘 아는 청성파의 문도들이 가장 먼저 앞장을 섰고, 나머지 일행이 그 뒤를 따랐다.

“크흐흑!”

앞장선 청성산의 문도 하나가 비통하게 울음을 터뜨렸다. 자신의 문파에 입즉사라는 초유의 진이 설치되었으니, 그 수모와 한을 감당할 수가 없었던 것이다. 자신의 문파에서 탈출해야 한다는 사실 자체도 비통했고, 문파가 봉문이나 다름없는 지경에 처했다는 것도 비통했다.

그들은 눈물을 흘리며 한 걸음, 한 걸음을 옮겼다. 제일 배분이 높은 듯한 사내가 울분에 찬 목소리로 사제들을 다독였다.

장문인을 찾으면 문파를 재건할 수 있노라고, 산이 중요한 것이 아니라 사람이 중요한 것이라고.

자명의 가슴도 따라서 울적해졌다.

'강호는 무서운 곳이로구나.'

다친 사람들을 보노라면 마음이 편하지 않았다. 죽은 사람이 있을지도 모른다는 것이 믿어지지 않았다. 아름다움으로 대하면 다툼이 없다는데, 저들은 어찌하여 이렇듯 서로를 죽고 죽인단 말인가! 도무지 이해할 수가 없다.

'암천, 예와 법.'

이들을 이렇듯 참혹하게 만들어놓은 곳은 다름 아닌 암천이었다. 예와 법으로 세상을 묶겠다는, 그렇게 하여 슬픔을 없게 만들겠다던 중년인이 떠올랐다.

'암천의 예와 법에 따르자면 청성산의 사람들은 죄인이었던 걸까?'

생각에 빠진 채로 걷고 있던 자명이 한숨을 길게 내쉬었다. 청성산의 사람들이 죄인인지 아닌지 확신할 수 없었던 것이다. 자명은 고개를 돌려 청성산의 사람들을 바라보았다. 무림인들은 생명을 도외시하니, 어쩌면 저 사람들도 살인의 죄를 지었을지도 모른다.

'아니야, 아니야.'

자명이 고개를 절레절레 저었다. 언젠가 듣기를, 정도무림인들은 하나같이 정도를 숭앙하고 규율에 엄격하다 들었다. 청성산의 사람들도 정도무림인이니, 아무 이유 없이 살인을 벌이지는 않았을 것이었다. 물론 정도무림인 중에도 악인이 있겠지만, 그렇게 생각한다면 선인 또한 있으리라.

'암천의 예와 법과 정도의 규율은 서로 어울리지 않는 것일지도 모르겠다.'

자명은 그렇게 생각하며 눈을 지그시 감았다. 생각이 점점 더 깊어졌지만, 알 수 있는 것은 없었다. 할아버지는 예와 법보다 중요한 것이 마음이라고 했다. 저들의 마음은 어떠한가! 서로를 대적하고 서로를 몰아세우고만 있었다.

'아름다움으로 대하면 다툼이 없다던데…….'

자명이 그렇게 울적하게 걸어갈 때였다. 옆에서 걷던 사내가 말을 걸었다.

"이보시오, 화공."

"예? 예."

"실례가 아니라면 부탁을 하나 드리고 싶소이다."

사내는 꼬물거려 작은 나비 조각을 꺼내 들었다. 그것은 사내가 시간이 날 때마다 틈틈이 조각하던 것이었다. 청년의 얼굴은 어둡기 짝이 없었다.

"실은 내게 네 살 먹은 딸이 하나 있는데……."

갑자기 딸의 이야기를 꺼내는 사내의 모습에 자명이 의아한 표정을 지었다. 사내가 자명의 표정을 알아보고는 흐릿하게나마 웃어 보였다.

"어느 날, 그 녀석이 제 어미를 귀찮게 하지 뭐요? 비단옷 사달라고 조르며 떼를 쓰는 통에 내 크게 꾸중을 하였지. 딸아이가 잘못했다고 엉겨붙었지만, 내 다시는 용서하지 않을 거라고 엄포를 놓고는 소장주를 따라 이곳, 청성산까지 오게 되었소."

사내의 이름은 장일(張一)로, 다름 아닌 주가장의 무인이었다. 무위가 낮아 높은 직위에 오르지 못했던 그는 이번에 소장주를 보필하는 임무를 맡게 된 것이다.

"부탁은 내 딸아이에게 사과를 전해달라는 것이라오."

"예?"

자명이 의아한 표정을 짓자 장일이 씁쓸하게 웃었다. 그의 눈에는 눈물이 몇 방울 고여 있었다.

"아비가 미안했다고, 화내서 미안했다고 좀 전해주시오. 정말로 화를 내려던 것은 아니었어. 비단옷을 사주고 싶었는데, 돈이 없어서… 아비가 미안해하더라고, 정말로 화를 낸 건 아니라고 꼭 전해주시오. 미안해하더라고……."

"왜 그걸 저에게……."

"나는 단전을 다쳤소이다. 화공이니 잘 모르겠지만……."

장일은 이제는 근력 하나밖에 믿을 것이 없었다. 하지만 본래 무위가 높지 않았으니, 암천이 아니라 기관 하나에도 살아남을 수가 없을 것이었다.

"동정호 부근에 들르거든 화평촌(和平村)이라는 마을에도 꼭 들러주시오. 시간은 얼마나 걸려도 좋으니, 혹시 들르거든 장소연이라는 아이를 찾아 그렇게 좀 전해주시오."

장일은 그렇게 말하고는 입을 꾸욱 다물어 버렸다. 이미 다른 이들에게도 같은 부탁을 한 번씩 해두었던 장일이었지만, 왜인지 모르게 이번에는 안심이 되었다. 진을 건너보지도 못하고 부상을 입었던 자신들과 달리 이 화공은 진을 건너 자신들이 있는 도관까지 오지 않았던가! 비록 남궁세가의 도움인 것 같지만, 알고 보면 배경 역시 힘이나 마찬가지다.

"직접 전하실 수 있으실 겁니다."

자명이 힘겹게 한마디를 중얼거렸다. 장일은 못 들은 체 절뚝거리며 걸음을 놀렸다.

그렇게 일행이 한 걸음, 한 걸음씩 전진하고 있을 때였다. 가장 앞장서 걸어가던 남궁화란이 문득 걸음을 멈추었다.

"왜 그러십니까, 남궁 소저?"

곽운상이 질문했다. 하지만 남궁화란은 대답할 수 없었다. 억눌러 두었던 내상이 머리를 든 것이다. 하마터면 검은 피를 토해낼 뻔했던 남궁화란이 아랫입술을 질끈 깨물었다. 철령만천에 적중당해서 살아남은 사람은 없다. 하지만 내상이 이렇게 빨리 깊어질 줄은 몰랐다. 문득 죽음에 대한 공포가 밀려들었다.

'이러…….'

그녀는 부지불식간에 뒤를 돌아보았다. 무언가를 깊이 생각하는 화공의 모습이 보였다. 남궁화란은 눈을 질끈 감았다.

'철혈신장도 아직 화공의 목숨을 노리고 있을 거야. 서둘러야 해.'

운기조식을 한다면 조금이나마 더 생명을 연장할 수 있겠지만, 지금은 그럴 때가 아니었다. 남궁화란은 죽음에 대한 공포를 이겨내려 애썼다. 그녀의 몸이 미세하게 떨렸다.

"안색이 좋지 않군요, 남궁 소저. 편찮으신 것입니까?"

"아닙니다, 곽 소협. 다시 출발하지요."

남궁화란이 고개를 절레절레 저었다. 내기는, 진원지기는 조금 더 남아 있었다. 그 안에 일행을 밖으로 인도해야 될 것이었다.

"으음……."

곽운상이 남궁화란을 흘끗 바라보며 걱정스러운 듯 신음을 내뱉었다.

하지만 주태인은 남궁화란의 안색에는 크게 신경을 쓰지 않고 있었다. 그는 오히려 부상자들을 돌아보고 있었다.

'이대로 가다가는 모두 죽는다.'

이처럼 속도가 늦어졌다가는 언제 다시 진법이 발동될지 모른다. 그렇게 되면 모두의 목숨이 위험해지는 것이다.

'부상자들 때문에 속도가 늦어.'

문득 두려움이 밀려들었다. 주태인은 스스로의 공포를 이겨내지 못하고 잠시 걸음을 멈추었다. 이대로라면 모두 공멸하고 말리라. 부상자들을 다른 곳에 떼어놓아야 했다.

'그편이 그들에게도 나을 거야.'

주태인은 그렇게 생각했다. 진법이 발동된다면 가장 먼저 부상자들이 목숨을 잃게 될 것, 그것은 그들 역시도 바라지 않는 일일 것이다. 그들에게도, 자신에게도 부상자는 남아 있는 것이 낫다.

주태인은 스스로의 생각이 옳다고 믿었다. 그것이 자기를 합리화한 것임을, 설혹 그가 옳다 해도 그 의도가 삿된 것임을 그는 생각하지 못했다.

주태인은 흘끔흘끔 뒤를 돌아보며 곽운상에게 말했다.

"부상자들이 걱정일세."

곽운상이 나직한 목소리로 말했다.

"할 수 있는 한은 함께 가보세. 정도인이라면 동도를 버릴 수 없지."

"저들을 버리자는 소리가 아닐세. 남궁 소저의 말대로라면 그림은 무림맹에 전해졌을 테니, 머잖아 무림맹의 구원대가 올 것이 아닌가. 아니, 아미파나 당가 등에 도움을 요청할 수도 있을 걸세. 제아무리 이곳이 마진이라지만, 설마하니 기관이 모든 곳에 설치되어 있지는 않을 터. 안전한 곳을 찾아 부상자들을 보호하고, 나머지 인원이 빠져나가 구원을 요

청하는 것이야말로 아직 멀쩡한 우리들의 일이 아니겠는
가."

곽운상이 흘끔 주태인을 바라보았다.

"저들은 우리의 동료일세. 사지에 두고 갈 수는 없어."

"그것이야말로 많은 사람을 살리는 길일세. 이처럼 속도가
늦어진 상태에서 암천의 졸개들을 만나거나 진법이 발동된다
면 더 많은 사람들이 죽고 말 걸세. 특히 부상자들은 살아남
지 못할 테지. 차라리 부상자들은 안전한 곳에 은신해 있는
것이 나아."

"으음……."

주태인의 표정은 확고했다. 곽운상은 천천히 눈을 감으며
생각에 빠져들었다. 곽운상 스스로가 생각하기에도 주태인
의 말은 일리가 있는 것이다.

그때였다. 수풀에서 부스럭거리는 소리가 들려왔다.

일행의 걸음이 대번에 멈추었다.

"암천의 졸개들이로구나!"

가장 먼저 주태인이 노호성을 터뜨리며 쌍장을 앞으로 들
이밀었다. 본래 주가장의 절기는 검이었지만, 암천에게 검을
빼앗겼으니 쌍장을 펼칠 수밖에 없었다.

하지만 주태인의 쌍장은 곧 무용지물이 되고 말았다. 수풀
에서 검이 한 자루 튀어나오더니, 주태인의 손목을 비끄러맸
던 것이다.

"헉!"

주태인의 안색이 새파랗게 변해갔다. 불현듯 나타난 검은 검면으로 주태인의 손목을 비끄러매고는 마치 매화를 그리듯 부드러운 곡선을 그렸다.

"이건 화산의……?"

상대의 무공을 알아본 주태인이 빠르게 뒤로 물러났다. 그와 동시에 날카로운 고검이 주태인의 목덜미를 겨냥했다.

곧이어 검의 주인이 모습을 드러냈다.

"무량수불. 그대는 암천의 졸개는 아닌 모양이로군. 이름이 무엇인가?"

"저, 저는 하남 주가장의 소장주로, 이름은 태인이라 합니다만."

"화산의 무연자일세. 다음부터는 상대도 모르면서 함부로 공격하지 말게나."

수풀을 뚫고 나타난 인물은 다름 아닌 무연 진인이었다. 무연 진인은 날카로운 눈으로 주태인에게 주의를 준 다음, 싸늘하게 고개를 돌렸다.

"무연 진인, 무사하셨군요!"

뒤쪽에 서 있던 자명이 깜짝 놀라 크게 외쳤다. 청성산의 진법에 들어선 이후로 헤어졌던 무연 진인이 다시금 모습을 드러낸 것이다. 그간의 고생이 적지 않았던지, 무연 진인의 전신에는 검상이 가득 그어져 있었다.

무연 진인이 어두운 안색으로나마 미소를 지어 보였다.

"남궁 소저와 소협께서도 무사하셨군. 천존의 돌봄이 없지는 않았나 보이."

그 뒤를 이어 수풀에서 혜운이 불쑥 고개를 들었다. 혜운은 자명의 목소리를 알아들었는지, 대번에 울음부터 터뜨렸다.

"화공, 흐흑, 화공!"

혜운이 빠르게 자명에게로 달려오더니, 단번에 자명의 가슴팍에 안겼다.

자명의 눈이 휘둥그레졌다. 하지만 혜운을 떨쳐 낼 수는 없었는데, 그것은 가슴팍에서 축축한 습기가 느껴졌기 때문이다. 그것은 혜운의 눈물이었다.

"무사했구나, 화공은. 나는 너무 무서웠어요. 사람이, 사람이……."

놀란 듯 서 있던 자명이 안쓰러운 미소를 지어 보였다. 자명은 저도 모르게 혜운의 머리에 손을 가져간 다음 머리를 쓰다듬어 주었다.

"이제 괜찮습니다, 혜운 소저."

무엇이 괜찮다는 것일까? 자명은 자신이 말하고서도 씁쓸한 표정을 지었다. 비록 사람은 많아졌지만 아직까지 그들은 진법의 한가운데에 있고, 위험은 여전히 주위에 도사리고 있었던 것이다.

자명이 혜운을 다독이고 있는 사이, 남궁화란이 핏기없는 얼굴로 장읍하였다.

"무사하셨군요, 무연 진인."

"아니, 무사하지 못하네. 제자들을 많이 잃었어. 호기롭게 창궁무애단까지 내 지휘하에 두었거늘, 많은 인명을 잃고 말았네."

무연 진인의 얼굴에 숨길 수 없는 죄책감이 떠올랐다. 남궁화란이 어두운 표정으로 고개를 돌려 보였다. 창궁무애단이 일곱 명으로 줄어 있었다.

남궁화란은 무심한 얼굴로 그들에게도 장읍하였다. 화들짝 놀란 창궁무애단원들이 마주 예를 표했다. 세가의 직계인 그녀의 인사를 그대로 받을 수가 없었던 것이다.

"죄송합니다. 모두 소녀가 부덕한 탓입니다."

남궁화란의 목소리가 부르르 떨렸다.

무연 진인이 침중한 목소리로 입을 열었다.

"무량수불. 환상이 펼쳐졌을 때 가장 많은 사람을 잃었네. 살아남은 이들은 한데 모여 탈출을 시도했지. 하지만 곧 기관을 만나고 말았네. 그때에는 막을 수 있었거늘, 내가 제대로 다스리지 못하여 필요없는 인명까지 잃고 말았어."

무연 진인은 어떻게 하여 인명을 잃었는지를 하나하나를 설명했다. 그 설명 하나 속에 깊은 후회가 묻어나고 있었다. 때문에 남궁화란은 아무런 말도 하지 못했다.

"오히려 나보다 혜운 도우가 더 도움이 되었네."

무연 진인이 고개를 돌려 혜운을 바라보았다.

가장 예상 밖이었던 것은 혜운의 존재였다. 짐만 되리라 생각했던 것과 달리, 그녀는 침착했다. 그녀가 배운 추종술이 지형의 변화를 읽어내어 기관의 존재를 조금이나마 밝혀냈던 것이다. 혜운은 화산파의 문도 한 명이 덧없이 목숨을 잃었을 때에 잠시 평정을 잃었지만, 놀랍게도 금세 충격을 이겨내고 무연 진인을 도왔다.

하지만 그것은 충격을 이겨낸 것이 아니라 억눌러 왔던 것인가 보다. 화공을 보고 긴장을 풀리자 저렇게 울음을 터뜨리는 것을 보면 말이다.

무연 진인은 물끄러미 혜운을 바라보다가 고개를 절레절레 저었다.

"이 피를, 내게 얽혀 있던 생명을 잃어버린 이 죄를 어찌 다 감당해야 할 것인가. 화산에 오르거든 매화동에 들어 참회를 해야겠네."

"일단은 이 진법에서 벗어나는 일부터 생각해야 할 듯합니다."

남궁화란이 말했다. 무연 진인은 고개를 절레절레 저었다.

"우리도 이 진을 벗어나려 했네. 하지만 계속 같은 곳만 돌게 되더군. 저것이 보이는가?"

남궁화란이 무연 진인이 가리키는 곳으로 고개를 돌렸다.

검상을 입은 나무 한 그루가 서 있었다. 그녀는 미처 짐작하지 못하였지만, 나무에 남은 흔적은 매화검법의 흔적이었다.

"내가 표시해 둔 것일세. 이 길은 벌써 세 번째 와보는 것이야. 도저히 방향을 잡을 수가 없어."

"우측으로 가야 합니다."

무연 진인에게 말한 것은, 남궁화란이 아니라 자명이었다. 여태 혜운을 다독이고 있던 자명이 신비로운 눈으로 무연 진인을 바라보았다.

"우측으로 가야 해요."

자명이 다시 한 번 말했다.

순간 무연 진인의 눈에 이채가 떠올랐다. 심안, 화공은 바로 심안의 공능을 얻은 사람이었다. 그것은 매화검진을 파훼할 때에 이미 짐작했던 것이었다. 그렇다면 설마 이 화공은 길을 볼 수도 있는 걸까?

"확신할 수 있겠는가?"

자명이 고개를 두어 번 끄덕였다.

잠시 자명의 눈을 바라보던 무연 진인이 깊은 한숨을 내쉬었다. 이와 같은 위기의 상황에서도 화공의 눈은 깊고도 맑기만 한 것이다.

"믿어야 할 것입니다, 무연 진인. 우측으로 방향을 잡겠습니다."

남궁화란이 한 걸음 앞으로 나서서 말했다. 그녀는 고개를 돌려 우측을 바라보았다.

　주태인은 그것이 마음에 들지 않았다. 어찌 한낱 화공을 믿고 걸음을 놀릴 수가 있단 말인가! 그가 이 무서운 진법을 어찌 헤아릴 수 있겠는가.

　"무연 진인이라 하셨지요? 저, 주가장의 소장주는 저 화공을 믿을 수 없다고 봅니다만."

　무연 진인이 고개를 돌려 무심한 눈으로 소장주를 바라보았다. 본래대로라면 후학을 위해 자세히 설명을 해주어야 하지만, 그러기에는 너무 지친 무연 진인이었다. 성급하고 단순한 성정의 무연 진인은 아예 설명하지 않기를 선택했다.

　그는 무심히 고개를 돌리고는 자명에게로 걸어갔다.

　"그렇다면, 이 무연자가 소협을 보호하겠네. 소협은 걱정 마시고 길을 열어주시게."

　자명이 고개를 끄덕이고는 혜운을 다독여 달래며 떼어냈다. 하지만 혜운은 눈물범벅이 된 얼굴로 자명에게서 벗어나지 않았다.

　그것은 한 시진이 지나도 변하지 않았다.

第九章
네가 저들에게 아름다움을
가르쳐 보렴

화공도담
畵工道談

1

주태인은 흔들리는 시선으로 주변을 바라보고 있었다. 날이 저문 지 오래되었건만 동은 트지 않았다. 마치 영원히 진법 안을 떠돌 것 같은 느낌이 들었다. 더군다나 길을 안내하는 화공 놈이 옳은 길이라고 해놓고 이리저리 방향을 비틀지 않는가!

'저 화공 놈 탓이다. 한낱 화공 주제에 어찌 입즉사를 파헤칠 수 있단 말인가!'

화공이 길을 안내하고 있었지만, 도무지 믿음이 가지 않았다. 오히려 불길한 생각도 들었다.

'생각해 보면 이상한 일이지. 한낱 화공 놈이 어찌 남궁세가의 은인이 될 수 있겠어?

어쩌면 화공 놈은 일부러 남궁세가에 접근한 것일지도 모른다. 화공으로 가장하고 일부러 남궁세가에 들었다면, 필시 정도의 인물일 리가 없다.

'혹시 저놈은 암천의 간세가 아닐까?'

그렇게 생각하니 모든 것이 말이 된다. 한낱 화공 주제에 남궁세가의 은인이 된 것도, 한낱 화공 주제에 입즉사에 든 것도 설명이 되는 것이다. 그렇다면 지금 길을 안내하는 것은 틀림없이 일행을 사지로 이끌기 위함일 것이다.

주태인이 앞장서 걸어가는 자명을 바라보았다. 가장 앞에는 무연 진인이 화공의 안내를 따라 걸어가고 있었고, 그 뒤에는 화공이 혜운 소저와 함께 걸어가고 있었다.

혜운 소저는 한참이 지나도 자명에게서 떨어지려 하지 않았다. 길이 험해질수록 혜운은 자명의 등 뒤에 붙어 꼼짝도 하지 않았다.

"너무 두려워하지 마십시오, 혜운 소저."

자명이 안쓰러운 미소를 지으며 혜운에게 말할 때였다.

주태인이 문득 걸음을 멈추었다.

"나는 더 이상은 저 화공을 믿을 수가 없습니다."

주태인의 말과 동시에 일행의 걸음도 멈추었다. 운곡 도고가 피곤한 눈으로 주태인을 돌아보았다.

"그게 무슨 뜻인지요?"

"저 화공의 정체가 의심스럽다는 뜻입니다. 지금 가는 길을 보십시오. 길도 없는 곳으로 향해가고 있을뿐더러, 어디를 보아도 하산하고 있다는 느낌은 들지 않습니다."

그 말에 운곡 도고가 주위를 둘러보았다. 사실, 화공이 미심쩍기는 그녀 역시도 마찬가지였다. 청성산으로 오던 마차 내에서 그녀는 화공이 알지도 못하는 것을 고민하는 것을 보았었다. 그렇다면 지금도 알지 못하는 길을 안내하는 것일지도 모르는 것이다.

'혹시 화공이 공명심에 이끌린 것이라면……'

그렇다면 지금의 일에는 길보다 흉이 더 많을지도 모른다. 운곡 도고는 화공 쪽으로 시선을 돌렸다. 그사이 주태인이 말을 이어나갔다.

"무연 진인께서 아무런 말이 없으니 잠자코 있었습니다만, 이렇듯 이상한 길로만 가게 되니 언급치 않을 수가 없군요. 저는 저 화공을 믿을 수 없으니, 다른 길로 가기를 주장합니다."

곽운상을 비롯한 다른 무인들도 고개를 끄덕였다. 그들도 한낱 화공에게 길을 맡긴 것이 불안하기는 마찬가지였던 것이다. 심지어 청성산의 문도들도 동의를 표했는데, 방향을 자꾸 바꾸어 자신들에게조차 낯선 길로 일행을 이끄니 불안한 마음이 들었던 것이다.

하지만 그들 모두 자신들이 위험을 피하고 있음을 알지 못했다. 그들은 다른 길로 갔더라면 이보다 더 큰 낭패를 보았을 것임을, 진의 사문을 피해 생문을 향해가고 있음을 알 수가 없었던 것이다.

"무례하군요. 저 화공은 남궁세가의 은인입니다. 굳이 필요하다면 세가의 이름으로 보증하지요. 저분께서 옳다고 판단하셨으면, 그 길이 옳을 것입니다."

"그에 관해서는 남궁세가에도 드릴 말씀이 있습니다. 소저는 저 화공의 신분을 명확히 파악하셨습니까?"

"그게 무슨 소리인가요?"

"저 화공의 과거 행적을 알고 계시느냐는 질문입니다."

주태인의 말에 남궁화란의 표정이 한층 더 냉랭해졌다. 지금 주가장의 소장주는 아예 화공의 정체 자체를 의심하고 있었던 것이다.

"지금 주가장은 남궁세가를 믿지 못하겠다는 뜻인가요?"

"흐음, 그런 뜻은 아닙니다만, 선자불래 내자불선이라, 저자의 의도가……."

"그 입조심하라고 했을 텐데요."

남궁화란의 표정은 빙설과 같았다. 심지어 그녀의 목소리조차 담담하기만 하다. 하지만 그녀의 전신에서는 살기가 일어나 있었다.

"내 말은 남궁세가를 믿지 못하겠다는 게 아니라… 헉!"

무어라 말하려던 주태인이 정신없이 뒤로 물러났다. 달빛을 받아 섬뜩하게 빛나는 검날이 그의 목을 겨냥하고 있었던 것이다.

"고작 그대 따위가……."

"그만! 그만하세요!"

운곡 도고가 뛰어들어 남궁화란을 막아섰다. 당황한 눈으로 서 있는 주태인에게는 사자림의 소림주, 곽운상이 다가갔다.

"뜻을 하나로 모아도 부족할 때인데, 어찌 일행을 분열시키려 하십니까! 또한 저 화공을 믿기에는 우리가 아는 것이 부족하니……."

운곡 도고가 그렇게 말하며 자명을 바라보았다. 자명은 시종일관 담담한 눈으로 운곡 도고를 바라보고 있었다. 도대체 저 화공에게서는 왜 두려움이 보이지 않는단 말인가! 경지에 이른 무인처럼 보이는 화공의 모습에 운곡 도고는 알 듯 모를 듯한 표정을 지었다.

그때, 가장 연장자이면서도 아무런 말없이 서 있던 무연 진인이 한 걸음을 앞으로 나섰다.

"스승께서는 세 번 생각하지 말고는 입을 놀리지 말라고 했는데, 이제 세 번 생각했으니 입을 놀려도 무방하겠지. 무량수불, 남궁 소저는 들으시게. 지금은 뜻이 하나로 모여야 할 때라는 운곡의 말이 옳네. 검을 수습하시게."

남궁화란이 무연 진인을 흘끔, 바라보고는 검을 수습했다.

무연 진인은 이번에는 주태인을 바라보았다.

"지금 이 자리에 있는 사람 중 가장 경험이 많은 사람도 본도이고, 가장 배분이 높은 것도, 가장 무위가 높은 것도 본도라고 짐작하네. 인정할 수 없으면 말하시게."

"이, 인정합니다."

"그렇다면 본도가 가만히 있는 일을 왜 네가 나서느냐! 너는 무림의 선배에 대한 예의도 모르느냐? 아니면 본도가 그만한 생각도 못할 것 같으냐?!"

무연 진인이 버럭 고함을 질렀다. 폭급한 그의 성정이 마침내 폭발하고 만 것이다. 날카로운 기세를 맞이한 주태인이 꿀 먹은 벙어리가 되었다.

무연 진인의 몇 마디 말로 상황이 깔끔하게 정리되었다. 무연 진인은 흘끔 주위의 무인들을 바라보고는, 고개를 절레절레 저으며 다시 걸음을 놀렸다.

그때, 또다시 주태인의 목소리가 들려왔다.

"좋습니다. 무연 진인께서 말씀하신다면, 저 화공을 믿도록 하지요. 하면 속도를 조금 빨리해야 할 것 같습니다. 이대로라면 언제 진법이 발동할지 모르는 까닭입니다. 저는 부상자들을 안전한 곳에 두어 그들의 안위를 보존케 하고, 아직 무탈한 사람들이 먼저 나가 무림맹의 본대와 합류한 후 다시금 청성산에 진입해야 한다고 봅니다."

"이놈이 끝까지……!"

불같은 성정의 무연 진인이 노기 어린 얼굴로 고개를 돌렸
다.

운곡 도고가 끼어들었다.

"사숙, 저 말은 고려해 보셔야 하는 것이 아닌가 싶습니
다."

"운곡! 네놈이 기사멸조의 죄를 저지르려느냐! 지금 너는
동문 사형제를 버리고 가자는 소리를 하는 게 아니냐!"

운곡 도고가 고개를 절레절레 저었다. 그녀의 눈에는 눈물
이 고여 있었다.

"아니요, 그런 뜻이 아닙니다. 저는 청허(淸虛) 사질이 걱정
돼서 그래요, 사숙."

눈물이 맺힌 운곡 도고의 눈에 무연 진인의 노기가 조금이
나마 누그러들었다. 무연 진인은 고개를 돌려 화산의 문도 쪽
을 바라보았다. 청허자가 핏기없는 얼굴로 서 있었다.

청허자는 운곡의 사질이었다. 먼 옛날, 어렸던 청허자가 배
분을 이해하지 못하고 '누나한테 이거 줄게' 하고 당과를 준
일이 있었는데, 그 이후로 운곡은 청허자를 친동생 여기듯 했
던 것이다. 청허자 역시 그런 운곡을 큰누이처럼 여기고 있었
고 말이다. 지금까지 청허자가 살아 있는 것 역시 운곡이 필
사적으로 그를 보호한 까닭이었다.

그런데 지금 청허자는 기관에 의해 발목을 크게 다쳐 걸을
수가 없는 지경이었다. 지금까지 걸어온 것만도 용하다 할 수

있는 일이었다.

"청허 사질은 더 걸을 수가 없습니다, 사숙. 정말로 진법이 발동되었다가는 크게 다칠지도 몰라요."

운곡 도고는 비록 주태인의 말에 동의했으나, 그 의도만은 그와 달랐다. 주태인은 스스로의 안위를 먼저 돌봤으나, 운곡 도고는 사질의 안위를 먼저 생각한 것이다.

무연 진인이 신음을 길게 내뱉었다.

"으음……."

가만히 서 있던 자명이 당황한 표정을 지었다. 생기와 살기가 뭉친 요상한 곳은 어딘가를 축으로 삼아 수도 없이 바뀌고 있었다. 자명이 계속 방향을 바꿔왔던 것은 바로 그런 이유에서였던 것이다.

자명은 저도 모르게 고개를 돌려 자신에게 한 가지 부탁을 했던 사내를 바라보았다. 유언 대신 딸에게 사과를 남겼던 사내였다. 사랑한다는 말 대신 미안하다는 말밖에 하지 못하던 사내였다.

자명이 부지불식간에 말하였다.

"아니 됩니다, 진인."

"하지만 일리가 있어. 지금은 확실히 부상자들의 안위가 위태롭네."

"기운이 뭉친 곳을 피해서 걷고 있지만, 자꾸 그 위치가 바뀌어요, 진인. 위험해요."

무연 진인이 놀란 표정을 지었다. 지금 화공의 말은 생문과 사문이 바뀐다는 뜻이 아닌가! 자꾸 방향을 바꾸기에 이상하다 여겼는데, 알고 보니 그러한 이유에서였나 보다.

뒤쪽에 서 있던 운곡 도고가 뾰족하게 외쳤다.

"그게 무슨 소리인가요?"

"정말이에요. 지금은 안전하다 해도 곧 위험해지고 맙니다, 도고."

화공의 눈은 맑고도 맑았다. 그 눈망울이 운곡 도고의 마음에 턱 걸렸다. 하지만 운곡 도고에게는 아직까지도 의심이 남아 있었다. 이 화공이 정말로 알고나 그런 말을 하는 것일까? 혹시 헛된 공명심에 취해 억지로 일행을 이끄는 것이 아닐까?

"그 말을 책임질 수 있나요? 이대로 가다가는 모두 죽어요. 내 사질까지……."

"운곡 도고의 말이 옳습니다!"

뒤에서 상황을 바라보던 주태인이 크게 외쳤다. 그는 단호한 표정으로 주위를 바라보며 설득했다.

"생각해 보시오. 지금 이대로 걸어가다가는 모두가 위험해지오. 설혹 저자의 말대로 위험한 곳의 위치가 바뀐다고 해도 바로 위험해지지는 않을 것이 아니오? 이대로 가다가 진법이 발동된다면 반드시 죽는단 말이오, 반드시!"

주태인의 말이 정곡을 찔렀는지, 자명이 어찌 말하지 못하고 당황한 듯 머뭇거렸다. 확실히 입즉사의 변화는 자명으로서도 짐작할 수가 없었던 것이다. 바로 위험해질 수도 있고, 위험이 멀 수도 있다.

곰곰이 무언가를 생각하던 무연 진인이 고개를 끄덕였다.

"일리가 없지는 않군."

"아니 됩니다. 위험이 늦게 찾아올 수도 있지만, 곧 찾아올 수도 있는 까닭입니다. 아니 되요, 무연 진인."

자명이 다급히 고개를 저으며 말했다.

가만히 상황을 지켜보던 주태인이 버럭 고함을 질렀다.

"자네가 남궁세가의 은인이라 하나 무림의 웃어른이신 무연 진인께서 저리 말씀하시는데 자네가 무엇이라고 왈가왈부하는가! 지금 우리는 무연 진인께 상황을 맡겨야 할 것일세!"

자명이 무심코 주태인을 돌아보았다. 자명은 주태인이 두려워하고 있음을, 조급해하고 있음을 알 수 있었다. 그것을 생각하니 가슴이 답답해졌다. 주가장의 소장주는 살기 위한 몸부림을 치고 있을 뿐이었다. 그것은 누구도 탓할 수가 없는 것이었다.

하지만 이대로 있을 수는 없었다.

"아니 됩니다. 모두 함께 가야 해요."

"흥! 오만하군! 자네가 무어라고 가부를 결정한단 말인가?"

주태인이 싸늘하게 말했다. 일행은 이미 주태인에게로 넘어가 있었다. 사람들은 하나같이 반대한다는 얼굴로 자명을 바라보고 있었던 것이다.

남궁화란은 문득 자명을 바라보고는 아랫입술을 질끈 깨물었다.

'진 화공, 그대는 괜찮은가요?'

남궁화란의 시선을 느꼈는지 자명이 고개를 돌려 그녀를 바라보았다. 문득 자명의 입가에 서글픈 미소가 떠올랐다. 남궁화란은 하마터면 눈물을 흘릴 뻔했다.

모두가 화공을 배척하고 있는데, 화공은 화를 내지 않았다. 마치 화를 낼 줄 모르는 사람처럼 외롭게 홀로 서서 웃어 보일 뿐이었다. 그것은 남궁화란에게 또 다른 심상을 불러일으켰다. 내가 사랑한 사람은 모두 다 떠나갔다며 외롭게 웃던 화공이 떠오른 것이다.

그리고 지금, 누구의 이해도 받지 못한 채 홀로 서 있는 화공의 모습은 그 어느 때보다도 외로워 보였다.

'진 화공, 그대는 아무렇지도 않나요?'

남궁화란의 마음이 깊어졌다. 자명에 대한 마음이 점점 커져 간 것이다. 그 때문일까? 그녀는 자신의 죽음이 가깝다는 것마저 잊어버리고 말았다. 그저 한 가지를 소망할 뿐이었다.

그가 지금처럼 외롭지 않기를. 그의 주위에 누군가가 있어주기를.

이제 그것은 더 이상 그가 세가의 은인이기 때문이 아니었
다.

"남궁세가의 장녀, 남궁화란이 창궁무애단에게 명을 내립
니다!"

남궁화란이 크게 외치자 창궁무애단원이 하나같이 부복했
다.

"남궁세가는 은인과 함께할 것입니다. 부상자를 호위하겠
습니다!"

"뜻을 받드옵니다!"

창궁무애단원들이 빠르게 부상자들에게로 다가갔다.

사람들은 하나같이 당황한 눈으로 그 모습을 바라보았다.
창궁무애단원이 남는다면 멀쩡한 무인이 일곱 명이나 사라
지는 것과 다름없는 것이다. 아니, 문제는 그뿐만이 아니었
다.

"그대는, 소협은……!"

운곡 도고는 노기 띤 눈으로 화공을 돌아보았다. 화공이 안
내하는 길은 아직도 의심스러웠지만, 무연 사숙께서는 그를
믿고 있었다. 그렇다면 자신 역시 저 화공을 믿어야 할 것이
었다.

"길을 안내해야 할 그대가 사라진다는 말은 나머지 일행도
출발할 수 없다는 뜻임을 모르나요?"

운곡 도고가 날카롭게 중얼거렸다. 그녀는 문득 청허 사질

을 바라보았다. 청허 사질은 여전히 핏기없는 얼굴로 서 있었다. 얼른 밖으로 달려가 도움을 청해야 하는데, 그래야 청허 사질을 구할 수 있는데 지금은 움직일 수가 없다. 청허 사질과 함께 사지에 남아 있을 수밖에 없는 것이다. 운곡은 자신이 죽더라도 청허 사질을 살리고 싶었다.

"소협이 일행을 사분오열시키고 있다는 것을 진정 모르겠나요?"

운곡 도고의 표정이 한층 더 냉랭해졌다.

그때였다. 어디선가 챙강, 하고 병장기가 부딪치는 소리가 들려왔다. 무연 진인이 경호성을 터뜨렸다.

"이, 이런!"

운곡 도고와 자명이 동시에 옆을 돌아보았다. 무연 진인이 흑의 무복을 입은 자를 마주해 날카롭게 매화검법을 펼치고 있었다.

문제는 흑의 무복을 입은 자가 하나가 아니란 점이었다.

"모두 대비하라! 암천의 졸자들이다!"

무연 진인이 다시 한 번 경호성을 터뜨렸다. 그리고는 매화난검을 펼쳐 흑의 무복을 입은 사내와 마주쳐 들어갔다.

2

흑의 무복을 입은 자들은 삼십 년 전에 흑풍대(黑風隊)라

불렸던 자들이었다. 그들은 달리 흑풍사신(黑風死神)이라고
도 불렸는데, 그 이유는 암천의 혈사가 종료된 후에도 잔당으
로 남아 무림인들을 괴롭혔기 때문이다. 무림맹은 십여 년간
흑풍대를 쫓아 수많은 혈전을 벌었어야 했다.

　하지만 한참의 세월이 지난 지금, 그들을 기억하는 사람은
없었다. 흑풍대는 이미 멸망한 것으로 치부되어 있었던 것이
다.

　"경시할 자가 아니로구나!"

　무연 진인이 노호성을 터뜨리며 매영만천의 초식을 펼쳐
흑풍대의 대주를 압박해 들어갔다. 무연 진인의 무위는 결코
작지 아니한 것, 그가 펼치는 매화검은 그야말로 무림의 일절
이라 할 만한 것이었다.

　그러나 흑풍대의 대주의 무위 역시 작지 않았다. 비록 버거
워 보이기는 해도 단신의 힘으로 무연 진인의 검을 마주해 가
지 않는가!

　무연 진인의 모골이 송연해졌다.

　'이런, 이러다가는 낭패를 보겠다.'

　검을 나누면서도 무연 진인은 고개를 돌려 다른 이들을 살
폈다. 운곡 도고가 재빨리 청허자에게 날아가 부상자들을 공
격하는 흑의무인들을 막아내고 있었고, 화산파의 문도들은
저마다 흩어져 흑의인들의 검을 피해내고 있었다.

　"모두 흩어지지 마라!"

무연 진인이 그렇게 외치자 그와 마주하던 흑의인이 잇소리를 내며 검을 찔러 넣었다. 무연 진인은 암향표를 펼쳐 흑의인의 검을 밟고 높이 솟구쳐 올랐다.

"흩어지면 각개격파될 것! 한데 뭉쳐 상대한다!"

"뜻을 받드옵니다, 무연 사숙!"

화산파 도사들이 마주하고 있던 흑의인을 뿌리치며 한데 뭉쳐갔다. 오직 운곡 도고만이 청허자 주위에서 떠나지 않았을 뿐이다. 무연 진인은 화산파의 문도들을 흘끗 보고는 자신을 공격하던 흑의인을 피해 주태인과 곽운상에게로 걸어갔다.

"물러서시게!"

쌍장을 날리던 주태인에게로 다가간 무연 진인이 주태인의 목덜미를 움켜쥐고 뒤로 확 당겨 버렸다. 주태인이 속절없이 뒤로 튕겨 나갔다.

곽운상이 주태인을 흘끔 보고는 그를 따라 물러났다. 암천에 의해 병장기를 빼앗긴 그들로서는 함부로 적을 상대할 수가 없었던 것이다.

곽운상과 주태인의 앞에 서 있던 무연 진인이 호흡을 길게 내뻗으며 검을 뻗어나갔다. 적의 빠른 검로에 비하면 무연 진인의 검은 너무나 느렸다.

"위험합니다!"

곽운상이 크게 외칠 무렵이었다. 후발선제라던가? 늦게 뻗어진 무연 진인의 검은 오히려 흑의인의 검보다도 빠르게 도달했다. 일행이 위기에 처한 지금, 무연 진인이 익혀온 무공의 정화가 모습을 드러낸 것이다.

"크윽!"

흑의인 하나가 허리춤을 움켜잡고 스르르 무너져 갔다. 단일검에 허리를 꿰뚫리고 만 것이다. 쓰러지는 것과 동시에 흑의인의 눈에서 빛이 사라졌다.

무연 진인은 흑의인이 쥐고 있던 도를 발로 툭, 쳐서 공중으로 띄웠다. 그리고 검을 들지 않은 손으로 그것을 부드럽게 튕겨 곽운상에게 던졌다.

"사자림의 사자노호도(獅子怒號刀)는 무림의 일절이라 알고 있네! 믿어도 되겠는가?"

"걱정하지 마십시오!"

곽운상이 두어 걸음 재빨리 내딛으며 무연 진인이 던진 도를 받아 들었다. 도를 받아 들자마자 곽운상은 기이한 궤적을 흩뿌려 흑의인을 베어갔다.

한편, 운곡 도고는 조급한 마음을 감출 수가 없었다. 그녀의 뒤에 있는 청허자가 절룩거리며 흑의인을 상대하고 있었던 것이다.

"물러나라, 청허 사질!"

"사고야말로 물러나십시오!"

청허자가 운곡 도고 대신 싸우겠다는 듯 크게 외치며 매화만개의 초식을 펼쳐 나갔다. 하지만 검법은 보법에서부터 나오는 것, 다리를 다친 청허자의 검이 제대로 이어질 리가 없다.

오히려 청허자가 위험에 처하자 운곡 도고가 크게 도호를 외쳤다.

"무량수불!"

운곡 도고의 검이 빠르게 쇄도하여 흑의인의 목을 베어나갔다. 청허자의 단전을 노리던 흑의인이 칫, 소리를 내며 운곡 도고와 검을 마주해 갔다.

그러자 청허자가 넘어지듯 몸을 기울이며 흑의인의 가슴팍에 검을 꽂아 넣었다. 흑의인은 운곡 도고를 피하려다 청허자의 검에 목숨을 잃고 만 것이다.

일행이 수세에 몰리자 흑풍대의 대주가 우렁차게 외쳤다.

"흑풍만화진(黑風萬化陣)을 개진하라!"

흑풍대는 아예 대답도 하지 않았다. 그저 일사불란하게 뒤로 물러나더니, 이내 각자 열을 맞춰갔다. 무연 진인이 노호성을 터뜨리며 뛰어들었지만 흑의인 두셋을 쓰러뜨렸을 뿐, 개진하는 것을 막지는 못했다.

"이런! 모두 경계하라!"

무연 진인이 재빨리 뒤로 물러나며 외쳤다.

마침내 흑풍만화진이 개진되었다. 삼십 년 전, 암천의 혈사

때에 수백 명의 목숨을 가져간 저주받은 검진이 마침내 열리고 만 것이다.

화산파과 청성파의 문도들, 주가장과 사자림, 창궁무애단의 무인들은 한데 뭉쳐 검을 외부로 뻗어갔다. 가장 먼저 검진을 맞이한 것은 무연 진인이었다.

"으음!"

마주한 한 명이 사라지니 다섯 개의 검날이 날아든다. 무연 진인은 구궁보를 펼쳐 다섯 개의 검날을 피해냈다. 무연 진인을 비껴간 검날은, 이번에는 그 뒤에 서 있던 화산파 제자에게로 쏘아져 나갔다.

"이런! 청구(淸久)야!"

"사, 사조… 님……."

청구라고 불린 화산파의 문도가 스르르, 스러져 갔다. 상반신이 반 토막 나다시피 쩍 벌어지더니, 뒤로 털썩 쓰러지고 만 것이다. 무연 진인이 비명을 토해냈다.

"안 돼! 안 된다, 청구야!"

"위험합니다! 사조!"

화산파의 문도 하나가 무연 진인에게 벼락처럼 외쳤다. 뒤를 돌아보고 있던 무연 진인의 고개가 벼락처럼 돌아갔다. 또다시 검날이 그들에게 날아오고 있었다.

자명은 함부로 몸을 움직이지 못했다. 이러한 광경은 자명이 처음 보는 것이었다. 두려웠다. 흑의인을 공격하는 화산의 문도들도, 부상자들을 공격하는 흑의인의 검날도 무서웠다. 저들은 서로를 죽이기 위해 혼신의 힘을 다하고 있었던 것이다.

한 폭의 지옥도였다. 현세가 아니라 아귀들이 다툼을 벌이는 끔찍한 그림이었다. 그리고 그것은 너무도 슬픈 광경이었다. 화산파의 문도들은 깊은 정으로 서로를 살리기 위해 애를 쓰고 있었고, 그것은 나머지 문파들도 마찬가지였던 것이다. 설마하니 흑의인이라고 다르겠는가? 그들에게도 정이, 그리움이 있을 것이었다.

'아름다움으로 대하면 다툼이 없다던데……'

자명의 눈에 눈물이 차올랐다. 자명은 몸을 덜덜 떨면서, 저도 모르게 눈가를 훔쳤다. 아름다움으로 대하면 다툼이 없다던데, 저들은 서로를 죽이려고만 하고 있었다.

그때, 자명의 앞에서 화산파 도사 하나가 흑의인의 가슴을 꿰어버렸다. 그와 동시에 자명의 옆자리에 한 자루의 검이 튕겨져 날아왔다. 자명은 눈물을 흘리면서 검을 쥐어 들었다.

'나는……'

파파는 뜻을 세웠으면 꺾이지 말라고 했다. 아름다움으로 대하면 다툼이 없다 했으니, 다툼을 말려야 할 것이었다. 자신의 의도와 관계없이 벌어진 다툼이었으나 자명은 헛된 죽음을 두고 볼 수 없었다.

어떻게 파지해야 하는지 몰라 검결지도 맺지 못한 채 자명은 힘겹게 검을 움켜쥐었다.

'나는 막아야, 막아야 해.'

화산파 도사 한 명이 흑의인의 목덜미에 검을 찔러 넣고 있었다. 자명은 저도 모르게 검을 아무렇게나 휘두르며 뛰어들었다.

챙―!

하지만 자명의 검은 뜻을 이루지 못했다. 또 다른 흑의인 하나가 다가와 자명의 검을 튕겨낸 것이다. 무학을 모르는 자명의 검을 튕겨내는 것은 흑의인에게는 너무 쉬운 일이었다.

혜운과 남궁화란이 동시에 비명을 질렀다.

"진 화공!"

먼저 혜운이 난피풍검법을 펼쳐 자신 주위의 흑의인들을 뿌리쳤다. 아직 살인을 해본 적이 없는 혜운이었지만 그녀의 재능은 남다른 데가 있었던 것이다. 그사이 남궁화란이 마지막으로 내기를 끌어올려 자명에게로 뛰어들어 흑의인을 베어 나갔다.

흑의인이 재빨리 남궁화란의 검을 튕겨내었다.

자명은 검을 늘어뜨린 채 또다시 눈물을 훔쳤다.

"피하십시오, 은인!"

흑의인과 세 합을 나누던 남궁화란이 핏기없는 얼굴로 흑의인에게서 물러나 자명에게로 다가왔다. 흑의인이 싸늘한 미소를 지으며 그들에게로 다가왔다.

혜운이 남궁화란과 자명에게로 다가가던 흑의인을 막아서며 외쳤다.

"저리 가, 이 나쁜 놈아!"

남궁화란이 다행이라는 듯 그 모습을 바라보고는 자명에게로 고개를 돌렸다.

"다행입니다, 은인. 어서 피하… 쿠, 쿨럭!"

내상을 이기지 못한 남궁화란의 입에서 검은 피가 쏟아져 나왔다. 자명이 비명을 질렀다.

"화, 화란 아가씨!"

"피하셔야 합니다!"

소매로 검은 피를 닦아낸 남궁화란이 거칠게 자명을 밀쳐 내었다. 남궁화란에게 떠밀린 자명이 속절없이 뒤로 물러났다. 자명은 검을 아무렇게나 움켜쥔 채 놀란 얼굴로 남궁화란을 바라보았다.

그사이 그녀가 혜운에게로 합류해 각법으로 흑의인을 후려쳤다. 흑의인이 검은 피를 토하며 뒤로 튕겨났다.

자명은 남궁화란이 안전해진 것을 멍하니 바라보다가 고개를 돌렸다. 운곡 도고에게로 흑의인 두세 명이 동시에 검을 날리고 있었다.

그와 동시에 자명의 시야가 새하얗게 변했다. 아니, 새하얗기만 한 것이 아니었다. 마치 황토색으로, 오래된 그림의 지질과 같은 세계가 자명의 앞에 드러난 것이다. 그리고 검을 든 한 명의 노인의 형상이 천천히 일어났다.

'아, 안 돼!'

또다시 새하얀 세계를 보게 된 자명의 전신에 소름이 오싹 돋아 올랐다. 자명은 저도 모르게 고개를 절레절레 저었다. 만약 여기서 새하얀 세계를 일으킨다면 여기에 있는 모두가 크게 다치거나 죽게 되는 것이다.

하지만 노인은 그런 자명의 심사를 모르는지, 그저 느긋하게 검을 들어 올릴 뿐이었다. 노인이 대답하지 않을 것을 알면서도 자명이 울상을 지으며 외쳤다.

'안 돼요, 여기서는 안 됩니다!'

'왜 안 되느냐?'

자명은 화들짝 놀라고 말았다. 검을 떨쳐 내려던 노인이 문득 고개를 돌리고 자명에게 물은 것이다. 설마 노인이 대답을 할 줄 몰랐던 자명은 눈을 둥그렇게 떴다.

'다, 당신은 누구십니까?'

자명이 더듬더듬 중얼거리자, 노인이 헛헛한 웃음을 지었다.

'나는 네가 훔쳐 간 도원도의 주인이지.'

자명이 탄성을 내뱉었다. 이제야 노인의 얼굴을 알아볼 수 있었던 것이다. 무명도원도를 처음으로 모작했을 때 꾸었던 꿈에서 바로 저 노인을 만났었다.

하지만 놀람은 이내 사라지고 말았다. 자명은 울상을 지으며 말했다.

'지금은 나타나서는 아니 됩니다. 더 많은 사람들이 다치게 될 거예요. 지금도 사람들이 죽어가고 있는데……'

'아름다움으로 대하면 다툼이 없지. 아마 저들에게는 아름다움이 없는 모양이다.'

태연하게 말하는 노인의 모습이 얄밉기만 하다. 지금 저쪽에서는 사람이 죽어가는데, 노인은 남의 일 말하듯 하고 있는 것이다. 세상에 이처럼 무심한 사람은 처음 보았다.

노인이 은은한 미소를 지으며 말했다.

'그렇게 고깝게 보지만 말고, 네가 저들에게 아름다움을 가르쳐 보렴.'

'저는 그럴 수가 없어요. 당신의 그림을 제어할 수가……'

자명이 시무룩한 표정으로 그렇게 말할 때였다.

'허허허! 천하에 이름 높은 화공이 제 화폭도 몰라보는구나! 이것은 너의 화폭인데 못할 것이 무에 있겠느냐? 제왕을 그리던, 매화를 그리던 마음대로 해보려무나.'

자명이 눈을 둥그렇게 떴다. 생각해 보면 노인의 형상만큼은, 예전에 남궁세가에 선물했던 바로 그것이었다. 자명은 고개를 절레절레 저었다.

'하지만 저는 무학을 할 줄 모르는데요.'

'기운을 얻으면 형상은 저절로 생겨나는 법이지. 때가 된 줄 알았는데, 이제 보니 아직도 멀었던 것이로구나. 화공이여, 화공이여! 나는 여 씨 성의 사람으로 이름은 암이라 하는데, 그대는 언제쯤에야 도원도를 그려낼 수 있을 것인가?'

노인은 그렇게 말하며 크게 한 번을 웃어 보이더니 천천히 새하얀 세계 밖으로 걸어나갔다. 자명은 멍하니 사라져 가는 노인을 바라보았다.

노인의 모습이 점이 되어 사라지는 것과 동시에 새하얀 세계마저 사라지고 말았다.

자명은 다시 시야가 돌아온 것을 느끼며 눈을 몇 번 끔뻑였다. 그리고는 검을 단단히 움켜쥐었다.

"기운을 얻으면 모양은 저절로 생겨난다."

자명이 천천히 고개를 들었다.

여전히 운곡 도고가 위험에 처해 있었다.

3

운곡 도고가 마주한 흑의인의 도법은 몹시 강맹하였다. 본래 도는 내려치는 것이고 검은 찌르는 것이라던가? 도를 마주

해 흘려내야 하건만, 지나치게 패도적인 도법에 흘려내지 못
하는 운곡이었다.

"크윽!"

힘에서 밀린 운곡 도고가 뒤로 엉덩방아를 찧고 말았다. 그
녀의 머리로 흑의인의 도가 내려쳐졌다.

'처, 청허야!'

운곡 도고가 눈을 질끈 감았다. 이제 차가운 도가 그녀의
머리를 베리라. 그녀는 마지막 순간, 청허자의 안위를 걱정했
다. 청허자가 안전하기를, 자신이 죽더라도 그렇게 되기를.

하지만 마지막 순간은 찾아오지 않았다.

"어……?"

운곡 도고가 천천히 눈을 떴다. 그녀의 앞에 여태껏 그녀가
무시해 왔던 한 사람이 서 있었다. 어찌 된 영문인지, 도를 내
리치던 흑의인은 한참을 뒤로 물러나 있었다.

운곡 도고를 가로막고 선 화공은 차분하게 중얼거렸다.

"내 화폭이라면, 내가 그려낼 수 있을 거야."

그렇게 말한 화공은 눈을 지그시 감았다.

"내가 막겠어."

그 말과 동시에 화공의 신형이 사라졌다. 운곡 도고의 전신
에 오싹, 소름이 돋아 올랐다. 마치 귀신처럼, 아니, 안개처럼
화공의 신형이 사라져 버린 것이다.

"이, 이형환위?"

사라진 화공은 흑의인들이 가득 몰려 있는 곳에 나타났다. 아직 화공의 잔영이 남아 있는데, 화공은 벌써 저 만치에 가 있는 것이다. 그것이 무림의 전설이라는 이형환위가 아니고 무엇이랴!

하지만 이형환위가 무색하게도 화공은 다섯 명의 흑의인들에게 포위되고 말았다. 운곡 도고가 안타깝다는 듯 신음을 토해냈다. 하지만 다음 광경을 목도하니 신음마저 사라지고 만다.

"헉!"

어찌 사람이 공중에 떠오를 수 있는가! 다섯 명의 흑의인이 사방을 감싸고 검을 날리자 화공은 마치 계단을 걷듯 빠르게 뛰어올라 가더니, 내려오지를 않는다.

이번에는 흑의인들 가운데서 경악에 찬 외침이 터져 나왔다.

"허공답보!"

다섯 명의 흑의인이 하나같이 뒤로 물러났다. 자명을 둘러싸고 커다란 빈 공간이 생기자 자명의 신형이 부드럽게 회전하며 바닥에 내려앉았다.

자명에게서 멀리 떨어지지 않은 곳에 있던 무연 진인은 그 모습을 똑똑히 볼 수 있었다. 무연 진인이 멍하니 자명을 바라보며 입을 쩍 벌렸다. 문득 명천회에서 그의 손을 마주 잡았던 금나수가 떠올랐다.

“저것도 서화의 법으로 얻은 이능인가?”

무연 진인이 그렇게 중얼거릴 때였다.

자명이 검을 하늘로 곧게 들어 올렸다. 기운을 얻으면 형상은 저절로 생겨난다던가? 무학의 이치에 따르자면, 그것은 ‘검의를 얻으면 초식은 저절로 생겨난다’ 는 말에 비견될 수 있으리라. 그리고 자명은 이미 어떠한 검로를 통해 검의를 보았던 적이 있었다.

제왕(帝王)의 검형(劍形).

자명에게서 조금 떨어진 자리에 있던 다섯 명의 흑의인이 당황한 듯 뒤로 물러났다. 몸이 사시나무 떨리듯 떨리는 것과 동시에 무릎이 굽혀졌기 때문이다.

“주, 죽어라!”

수세에 몰린 흑의인 한 명이 먼저 검을 쏟아내었다. 검이 자명의 어깨를 스치고 지나갔지만, 자명의 옷깃만이 찢어졌을 뿐이었다. 마침내 자명이 검을 흔들어 뻗어내었다.

“헉!”

검을 뻗어내었던 흑의인이 자명의 검과 마주해 갔다. 자명은 결코 피하지 않고 흑의인의 검을 눌러 버렸다. 자명 스스로도 몰랐지만, 중검의 묘리가 섞인 것이었다.

한 명의 흑의인이 무릎을 털썩 꿇자, 이번에는 도를 든 네 명의 무인이 자명에게로 덤벼들었다. 자명이 주춤, 뒤로 한 걸음 물러났다. 네 명의 무인이 뻗어낸 도에 밀려 한 걸음을 물러나고 만 것이다.

하지만 자명의 발걸음은 더 이상 뒤로 물러나지 않았다.

쾅—!

천둥이 치기라도 한 것일까? 자명의 검이 네 개의 검과 마주하니 우렁찬 소리가 들려왔다.

"이, 이게 무슨……!"

자명을 공격하던 네 명의 무인 역시 더 이상 항거할 수 없었던가! 그들의 무릎 역시 자연스럽게 구부러지고 말았다. 흑의인 다섯 명이 단숨에 자명의 검에 짓눌려 버린 것이다.

"놈! 감히……!"

멀찍이 떨어져 있던 흑의인들의 수장, 흑풍대주가 노호성을 터뜨렸다. 별거 아니라고 생각했던 소년이 예상 밖의 무위를 보이지 않는가!

"어디 내 앞에서도 그럴 수 있는가 보자!"

흑풍대주가 내기를 끌어올려 자명에게로 달려들었다. 자명은 여전히 눈을 감은 채 곧게 서 있을 뿐이었다.

흑풍대주의 검에서 푸르스름한 기운이 일어났다. 가진 내공을 모두 끌어올려 검기를 일으킨 것이다. 눈을 지그시 감고 있던 자명이 그 기운에 반응하여 천천히 검을 들어 올렸다.

"헉!"

자명의 목을 잘라가던 흑풍대주의 검이 멈추었다. 빠르게 쏘아져 나온 자명의 검이 흑풍대주의 검을 막은 것이다. 흑풍대주가 다시 검을 날리니, 자명의 손이 마치 물이 흐르듯 부드럽게 움직였다. 검광이 번쩍이며 흑풍대주와 자명의 사이를 오갔다.

눈 깜짝할 새에 일곱 초식을 쏟아낸 흑풍대주가 이를 질끈 깨물었다.

"이놈이……."

일곱 초식을 펼칠 동안 상대에게 허점이 네 군데나 노출되었다. 초식을 펼치던 흑풍대주는 대경실색했지만, 상대는 자신을 공격하지 않았다. 그것이 자신을 놀리는 것이 아니라 무엇이겠는가?

흑풍대주가 빠르게 뒤로 물러났다.

"모든 흑풍대원은 합공하라!"

흑풍대원들이 빠르게 자명의 주위로 몰아닥쳤다.

"흑풍만화진을 개진하라!"

흑의인들이 바쁘게 움직였다. 그들은 자명에게서 벗어난 채 검진을 구성하여 다시금 자명에게로 덤벼들었다.

"조, 조심하게!"

가만히 지켜보고 있던 무연 진인이 다급히 외쳤다. 지금 화공은 보법을 모르는 사람처럼 움직이지 않은 채, 몇 번의 발놀림만으로 적을 피해내고 있었다. 심지어 검법도 중검으로 환검에는 맞지 않는 것이었다.

"검을 가볍게 하게! 내기를 실으려 하지 말고 오히려 빼낸

다음, 적의 검과 마주칠 때에만 순간적으로 내기를……!"

무연 진인의 외침을 뚫고 또다시 천둥치는 소리가 들려왔다. 쾅, 소리와 함께 흑의인 두 명이 튕겨 나간 것이다. 흑의인 틈으로 자명이 두 개의 검과 마주하고 있는 모습이 보였다.

자명의 검이 뒤로 물러나 있었는데도 힘을 잃지는 않았나 보다. 자명의 검이 조금씩 앞으로 뻗어나가더니, 마침내는 두 개의 검마저 떨쳐 내었다.

흑풍만화진에 빈틈이 생겼다. 변화가 일어나기도 전에 첨단이 꺾이고 만 것이다.

그 빈틈을 뚫고 자명이 두어 걸음을 앞으로 내딛었다.

자명은 여전히 눈을 감은 채로 그림을 그려내고 있었다. 새하얀 화폭에 스스로의 마음을 담아 검을 들고 있는 노인의 형상을 그려내는 것이다. 노인은 아무도 다치게 하지 않으며, 다만 다툼을 막을 뿐이다.

자명의 마음이 검의를 담았다. 그림의 기운을 화공에게 옮겨놓는 무명도원도의 호흡은 자명에게도 그 기운을 옮겨놓았다. 그러자 자명의 몸에 감당치 못할 기운이 실리고 말았다.

자명은 이를 악물어 기운의 흐름을 이겨내야 했다. 자명의 마음속에 떠오른 그림은 무거운 태산도가 아닌 인물화일 뿐이었는데, 그림 속의 인물은 태산보다도 무거운 기운을 품고 있는 듯했다.

자명이 입은 학사의가 거세게 펄럭거렸다.

"모두… 뒤로 물러나라……."

무연 진인이 중얼거렸다. 자명에게 지나치게 많은 기운이 실린 것을 느낀 것이다. 경악 때문인지, 무연 진인의 목소리는 미세하게 떨리고 있었다.

무연 진인은 침을 꿀꺽 삼키고는 우렁차게 외쳤다.

"뒤로 물러나!"

그와 동시에 자명의 기운이 폭발했다.

"헉!"

무연 진인이 털썩 무릎을 꿇었다. 바로 그다음으로 혜운과 남궁화란의 무릎이 구부러졌다. 자명을 눈엣가시처럼 여기던 주태인도, 경악에 가득 찬 눈으로 화공을 바라보던 곽운상마저도 무릎을 꿇고 말았다. 그들은 자명에게서 뿜어져 나오는 기운을 이겨내지 못한 것이다.

가장 멀리 있는 그들마저 그랬을진대, 흑의인들이라고 다른 방법이 있겠는가? 흑풍대주는 물론, 자명을 공격하려던 흑의인들까지 무릎을 꿇고 말았다.

"쿨럭!"

자명과 가장 가까이 있던 흑의인들이 검은 피를 토해냈다. 자명의 내기에 항거하고자 기운을 일으켰다가 주화입마에 빠져들고 만 것이다.

마침내 단 한 명, 자명을 중심으로 모든 무인들이 무릎을 꿇었다.

자명이 일으킨 기운은 입즉사라는 두려운 진법에까지 퍼져 나갔다. 청성산의 중앙에 해당하는 상청궁 옆 봉우리에는 둥근 원을 닮은 제단이 설치되어 있었는데, 그것이야말로 입즉사의 핵이라 할 수 있었다.

천원지방이라! 제단이 둥근 까닭은 그것이 천원에 해당하기 때문이었다. 그렇다면 지방을 형성하는 것은 무엇인가? 그것은 청성산의 네 귀퉁이에 지어진 네모난 형상의 제단이었다. 천원에 해당하는 둥근 제단이 사방의 네모난 재단을 다스리고, 네모난 제단은 사방의 지기를 다스리는 것이다.

근처의 지기를 다스리고 있던 동쪽 제단은 자명이 일으킨 기운만큼은 다스리지 못했다. 비록 이십여 리가 떨어져 있었지만, 근처의 지맥이 엉망이 되니 버텨낼 도리가 없는 것이다. 동쪽 제단은 결국 파삭, 하고 깨어지고 말았다.

마치 오절처럼, 자명은 힘으로 진법의 일부나마 파괴하고 만 것이다.

지기가 한차례 일렁이며 무릎을 꿇고 있던 무인들을 스치고 지나갔다. 넋을 잃은 채 자명을 바라보던 흑풍대주가 가장 먼저 고개를 들었다. 자명의 시선이 자연스럽게 흑풍대주에게로 가 닿았다.

"너는 도대체 누구냐······!"

자명이 자그맣게 중얼거렸다.

"왔던 곳으로 돌아가십시오."

"닥쳐라! 암천의 예와 법이 세상에 퍼지지 않는 한, 우리들을 막을 자는 없다!"

흑풍대주가 무릎을 꿇은 채 분노하여 외쳤다. 자명이 서글픈 눈으로 그를 바라보았다.

"돌아가십시오."

"닥치라고 하지 않았······!"

자명의 시선과 마주한 흑풍대주의 안색이 급변했다. 자명의 맑은 눈에 맺힌 눈물이 그의 마음을 파고든 것이다. 설마 하니 저놈이 자신들을 염려하고 있다는 말인가? 세상에 그런 보살 같은 놈이 어디에 있겠는가!

그때, 흑풍대주의 귓가에 자그마한 음성이 들려왔다.

[흑풍대를 물리게.]

흑풍대주의 몸이 멈칫했다. 그의 귓가에 들려온 것은 다름 아닌 철혈신장 화무백의 것이었던 것이다. 흑풍대주가 아무런 말 없이 고개를 절레절레 저었다.

[흑풍대는 훗날 회를 위해 쓰여야 할 것. 거부하지 마시게. 흑풍대를 물리게.]

흑풍대주가 아랫입술을 질끈 깨물었다. 그는 천천히 자리에서 일어났다. 아직까지 자명의 기세가 남아 있었던지, 그의 무릎이 후들거렸다.

"흑풍대는 물러나라! 이것은 저자의 무위에 굴복해서가 아니라 회의 명이기 때문이다!"

"존명!"

흑풍대원들이 빠르게 자리에서 일어났다. 그리고 두려운 듯 자명의 눈치를 흘끔흘끔 살피며 부상자들을 수습하기 시작했다.

주태인이 버럭 고함을 질렀다.

"이래서는 아니 되오! 저자들을 이대로 보내서는……!"

주태인은 노기 어린 시선으로 흑풍대원을 바라보다가 자명에게로 시선을 돌렸다.

"화공, 아니, 그, 그대는 정녕 이대로 그들을 보내려는 것이오?"

"저는 더 이상 피를 보기 싫습니다."

자명이 씁쓸하게 중얼거렸다. 주태인이 당황한 듯 몇 마디를 더 주워섬겼지만, 자명은 주태인 쪽을 바라보지도 않았다. 대신 자명은 시선을 돌려 우측으로 멀리 떨어진 나무를 바라보았다. 그 위에 누군가가 서 있음을 안 것이다.

나무 위에 은신해 있던 화무백의 안색이 급변했다.

'설마하니 나를 알아본 것인가?'

당노독파가 소중히 여기는 것은 무엇이라도 죽여 없애기로 서원한 화무백이다. 때문에 그는 자명이 기이한 공력을 가지고 있음을 알자마자 몸을 뺐었다. 죽일 수 있다는 확신이 없으면 싸울 수가 없었던 것이다.

몸을 피한 화무백은 먼저 기관의 발동을 막아놓았다. 만에 하나 자명의 무위가 예상보다 높다면 기관은 무용한 것이 될 터, 기관보다는 다른 수를 쓰는 것이 나았다. 남궁화란과 자명이 무사히 도관에 도착한 것은 바로 그러한 연유에서였다.

그 뒤로 화무백은 흑풍대를 보내었는데, 그것은 자명과 흑풍대를 싸우게 하여 자명의 무위를 시험한 것이라 할 수 있었다.

'놀랍군. 나를 보고 있음이 분명해.'

화무백이 천천히 몸을 뒤로 빼니, 자명의 시선도 따라서 움직였다. 화무백의 등허리가 식은땀으로 젖어들어 갔다.

'비록 오절만은 못하겠지만, 저만한 무위라면 문무쌍성보다도 높으리라.'

다만 마지막의 내기의 폭발만큼은 화무백으로서도 짐작할 수가 없었다. 그것은 내공, 천지간의 기운을 몸 안에 품는 무학의 공부가 아니었다. 마치 천지자연의 기운을 한데 모아 한 바탕 흐트러 놓은 것이라 할 수 있었다.

자리를 물러나는 화무백이 싸늘한 미소를 지었다.

'저 아이를 죽이려면 고생깨나 해야겠군.'

당설련, 당 마녀의 소중한 것은 모조리 죽여 없애기로 한

화무백이었다. 그는 조금 어려워지더라도 반드시 자명을 죽
이기로 서원했다.
그의 신형이 빠르게 사라졌다.

第十章
혼자 남는 일

1

당노독파는 피투성이가 되어 있었다. 삼마존이라는 쥐새끼들의 무위가 그녀의 예상보다 훨씬 강력했던 것이다. 비록 진법의 힘을 빌고 있다지만, 자신을 상대로 이 정도라면 능히 고수라 할 만하다.

수세에 몰렸는데도 그녀는 크게 웃음을 터뜨렸다.

"캬하하! 이 쥐새끼들아! 진법이 없었으면 어쩔 뻔했느냐?"

청성산에 펼쳐진 진법은 당노독파의 기감까지 엉망으로 만들어놓았다. 엄밀히 따지면 그녀의 기감 전체가 엉망이 된 것은 아니었으나, 조금의 혼란을 준 것만으로도 삼마존은 엄청난 득을 얻은 것이었다.

"암천의 벌레 같은 놈들치고는 머리를 제법 굴렸구나!"

삼마존은 입즉사만 있다면 능히 오절 전부를 상대할 수 있다고 자신했었다. 실제로 당노독파는 거의 손을 쓰지 못한 채 수세에 처하고 말았다. 개중에는 큰 상처도 있었는데, 그녀의 어깨가 크게 베여 피를 철철 흘리고 있었다.

"나는 죽지 않는다! 내 원수의 심장을 파내어 씹어 먹기 전까지는 죽을 수가 없느니라! 캬하하!"

당노독파가 크게 웃음을 터뜨렸다. 권마존이 신음을 길게 토해내었다.

"경의를 표하오, 독괴."

"흥! 내게 경의를 표하는 방법은 오직 자결하는 것일 뿐이다!"

당노독파의 신형이 사라졌다. 그녀가 다시 나타난 곳은 우측으로 삼십 보가 넘게 떨어진 곳이었다. 그녀는 단번에 삼십 보 이상을 이동했던 것이다.

"우리는 삼십 초가 지나기 전에 독괴를 꺾으리라 자신했었지요."

권마존의 태연한 목소리가 들려왔다. 당노독파는 소리가 들려오는 쪽으로 손을 밀어 넣었다. 아무것도 없는 텅 빈 허공에 당노독파의 손이 쑥 들어갔다. 권마존은 이미 진법 속에 숨어 있었던 것이다.

"캬하하! 이 당노독파가 그렇게 쉽게 쓰러질 것 같으냐?"

"과연 그렇더구려. 명불허전! 과연 천하오절이오!"

진법만 있다면 천하오절 전부를 상대할 것이라던 삼마존의 평가는 크게 수정되었다. 진법의 도움이 있어야만 천하오절 중 셋을 상대할 수 있으리라.

"캬하하! 그래, 내가 바로 천하오절 중의 독괴이니라! 내 가르침을 줄 테니, 숨어 있지 말고 나와보지 않으련?"

당노독파가 손을 움켜쥐니, 잡히라는 권마존은 안 잡히고 대신 바위만 한 움큼 뜯겨 나오고 말았다. 권마존은 이미 자리에서 피해낸 것이다. 대신 당노독파의 머리를 노리고 도마존의 도가 쏘아져 나왔다.

당노독파가 괴상한 웃음소리를 내뱉으며 뒤로 물러났다. 그녀가 물러간 곳에는 슬픈 얼굴을 한 양비자가 자리해 있었다.

양비자와 상대하는 것은 바로 자명이 호수에서 보았던 중년인, 유장백이었다. 그는 담담한 얼굴로 양비자를 바라보며 말했다.

"어떤가? 내 무위도 문지 자네만 못하지 않지?"

"자네의 외형이 그처럼 젊어 보이는 것을 보고 내 이미 짐작하였네."

양비자가 씁쓸한 목소리로 중얼거렸다. 형편없이 늙은 자신과 달리, 유장백은 초로의 중년 학사로만 보였던 것이다.

유장백은 고개를 절레절레 저었다.

"자네도 머리터럭이 다시 검어지는 것을 경험했을 터인데."

"역리라 따르지 않았지."

양비자는 그렇게 말하고는 손을 크게 떨쳤다. 강호에는 신개 양비자의 절기가 강룡십팔장이라 알려져 있다. 여태 무공을 떨칠 때마다 그는 장법만을 계속해 왔던 것이다.

하지만 유장백을 상대하며 장법만을 써오던 양비자는 이제 다른 무공을 준비하고 있었다. 생각해 보면 그것이야말로 그의 진신절기라 할 수 있으리라.

유장백이 고개를 끄덕였다.

"잘 생각했네. 이제야 비로소 자네의 재주를 보이는군."

양비자는 근처의 나뭇가지를 꺾어 쥔 다음, 손으로 잔가지들을 꺾으며 말했다.

"자네가 암천에서 벗어난다고 약조한다면, 이 자리에서라도 내 목숨을 주겠네."

"그리는 약조할 수 없네."

한 자루 송문고검을 움켜쥔 유장백이 고개를 절레절레 저었다.

양비자가 씁쓸하게 중얼거렸다.

"나는 목숨을 주고자 하는데, 자네는 그것조차 허락하지 않으려는가?"

"자네와 대등하게 겨루고 싶다고 했잖나."

양비자는 더 이상 말을 꺼내지 않았다. 나뭇가지를 단단히 움켜쥔 양비자는 그것으로 바닥을 크게 한 번 내려찍을 뿐이었다.

"이제 서로의 목숨을 노려보세."

유장백이 그렇게 말하며 검을 들어 올렸다. 검기가 일어나 유장백의 검을 감싸안았다. 검기는 점점 더 짙어지더니, 마침내 형체를 이루었다. 검기성강의 경지! 유장백의 무공은 가히 끝 간 데 모를 정도로 뛰어났던 것이다.

양비자가 태연하게 바닥을 툭툭 두들겼다. 그것을 신호로 유장백의 신형이 사라졌다. 검기가 충만한 것은 물론이거니와, 그의 검속까지 빠르기 그지없었다. 유장백은 쾌검을 주로 하는 무인이었던 것이다.

"흡!"

양비자가 호흡을 크게 고르더니, 나뭇가지로 꺾어 만든 봉으로 바닥을 쓸어갔다.

타구봉법!

천하 거지들의 방주만이 익힐 수 있다는 천고의 절학! 과거, 개방의 방주를 역임한 적이 있던 양비자의 진신절기는 바로 타구봉법이었던 것이다.

"캬하하! 양 노개가 이제야 제대로 할 마음이 들었구나!"

당노독파가 크게 웃음을 터뜨리며 또다시 허공에 손을 집어넣었다. 허공에 집어넣은 손은 부욱, 소리와 함께 누군가의 장포를 한 움큼 잡아매었다.

"이 잡놈아, 드디어 잡았다!"

"하하하!"

당노독파의 날카로운 조공이 장포의 가슴팍을 꿰뚫을 때였다. 장포 주인이 너털웃음을 터뜨리며 권을 앞으로 내질렀다. 당노독파의 장포와 권마존의 권이 공중에서 부딪쳤다.

"으음!"

당노독파는 두어 걸음을 뒤로 물러났다. 순간적으로 권마존의 내기가 격발되어 당노독파의 내부로 잠입한 것이다. 그녀는 몸을 부르르 떨어 경력을 해소하였다.

하지만 권마존 쪽은 상황이 더 심했다. 그는 여덟 걸음 이상을 물러나고도 입가로 올라오는 검은 피를 애써 삼켜내어야 했다.

"으음, 내공이 태산보다도 두텁구려."

권마존이 침음성을 내뱉으며 말할 때였다.

쿠웅―!

꽝음과 함께 땅이 부르르, 떨리더니 지기의 흐름이 바뀌었다.

권마존은 물론, 검마존과 도마존의 안색마저 바뀌었다. 갑자기 왜 진법의 흐름이 바뀐단 말인가! 이것은 틀림없이 누군가가 진을 파괴한 흔적이었다.

'설마하니 천하오절이 한 명 더 들어왔단 말인가?'

권마존이 입을 한일자로 꾸욱 다물었다. 하지만 생각은 이 내 바뀌고 만다. 삼십 년 전의 진법과 달리, 지금의 진법은 천하오절로서도 단시간에 파괴할 수가 없다. 며칠의 시간을 들인다면 모르겠지만 말이다.

'그렇다면 가능성은 두 가지뿐이로군. 천하오절의 무위를 얕잡아보았든가, 진에 이상이 생겼거나.'

그들은 꿈에도 자명이 진법의 균형을 깨뜨려 놓을 줄은 몰랐다.

권마존이 그렇게 생각하며 몸을 날릴 때였다. 당노독파가 크게 웃음을 터뜨렸다.

"캬하하! 드디어 느껴진다, 드디어! 오냐, 이제 내 너희들의 사지를 뜯어주마!"

당노독파의 웃음소리와 함께 권마존이 재빨리 앞으로 쏘아져 나갔다. 진법의 흐름이 바뀌었으니 정상화되려면 제법 많은 시간이 소요되리라. 그 안에는 진법이 없는 것이나 다름없으니 이제는 정면 승부밖에 남은 것이 없는 것이다.

권마존의 일권이 당노독파의 조공을 스치고 그녀의 단전을 노렸다. 당노독파는 몸을 가볍게 띄워 권마존의 권을 짓밟고 몸을 회전하여 권마존의 뒤쪽으로 넘어갔다. 물론 그녀의 조공도 가만있지 않았다. 그녀의 조공은 권마존의 목덜미를 잡아채고 있었던 것이다.

　모두 창졸지간에 일어난 일이었다.

　당노독파가 착지를 하기 직전, 검마존이 노호성을 뿌리며 다급히 달려들었다. 만약 처음부터 진법이 없었다면 삼마존은 절대로 흩어지지 않았을 것이다. 그들의 장기가 검, 권, 도로 이루어진 합격진인 까닭이었다.

　하지만 진법의 효용을 믿은 탓에 그들은 크게 흩어지고 말았다. 권마존이 당노독파를 유인하고, 검마존과 도마존이 후미를 맡기로 하였던 것이다. 진법의 효용이 사라진 지금, 권마존은 혼자만의 힘으로 당노독파를 상대해야 했다.

　삼마존은 진법이 있으면 세 명의 천하오절을 상대할 수 있으리라 믿었다. 진법이 없으면 두 명의 천하오절을 상대할 수 있으리라 믿었다. 그렇다면 삼마존이 흩어져 혼자만 남았을 때에는 몇 명을 상대할 수 있을까?

　"셋이 한 몸이라더니, 과연 그렇구나! 따로 흩어지니 병신이 되었어!"

　"크으윽!"

　당노독파가 크게 웃으며 권마존의 어깨에 손을 가져갔다. 단단한 권마존의 근육이 종잇장처럼 뭉개졌고, 뼈가 날것 그대로 뜯겨져 나가고 말았다.

　당노독파는 날카로운 조공을 펼쳐 권마존의 팔을 뜯어내고 만 것이다.

　"캬하하! 이 당노독파에게 무례하였으니 팔을 내어놓을 수밖에! 다음은 다리를 가져가겠다!"

여태껏은 삼마존이 공세에 있었는데, 단번에 수세로 몰리고 말았다. 검, 권, 도의 균형이 깨어진다면 삼마존의 무위가 크게 격감하고 마는 탓이었다.

"진법을 믿고 방심을 했구나……."

권마존이 신음처럼 중얼거렸다. 삼마존이 제대로 합격을 했더라면 당노독파를 꺾을 수 있었을 텐데, 일을 쉽게 하고자 진법의 효용을 믿은 것이 곧 패인이 되고 말았다.

검마존이 다급히 달려와 권마존의 몸을 툭툭 두드려 점혈하였다. 피를 너무 흘리지 않게 하려는 까닭이었다. 검마존은 권마존의 혈도를 두드리자마자 당노독파를 돌아보았다.

당노독파는 권마존의 팔을 들고 일그러진 얼굴로 서 있었다.

"독괴의 무공은 결코 낮지 않구려."

검마존이 씁쓸한 얼굴로 중얼거렸다. 검마존 옆으로 도마존이 날아와 착지했다. 도마존은 당노독파 대신 유장백을 바라보았다.

"진법의 흐름이 깨지고 말았소, 유 노사!"

유장백은 양비자의 봉에 검을 마주쳐 가고 있었다. 검강이 덧씌워진 검에 비하면 아무것도 없는 양비자의 봉은 초라해 보이기까지 했다. 하지만 두 병장기가 부딪치자 천둥이 내려치는 듯한 굉음이 울려 퍼졌다.

유장백은 양비자의 봉과 부딪친 반탄력을 이용해 뒤로 물러나며 싸늘하게 외쳤다.

"그게 어떻단 말이오? 설마하니 삼마존께서 죄인 중의 죄인인 천하오절을 앞에 두고 물러나자는 소리는 하지 않겠지."

유장백이 검을 크게 떨쳐 내었다. 검마존이 고개를 저었다.

"회주의 말씀을 잊으셨소?"

"기억하오. 천하오절을 끌어들이기 위한 함정을 만드는 것은 좋으나, 그들의 무위가 예상보다 높거나 진법이 깨어진다면 물러나라 했지. 하지만 나는 그럴 수 없소. 이 친구와 해묵은 인연을 정리해야 하기 때문이오."

유장백은 그렇게 말하고서는 빠르게 앞으로 쏘아져 나갔다. 그의 쾌검에 맞추어 양비자의 나무 봉도 빠르게 쇄도했다. 둘이 다시 흩어진 것은, 눈 깜짝할 사이에 열다섯 합을 겨루고 난 다음이었다.

"으음! 장백이 자네의 무공은 참으로 놀랍지만 천검만은 못해."

"나와 비견될 정도면 천검도 별것 아닐세그려."

유장백이 차분하게 말하였다. 하지만 유장백의 안색은 어두웠다. 열다섯 합을 겨루는 사이, 가슴팍에 봉을 한 번 얻어맞고 만 것이다.

하지만 양비자도 멀쩡하지는 않았다. 먼저 양비자의 나무

봉이 반으로 갈라져 떨어졌다. 양비자의 가슴팍도 크게 찢어져 있었고 말이다. 만약 조금만 더 검이 길었다면 양비자는 양단되고 말았으리라.

비록 손해가 더 컸지만, 놀랍게도 유장백은 신개 양비자와 동수에 가까운 결과를 이끌어낸 것이다.

"캬하하! 계집인 나도 가만있는데 사내놈들이 말이 많구나! 다시 덤벼보지 않으련?"

당노독파가 크게 웃으며 검마존에게 뛰어들 때였다. 검마존이 다급히 당노독파의 조공을 막아갔다. 도마존이 검마존을 도와 도를 떨쳐 내며 버럭 고함을 질렀다.

"회주께서는 유 노사를 크게 들어 쓰겠다고 말씀하셨소! 천하오절이라면 능히 감당할 수 있으니 굳이 암천의 함정 따위를 설치할 필요도 없다 하셨지요!"

"들어 알고 있다지 않소!"

유장백이 검을 떨치며 외쳤다. 도마존이 다시 한 번 외쳤다.

"하지만 회주께서 우리에게 이런 명을 내렸다는 것은 모르시겠지! 회주께서는 만약 진법이 파훼되거든 힘으로 제압해서라도 유 노사를 데려오라 하셨소! 회주의 신임을, 그래, 저버릴 참이오?"

도마존의 말은 사실 거짓이라 할 수 있었다. 회주의 명령은 사실 '유장백이 양비자를 이겨내지 못하거든 반드시 살려서 데려오라’ 는 것이었으니 말이다.

그 말에 유장백은 발을 크게 튕겨 양비자의 면전에서 물러났다. 그는 자리에 서서 딱딱한 얼굴로 도마존을, 그리고 양비자를 바라보았다.

유장백의 눈에 수십 가지 감정이 어렸다. 양비자에 대한 증오, 아직까지도 남아 있는 정, 이제는 사라져 버린 과거에 대한 그리움. 하지만 그 뒤로는 새롭게 열릴 세상에 대한 열망과 회주에 대한 믿음이 모습을 드러내었다.

“으음……”

“아니 되네! 자네는 갈 수 없어! 내가 보내지 않음이야!”

양비자가 노호성을 터뜨리며 유장백에게 뛰어들었다.

유장백이 크게 웃으며 뒤로 물러났다.

“나는 비록 자네를 이길 수 없겠지만 자네도 그것은 마찬가지일 걸세! 하물며 내가 상대하지 않고 도망코자 하는데 못할 것이 무엇이 있겠는가?”

“암천에 들어서는 아니 돼! 이봐, 장백이, 원한이 있다면 천하무림이 아니라 내게 풀어야 할 것이야! 다름 아닌 내게!”

“시끄럽다, 양 노개! 저들은 어차피 도망갈 수 없어!”

당노독파가 크게 외치고는 도마존과 검마존을 넘어 유장백에게로 뛰어들었다.

“도망은 칠 수 있을 것 같으냐? 캬하하! 너는 내게 원수가 어디 있는지 고한 다음 내 손에 목을 잃고 말 것이야!”

"물론 나는 도망할 수 있소, 독괴. 아끼는 화공이 진 안에 있음을 알면서도 그대가 나를 쫓을 수 있겠소?"

당노독파가 깜짝 놀라며 외쳤다.

"화공! 내 아가가!"

"무림맹이라고 암천의 세작이 없겠소? 우리는 이미 화공과 독괴의 관계도 알거니와, 화공이 청성산에 왔다는 것도 알고 있었다오. 필요할 듯하여 그들까지 입즉사에 들게 두었는데, 천만다행인 일이로군. 허허허! 그럼, 후일에 뵙시다!"

당노독파가 잠시 멈춰 선 틈을 타 유장백의 신형이 꺼지듯 사라지더니, 이내 수장 밖에서 모습을 드러내었다. 그것은 삼마존 역시 마찬가지였다. 부상당한 권마존을 부축하여 유장백에게로 멀어져 가는 것이다.

양비자가 흘끔 당노독파를 바라보았다.

"독괴! 나는 저들을 쫓아야겠다! 너는 어찌할 테냐?"

"내 아가! 내 아가가!"

당노독파는 이미 반미치광이가 되어 있었다. 그녀는 어쩔 줄 모르겠다는 얼굴로 양비자와 눈을 마주치더니, 가진 내공 전부를 끌어올려 경공을 펼쳤다. 이미 다른 모든 것을 잊은 채, 당노독파는 자명에게로 향해 가고 있었던 것이다.

양비자는 당노독파가 사라지는 것을 바라보며 혀를 끌끌 찼다. 하지만 다시 고개를 돌렸을 때에는, 풍화된 바위와 같은 표정이 떠올라 있었다.

"장백이, 자네는 그래서는 안 돼."

양비자가 자그맣게 중얼거렸다.

2

사람들은 진법의 위험이 사라졌음도 모르고 하나같이 움직일 생각을 하지 못했다. 서둘러 움직여야 한다는 생각마저도 나지 않았다. 자명의 무위에 하나같이 놀란 것이다.

정작 사람들의 시선을 한 몸에 받고 있는 자명은 자신이 주목받고 있음을 알지 못했다. 자명은 전신의 기력이 사라진 것을 느끼고 있었다. 마치 무명도원도를 모작하려다 실패했을 때처럼 조금의 기력도 남아 있질 않았다.

어디 그뿐이랴? 끔찍한 근육통마저 느껴졌다. 자명은 그야말로 손끝을 들어 올릴 힘조차 없음을 느꼈다. 무명도원도의 호흡에 따라 느리게 호흡을 내쉬면 힘이 돌아오는데, 이번에는 예전처럼 쉽게 돌아오지 않는다.

그것은 자명이 슬픔에 쌓여 있기 때문이었다. 자명은 죽어버린 사람들을 보며 억지로 눈물을 삼켰다. 문득 그림을 그리고 싶었다. 강호에 대해서는 아무것도 모르던 그때처럼.

그때, 무연 진인이 천천히 자명에게로 걸어왔다.

"이보게, 소협."

"예."

자명이 시체에서 눈을 떼지 않은 채 대답하였다.

"한 가지 묻고 싶은 것이 있네. 조금 전의 그것 역시 서화의 법으로 얻은 이능이었던가?"

"잘은 모르겠지만, 그런 것 같습니다."

자명이 고개를 두어 번 끄덕였다.

"정말, 정말 자네는 무공을 익히지 않았단 말인가!"

"예. 저는 배운 적이 없습니다."

"허, 허어."

도저히 그 말이 믿기지 않는 무연 진인이었다. 만약 그것이 정말로 무학이 아니라 서화의 법이라면, 명천회에서 매화검보를 그려내었던 것은 조금도 이상할 게 없는 일이다. 서화의 법으로 무학의 공능마저 떨치는데 까짓 못할 것이 무엇이 있겠는가!

"믿을 수가 없군, 믿을 수가 없어."

무연 진인은 그렇게 말하며 자명의 옆에 털썩 앉아버렸다.

장내에 침묵이 감돌았다. 가장 배분이 높은 무연 진인이 믿을 수 없는 능력을 보여준 화공과 같이 침묵하고 있는데 누가 입을 열 수 있겠는가!

고요한 가운데서 화산파 도사 한 명이 자리에서 일어났다. 그는 천천히 일어나 상반신에 큰 검상을 입은 채 죽어버린 청구자에게로 걸어갔다. 그는 청구자의 앞에 앉아 무어라고 진언을 읊조리더니, 자신의 피 묻은 도포를 벗어 청구자에게 입혔다.

그리고 그 옷깃에 얼굴을 비비며 울었다.

"청구야, 내 사제야."

그 울음소리 때문일까? 다른 이들도 자리에서 일어나더니 자신의 친구의 시신을, 혹은 자신의 사형제의 시신을 수습했다. 짙은 슬픔 속에서 그들은 느릿하게 움직였다.

조금 힘이 돌아오자, 자명 역시 자리에서 일어나 한 구의 시신 앞으로 다가갔다. 어느 이름 모를 흑의인의 시신이었다. 자명은 부르르 떨리는 손으로 목이 꿰어 죽은 그의 시신을 옮겼다. 그리고 또 다른 흑의인의 시신을 찾아갔다.

다른 이들은 알 수 없다는 눈으로 그런 자명을 바라보았다. 그것은 청허자의 다리를 치료해 주던 운곡 도고 역시 마찬가지였다.

'도대체 저 화공은 누구란 말인가?

왜 저 화공은 저렇듯 흑의인의 죽음까지 슬퍼한단 말인가! 자기가 무슨 도인이라고, 무슨 성인이라고 적의 시신까지 돌본단 말인가! 그녀였다면 절대 하지 못할 일이었다.

'아니, 내가 하지 못한다고 남도……'

문득 운곡 도고의 머릿속에 한 가지 상념이 떠올랐다. 청성산으로 향하던 마차 위에서 그녀는 그녀 자신도 이해하지 못한 이치를 궁리하는 화공을 비웃었었다. 그것은 오만이라 할

수도 있었다. 내가 하지 못한 일을 다른 이가 행할 수 있음을
무의식중에 인정하지 않은 것이다.

'내가 오만하였구나.'

뒤늦게야 자신의 오만을 떠올리고 나니 화공의 행적이 보
였다. 그는 아무도 인정하지 않는데 길을 안내했고, 그 결과
모두에게 배척을 받고 말았다. 그녀는 화공을 탓하고 원망하
였는데도 화공은 아무런 탓도 없이 그녀를 구해내었다. 위기
의 순간 자신의 앞을 가로막은 화공의 등이 떠올랐다.

그러자 화공의 눈망울도 같이 떠올랐다. 검고 현현한 화공
의 눈동자가 가슴팍에 박혀 떠나질 않는다. 도대체 자신이 무
엇을 한 것일까? 구해주려는 사람을 오히려 무시하고 핍박했
다. 그가 모든 것을 엉망으로 만들어 버리고 있다고 원망했
다.

"왜 그러십니까, 사고?"

운곡의 앞에 앉아 있던 청허자가 의아한 듯 물었다. 운곡
도고는 청허자의 말을 듣지 못했는지, 천천히 앞으로 걸어가
흑의인의 시신을 수습하는 자명의 앞에 섰다.

"제게 하문하실 말씀이 있나요, 운곡 도고?"

자명이 의아한 듯 운곡을 바라보았다. 운곡은 화공의 맑은
눈동자를 마주하고는 나직한 목소리로 질문했다.

"소협은, 소협의 마음은 괜찮은가요? 모두가 그대를……."

운곡 도고가 질문을 하다 말고 아랫입술을 질끈 깨물었다.

화공은 맑은 눈동자로 희미하게 웃음 짓고 있었던 것이다. 희미한 미소를 띤 얼굴로 화공이 고개를 끄덕였다.

"예."

운곡 도고의 머릿속이 뒤엉켰다. 화산파는 검파임과 동시에 도문이다. 그녀 역시 도인이었다. 만인을 이롭게 한다는 도를 공부하는 사람이었던 것이다. 그리고 지금, 이 화공이야말로 아무도 알아주지 않는데 모두를 돕고 있었다.

잠시 화공의 눈을 바라보던 운곡이 무릎을 털썩 꿇었다.

"어, 저, 일어나십시오, 운곡 도고."

"화산파의 운곡이……."

운곡 도고가 포권의 예를 취해 보였다. 그녀의 목소리는 그리 크지 않았지만, 장내의 모든 이들이 그 목소리를 들을 수 있었다.

"화산파의 운곡이 은인께 입은 구명지은에 감사드립니다."

문득 포권의 예를 취한 운곡 도고와 자명의 눈이 마주쳤다. 자명은 운곡 도고의 눈에서 여태껏 느껴지던 탐색이, 혹은 경계가 숨어 있지 않음을 알 수 있었다. 이제야 비로소 그녀의 마음을 알 수 있을 것 같았다.

어두운 밤하늘 속에서 자명은 환한 미소를 지었다.

하지만 자명의 미소는 그리 오래가지 않았다. 운곡 도고 이후로 부상자들이 자리에서 일어나 자명에게 포권지례를 행하

것이다. 자명은 그러지 않아도 괜찮다고 허둥지둥대며 손을
휘저어야 했다.

어디 그뿐이랴? 운곡 도고만큼은 아니었지만, 청허자와 다
른 화산파 도사들도 구명지은에 감사한다며 예를 취해왔고,
창궁무애단원은 아예 공경의 뜻을 내비치며 크게 감사의 뜻
을 밝혔다. 심지어 곽운상까지 예를 취했을 정도였다.

남궁화란은 희미한 시선으로 그런 자명을 바라보았다.

'나 역시 인사를 드려야 하는데……'

남궁화란의 안색은 창백해져 있었다. 조금 전, 그녀는 남몰
래 운기하여 내상을 다독이려 했었다. 하지만 남아 있는 내기
는, 아니, 남아 있는 진원지기는 한 줌도 되지 않았다. 결국
그녀는 운기를 하려는 시도마저도 포기했다.

'마지막이 멀지 않았구나.'

그래도 잘된 일이 아닌가? 화공은 놀라운 무위를 보여 스
스로의 힘으로 위기에서 탈출했다. 더 이상은 그녀가 도울 일
이 없었다.

'내가 할 수 있는 건 다 했으니, 괜찮아.'

남궁화란의 얼굴에 미소가 떠올랐다. 중대한 일을 갓 마친
것처럼 피로가 몰려왔지만, 그녀는 미소를 지었다. 스스로의
죽음보다도 화공이 무사한 것이 기뻤다. 이제는 마음 편히 죽
음을 기다릴 수 있을 것 같았다.

시야가 흐릿해지는 것을 느낀 남궁화란이 눈을 지그시 감

왔다. 다시 눈을 떴을 때에도 시야는 흐릿하기만 했다. 마치 뿌연 안개에 가려진 것마냥 명확하지가 못한 것이다. 더군다나 주변의 소리들도 멀찍이서 들려오는 것처럼 느껴졌다.

'더 이상은 버틸 여력이 없어.'

남궁화란의 몸이 비틀거렸다. 그녀는 어떻게든 정신을 차리려는 듯 눈을 끔뻑였다.

잠시 뒤, 시신을 모두 수습한 일행이 다시금 걸음을 재촉했다. 청성산의 진법을 벗어나기 위해 이동을 시작한 것이다. 그녀는 천천히 화공의 뒤를 따라 걸었다.

화공의 주위에는 혜운 소저가 있었다. 혜운 소저는 울먹이면서 화공에게 무어라 말하고 있었는데, 화공은 그런 그녀의 머리를 쓰다듬어 주고 있었다.

저 소저는 한없이 밝기 만한 소녀이니 어쩌면 화공의 외로움도 덜어줄지도 모른다. 그 이유만으로도 남궁화란은 혜운을 따듯한 눈으로 바라볼 수 있었다.

문득 남궁화란의 마음에 두려움이 밀려들었다.

'화공이 사랑한 사람들은 모두 다 떠났다고 했지.'

화공의 부모님도, 그를 가르쳤던 오채문 대화백도 떠났다고 했다. 그로 인해 화공은 슬퍼하고 외로워하고 있었다. 혹시 자신도 화공이 사랑한 사람들에 속할까? 그것은 모르겠다. 하지만 화공에게 또 하나의 슬픔이 되고 싶진 않았다. 저처럼 착한 사람은 자신의 죽음에도 틀림없이 슬퍼하고 말 것

이다. 어쩌면 화공이 또다시 외로워할지도 모른다는 생각이
들자 남궁화란의 가슴이 무너져 내렸다.

'나, 나는 떠나야 해.'

남궁화란은 그렇게 생각했다. 자신이 화공이 사랑한 사람
들에 속한다면, 화공의 앞에서는 죽을 수 없었다. 어디로든
떠나야 했다. 그렇게 하면 화공은 자신이 어딘가에 살아 있으
리라 짐작하고 그것으로 위안 삼으리라. 희미한 의식 속에서
도 남궁화란은 주위를 둘러보았다.

창궁무애단원들이 주위에 있었다.

'아버님이 계시니 세가는 괜찮을 것이다. 화공이 무사하니
머지않아 제왕검형도 돌아올 터.'

남궁화란은 창궁무애단원의 시선까지도 피하기로 마음을
먹었다. 세가에는 죄를 짓는 것이었지만, 은인을 위하는 일이
니 크게 탓하지 않으리라.

남궁화란의 눈에 창궁무애단원들이 깜짝 놀라 걸음을 멈
추는 것이 보였다. 시야는 여전히 흐렸지만 남궁화란은 창궁
무애단원의 시선을 따라 고개를 돌렸다.

'당노태태.'

당노태태가 일행을 헤집고 있었다. 아마 화공을 찾아 헤매
는 것이리라. 잠시 뒤, 당노태태는 화공을 찾아 다급히 그의
전신을 더듬었다. 아마 화공을 염려하여 그러는 것이리라.

남궁화란은 희미한 눈으로 그 광경을 바라보았다. 겁이 난

혜운이 화공의 뒤로 쏙 숨어버렸고, 당노태태는 화공의 안위를 걱정하고 있었다. 화공은 어색한 미소를 지으며 손을 휘저어 보이고 있었는데, 아마 자신은 괜찮다고 말하는 것 같다.

그 모습이 따뜻해 보여 남궁화란은 미소를 지었다. 화공 옆에 사람이 있다는 것이 기뻤던 것이다. 그녀는 부지불식간에 화공을 불렀다.

"은인, 진 화공."

"예?"

자명이 언제나처럼 검고 심유한 눈으로 그녀를 바라보았다. 갑자기 시간이 정지한 것 같은 착각이 들었다.

"이제는 외롭지 않은가요?"

남궁화란은 눈물이 나올 것 같은 기분을 억지로 참아냈다. 그리고 가슴 깊숙한 곳에 품고 있던 소망 하나를 떠올렸다. 부디, 이제는 화공이 괜찮기를. 비록 그녀는 죽음을 맞겠지만 화공만큼은 앞으로도 늘 행복하기를.

"이제는, 이제는 괜찮은 건가요?"

제법 거리가 있었는데도 화공은 그 소리를 들었나 보다. 잠시 의아한 듯 자신을 바라보던 화공이 고개를 끄덕였다.

"예. 저는 괜찮아요."

남궁화란의 가슴이 벅차올랐다. 그녀는 눈물이 살짝 고인 눈으로 고개를 두어 번 끄덕였다. 그녀의 시야에서 화공이 사라졌다. 벌써부터 화공이 모습이 그리워졌디.

남궁화란은 잠시 화공이 있던 자리를 바라보다가 이제는 한 줌도 남지 않은 내기를 끌어올려 몸을 은신했다. 너무 많은 일을 겪은데다가 당노태태의 등장에 놀란 창궁무애단원들은 그녀가 사라졌음을 알지 못했다.

얼마나 달렸을까?

일행에게서 빠르게 벗어났지만, 그것이 전부였다. 내기가 사라져 더 이상 경공을 펼칠 수가 없는 것이다. 그녀는 화공에게서 한 걸음이라도 더 떨어지기 위해 힘겹게 걸음을 놀렸다. 잔뜩 지친 사람처럼 느릿하게 말이다.

머릿속에는 화공에 대한 생각이 가득했다.

'다행이다.'

남궁화란의 입가에 따듯한 미소가 걸렸다. 은인이, 화공이 외로워 보였던 것이 늘 마음에 걸렸던 남궁화란이었다. 더 이상 화공이 외롭지 않기를 소망했던 그녀였다.

'화공에게 당노태태가 있어서 다행이야.'

당노태태께서 화공을 아낀다는 것이 다행이었다. 부모님도, 할아버지도 잃은 화공이었지만 당노태태가 화공을 아껴줄 것이었다.

그녀는 눈이 더 이상 보이지 않는다는 것을 깨달았다. 그녀는 감각에 의지하여 힘겹게 걸음을 놀렸다. 그녀의 걸음이 한층 더 느려졌다.

‘혜운 소저가 있어서 다행이야.’

그처럼 밝은 사람이 화공 주위에 있어서 다행이었다. 그녀는 귀엽고 재치가 있으니, 화공의 얼굴에 웃음을 가져다줄지도 모른다.

‘화공이 외롭지 않게 되어서 다행이야.’

어쩌면 그녀 역시 외로운 사람이었을지 모른다. 그녀는 평생을 세가를 위해서만 살았을 뿐, 자신을 위해 살지 않았다. 잃어버린 어머니를 그리워했지만, 그것을 내색할 수 없었던 그녀였다. 화공의 외로움에 가슴 아파한 끝에 아무도 모르는 곳으로 홀로 죽으러 가는 그녀였다. 하지만 그녀는 순수하게 화공이 외롭지 않게 되었음을, 이제 그도 행복해질 수 있음을 기뻐했다. 그것은 화공이 남궁세가의 은인이기 때문만은 아니었다.

남궁화란은 뒤늦게 자신의 마음을 깨달았다. 그리고 그것이 기뻐 바보처럼 환하게 웃었다. 청성산에 들어 화공을 위해 많은 일을 할 수 있었던 것이 기뻤다. 화공이 무사한 것이 기뻤다.

무엇보다, 화공의 외로움이 사라진 것이 기뻤다.

‘정말 잘됐어.’

남궁화란의 다리가 꺾였다. 피부로 차가운 풀이 와 닿았다. 마침내 그녀는 쓰러지고 만 것이다. 그녀의 주위로 바람이 부는 소리가 들려왔다.

‘진 화공이 외롭지 않게 되어서…….’

그 생각을 마지막으로 남궁화란은 아무것도 느낄 수 없었다.

3

당노독파는 정신없이 자명을 찾아 헤맸다. 유장백에게 자명이 위험할지도 모른다는 이야기를 들은 뒤로 반미치광이가 되어버린 것이다. 그녀는 가진 모든 내기를 끌어올려 혀를 찼고, 혀가 아랫잇몸을 튕기는 소리는 그 어느 때보다도 넓게 울려 퍼졌다.

그렇게 당노독파는 자명을 찾아냈다. 자명과 함께 있던 몇몇의 무림인들이 그녀를 보고 깜짝 놀라 예를 표했지만, 그녀는 그들을 거들떠보지도 않았다.

당노독파는 제일 먼저 정신없이 자명의 사지를 더듬었다.

“괜찮으냐? 괜찮으냐, 내 아가?”

“저는 괜찮아요, 파파.”

자명이 고개를 두리번거려 누군가를 찾으며 말했다.

자명의 뒤에 숨어 있던 혜운이 고개를 빼꼼 내밀어 보고서는, 화들짝 놀라 다시 몸을 움츠렸다. 화공의 몸을 만지는 사람은 다름 아닌 당노독파, 그녀의 할아버지와 같은 천하오절인 것이다. 더군다나 눈이 없기 때문인지 얼굴까지 일그러져 있었다.

"다친 곳이 있다면 말하여라! 정말로 괜찮으냐?"

"예. 정말로 괜찮아요."

당노독파의 손길에도 자명이 다친 곳은 없어 보였다. 그녀의 기감에도 자명은 다친 데가 없었다. 당노독파는 천천히 허리를 펴고 자명에게로 얼굴을 가져갔다.

"다행이로구나, 다행이야."

당노독파에게서 그렇게 따듯한 목소리를 들어본 적은 처음 있는 일이었다. 자명이 의아한 듯 그녀를 바라볼 때였다. 당노독파의 얼굴이 한층 더 일그러졌다.

"나는 네놈이, 너 개잡종이 걱정되어……!"

그녀의 몸에서 날카로운 기세가 일어났다. 다행이라는 생각과 함께 위험을 자초한 자명에 대한 분노가 일어난 것이다. 당노독파의 손이 높이 올라갔다.

"이 진에는 들지 말라고 했잖느냐!"

"앗! 화공을 때리면 안 돼요!"

자명의 뒤에 숨어 있던 혜운이 크게 외치고는, 당노독파의 얼굴을 보고 주눅이 들어 어깨를 움츠렸다. 당노독파가 자명의 뒤에 숨어 있는 혜운의 기척을 느끼고는 얼굴을 구겼다.

"네년은 또 누구냐? 너는 당노독파란 이름도 듣지 못했단 말이냐?"

"아는데요, 당노태태. 화공은 여기 있는 사람도 다 구했고……."

혜운이 주눅 든 목소리로 무어라고 중얼거렸다.

"그게 무슨 소리냐? 이 개잡종이 사람을 구해?"

"잘못했어요, 잘못했어요!"

혜운이 자명의 등에 얼굴을 묻고는 눈을 질끈 감고 외쳤다.

"제대로 말하지 않으면 네년의 팔을 뜯어 가겠다! 네가 당노독파의 이름을 들어보았다면, 사실대로 고하지 못하겠느냐!"

"악적들이 왔는데요, 화공이 물리쳤어요! 거기 있는 사람들은 모조리 무릎을 꿇었어요! 화공에게서 엄청난 내기가 발출되었어요! 잘못했어요, 팔을 뜯어 가지 마세요!"

혜운이 울먹거리며 외쳤다.

당노독파의 얼굴이 구겨졌다. 안 그래도 삼마존과 상대할 때 진법이 엉망이 되었던 것을 느꼈던 그녀였다. 당노독파는 그것이 진법을 내기로 짓눌렀을 때 벌어지는 일이라는 것을 짐작할 수 있었다. 그런 때에 내기의 폭발이라는 이야기를 들으니 가볍게 넘어갈 수가 없다.

하지만 혜운의 말은 더 이상 알아들을 수가 없었다. 그녀는 잘못했어요, 라고만 중얼거리고 있었던 것이다.

"알고 보니 이년이 실성을 한 게로군! 너, 개잡종이 대답해 보아라! 네가 내기의 폭발을 일으켰더냐?"

당노독파가 카랑카랑한 목소리로 물었지만, 자명은 여전히 한 방향만 바라보고 있었다. 당노독파는 자명의 마음이 다른 곳에 가 있는 것을 느끼고는 고함을 질렀다.

"네가 간이 부었구나! 감히 이 당노독파의 말을 무시하느냐?"

"화란 아가씨."

"이 개잡종이 무슨 소리를 하는 게냐!"

자명의 중얼거림을 들은 당노독파가 크게 외쳤지만, 자명은 당노독파를 돌아보지 않았다.

화란 아가씨의 핏기없는 얼굴이 마음에 걸렸다. 몸이 좋지 않은 것 같았는데, 잠시 파파에게 고개를 돌린 틈에 그녀가 사라져 버리고 만 것이다.

문득 불길한 예감이 들었다. 혹시 화란 아가씨는 어디가 아픈 것이 아닐까? 그래서 쓰러져 버리고 만 것이 아닐까? 그렇게 생각하니 자명의 가슴이 덜컥 내려앉았다.

"화란 아가씨, 화란 아가씨는 어디에 계시지?"

자명이 조그맣게 중얼거렸다.

『화공도담』 5권으로 계속…

共同傳人

공동전인

설경구 新무협 판타지 소설

마교를 재건하라.

혈마옥에 갇히며 마교 장로들의 공동전인이 된 사무진에게 주어진 과제.
역사상 가장 착한 마교의 교주.
하지만 역사상 가장 강한 마교의 교주가 되고 싶다.

고정관념을 버려요.

마교도라고 해서 꼭 나쁜 놈일 필요는 없잖아요.

지금까지와는 다른 마교.

이제 사무진이 만들어가는 새로운 마교가 모습을 드러낸다.

歡喜密功

환희밀공

설봉 新무협 판타지 소설

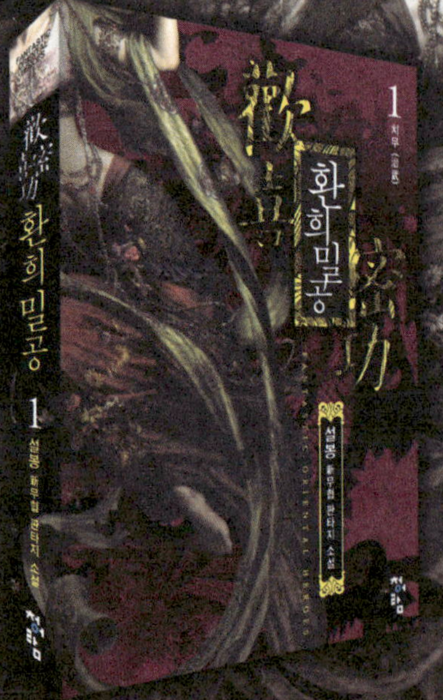

무유칠덕(武有七德), 금폭(禁暴), 집병(戢兵), 보대(保大),
정공(定功), 안민(安民), 화중(和衆), 풍재(豐財), 자야(者也).
〈좌전(左傳), 선공 십이년(宣公 十二年)〉

무에는 일곱 가지 덕이 있다.
첫째, 난폭을 금지한다. 둘째, 무기를 거두어들인다. 셋째, 큰 나라를 보전한다.
넷째, 공적을 정한다. 다섯째, 백성을 편안하게 한다. 여섯째, 대중을 화합하게 한다.
일곱째, 물자를 풍부하게 한다.

섬서성(陜西省) 육반산(六盤山)에 신력(神力)을 바탕으로
패공(覇功)을 구사하는 가문(家門), 육반루가(六盤婁家).
세상에게 외면받고 멸시당하는 환희교(歡喜敎).
육반루가의 후손과 환희교 교주의 운명적인 만남.

"넌 환희교를 지키는 수문장(守門將)이 될 거야.
강하게, 아주 강하게 키워주마."
'아버지처럼 죽지 않을 거야. 아무도 날 죽일 수 없어.
세상에서 최고로 강한 사람이 될 거야.'

유행이 아닌 자유추구 -
WWW.chungeoram.com
Book Publishing CHUNGEORAM

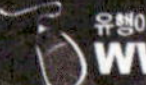